信長の原理　下

垣根涼介

角川文庫
22345

目次

第四章「均衡」近江国
元亀三(1572)年当時
湖北
越前
伊香郡
(浅井領)
美濃
浅井郡
(浅井領)
浅井郡
(浅井領)
若狭
小谷城
姉川
高島郡
竹生島
横山城
(木下藤吉郎)
朽木
新庄城
(磯野員昌)
坂田郡
佐和山城
(丹羽長秀)
近
江
湖西
琵琶湖
湖東
滋賀郡
犬上郡
安土(中川重政)
長光寺城
(柴田勝家)
愛智郡
堅田
野洲郡
永原城
(佐久間信盛)
比叡山
坂本城
(明智光秀)
神崎郡
蒲生郡
宇佐山城
大津
瀬田
栗太郡
伊勢
甲賀郡
山城
伊賀
湖南
0
10km

第四章　均衡

1

まさか、こんな日が来るとは思ってもみなかった……。

元亀《げんき》三（一五七二）年も二月の下旬になり、湖北の寒さも少しずつ緩んできた。

それでも木下藤吉郎《きのしたとうきちろう》が横山城――このおよそ山城とも言えぬようなちっぽけな砦《とりで》の高台に立つと、姉川のある平地を挟んで、一里ほど北にある小谷《おだに》城が見える。

耳もちぎれんばかりの寒風が、絶えず吹き付けて来る。

まったく馬鹿馬鹿しい。

敵である浅井《あさい》氏の本城・小谷城の付け城として設けられたこの砦を、信長《のぶなが》から城番として託されてから、既に一年と半年以上が過ぎた。

その間、双方の間で小規模な戦闘こそ断続的にあったものの、勝敗を決定づけるような大戦は行われていない。また、浅井勢も相当に弱ってきているとはいえ、未《いま》だ四千ほどの兵力を擁する小谷城を相手に、大合戦を行えるような兵団を信長からも預かっていない。

藤吉郎は、自覚している。

おれは、この横山城にある限り、浅井氏を監視するためだけの城番に過ぎない。まさしく猿山の猿と同じだ。

長引く滞陣の中、特にやることもない無聊《ぶりょう》にもうんざりしており、反面、いつ浅井氏の夜襲が来るかと思うと、夜もろくろく眠れていない。そんな時に心を過《よぎ》るのが、二年前に宇佐山《うさやま》城で敵に急襲された、森可成《もりよしなり》の壮絶な最期だった。

もちろん、この横山城の城番がいかに重要な任務であるかは、分かっている。が、常に神経の休まらぬ中、絶えず心の奥底で小さな回虫のようなものが蠢《うごめ》いている。

特に藤吉郎の抱える静かなる苛立《いらだ》ちが一層増したのは、去年の九月からだ。

信長はあろうことか、開闢《かいびゃく》以来八百年の伝統と格式を誇る比叡山延暦寺《ひえいざんえんりゃくじ》を徹底的に焼き討ちにした。また、こうも厳命した。

「本堂は言うに及ばず、塔頭《たっちゅう》も含めて境内にあるものは、ひとつ残らず焼き尽くせ」

「坊主や稚児、僧兵ども、そして本来はおらぬはずの女も、おそらくは出てくる。それらもすべて撫《な》で斬りにせよ」

ここまで激烈な掃討戦には、二年前に凄絶《せいぜつ》な討ち死にをした森可成の仇《かたき》を討つ意味も多分にあったのだろう。

藤吉郎が見るに、信長はあの老練な部将の人柄を深く愛していた。それを、朝倉《あさくら》と浅井の尻馬《しりうま》に乗って僧兵どもは殺した。

そんな動機も手伝い、比叡山の勢力を、これを機会に根絶やしにしてやろうと決意した。なんと容赦のないお方かと思う反面、信長のいかにも武門の棟梁《とうりょう》らしい凄《すさ》まじい復讐《ふくしゅう》心に、その身が打ち震えるほどの頼もしさを感じたものだ。

たぶんこの殿は、もしおれが死んでも、苛烈《かれつ》極まる復讐戦をやってくれる。そういう意味で、まことに頼み甲斐《がい》のある主人だ。

その時の信長の指揮のもとに参加した主だった部将は、藤吉郎を始め、佐久間《さくま》信盛《のぶもり》、柴田《しばた》勝家《かついえ》、丹羽《にわ》長秀《ながひで》、池田《いけだ》（勝三郎《しょうざぶろう》）恒興《つねおき》、中川重政《なかがわしげまさ》、明智《あけち》光秀《みつひで》ら七名である。

藤吉郎は比叡山の麓《ふもと》にある坂本に召集された時、他の部将の顔触れを見て、彼らこそが今後の織田《おだ》家を背負って立つ――少なくとも信長がそう見込んでいる人材であると感じた。さらに言えば、この七名に、伊勢の滝川一益《たきがわかずます》を加えて八人だ。

佐久間信盛、柴田勝家、丹羽長秀……ここらあたりは譜代・準譜代とも言える家老であり、仕方がない。取り立てられるのは当然だ。また、その能力もある。

次に池田恒興、中川重政らは、信長のごく近しい縁者ということもあり、その才幹のわりには優遇してもらっている。先の三名に比べればやや落ちるとはいえ、弱兵揃いの織田軍にあっては抜きん出た武勇もある。これまた納得がいく。

しかし、それでも藤吉郎が密《ひそ》かに自負するには、先の三名の家老たちでさえも、自分が持っている才幹には到底かなわないだろうということだ。

藤吉郎は、この元亀三年で三十六歳となった。

人生五十余年と言われている生の半ばをとうに通り越し、世の中の仕組みというものが、おおよそ見え始めた年齢でもある。

特に藤吉郎の場合、百姓、針売りの行商人、野伏《のぶせり》の一味、あるいは駿河《するが》土豪の小者など、幼少期から雑多な世界に首を突っ込んで生きてきた。実に様々な人間を地べたから拝むようにして観察してきた結果、世間というものは、自分が想像し畏《おそ》れていたほどには、さほどの人物は多くないことに気づいた。

ようは、世の中の人間のほとんどは、己の立場にあまりにも無自覚に生きている。武士なら武士、商人なら商人というように、親と同じ世界に生を享《う》け、生まれ育ったその世界での考え方というものに、何の疑問も抱いていない。

だから、「武士の世界では通常、こうするものだ」という行動様式に無自覚に乗っかる。従来の常識を疑わず、仕組みを疑わず、その既存の慣習的思考から飛躍する発想や言動が一つもない。

例えば現在、織田家でも随一の部将と評価の高い柴田勝家とて、その例外ではない。なるほど彼は勇猛の将であり、その武官としての威武は、全軍を一瞥《いちべつ》するだけでたちまち静まらせることが出来るほどの気組みの持ち主である。

しかし、翻って見れば、それだけのことだ。結局のところは、信長の指示を忠実に履行する単なる軍司令官に過ぎない。

さらに藤吉郎が見るに、佐久間や丹羽は、この柴田より指揮官としての能力がやや落ちる。ましてや池田、中川に至っては、千人単位の兵団を蛮勇によって動かす以外に、何の能もない。

確かに信長が尾張《おわり》・美濃《みの》二国の持ち主であった頃であれば、配下の将に求められる能力はその程度で良かったのかもしれない。

しかし、中部から畿内を実質的に支配下に収めるようになった今では、六万余の兵団を率いる織田軍であっても、単に軍人というだけでは、到底この広大な支配地域を安定的に手堅く守り続けることは出来ない。

藤吉郎は、なおも信長の身に成り代わって想像する。

実際に合戦が始まったら、その戦いに勝つのは当たり前だ。何故なら、各地に散らばった兵力を信長が逐次引き抜いて、その戦場に大兵力を投入するからだ。

が、その場合、短期決戦で勝つ必要がある。引き抜いた各地の兵団をいつまでも寡兵にしておくわけにはいかない。

つまり、現時点での信長麾下《きか》の部将の役割には、やがて来る持ち場の決戦に備え、事前に地域の土豪を慰撫《いぶ》し、敵対勢力には調略をかけ、合戦前にいかに織田方に靡《なび》かせておくかという任務も含まれる。そうすれば、短期間で勝利を収められる。他の支配地域が不安定になることも避けられる。

軍司令官というだけではなく、いわばその土地の人との繋《つな》がりを網の目のように拵《こしら》えなければならない。しかも、決戦のはるか以前からそうするのだ。

現に、藤吉郎はそうしている。

浅井氏の有力被官、宮部継潤《みやべけいじゅん》を理と情をもって密かに口説き続け、今では双方憎からず思うような関係にまでもってきている。

藤吉郎の見込みでは、もう少しで――少なくとも今年の夏頃までには、織田方に付くことを確約させることが出来るはずだ。

しかし、少し考えてみれば分かるそんな簡単なことに、佐久間以下の三宿老も、池田らもまったく気づいていない様子だ。織田軍の威光を背景に、威嚇しさえすれば従うと考えている。そのやり方は、家中でも最も温厚篤実だと思われる丹羽長秀も例外ではない。

いったい外交という発想自体がないのかと、その頭の出来を不思議に感じる。

ただし一人だけ、例外の部将はいるが……。

現在の近江《おうみ》国は、琵琶湖《びわこ》の北辺にある浅井郡・伊香《いか》郡というまだ残っている浅井領を除いて、ほぼすべてが織田家部将の傘下にある。

藤吉郎は脳裏で、それら部将の配置図を改めて順に思い出す。

現在の織田領を、琵琶湖の東岸沿いに湖北から湖東へと南へ順に下っていくと、

坂田郡と横山城を預かる自分、

犬上《いぬかみ》郡と佐和山《さわやま》城を任されている、織田家三番家老の丹羽長秀、

神崎《かんざき》郡と安土《あづち》を預かる中川重政、

という並びになる。

さらにそれより南部——湖南の地域は、

蒲生《がもう》郡とその押さえのために、長光寺城に詰めている二番家老の柴田勝家、

近江国の最南部にあたる野洲郡と栗太《くりた》郡を、永原城を拠点に支配する筆頭家老の佐久間信盛、

という織田家の二大宿老が、治安維持部隊として駐屯している。

次に、瀬田より西の湖西地方では、

南部の滋賀郡には、新しく縄張りした坂本城に居る明智光秀、

北部の高島郡には磯野《いその》員昌《かずまさ》と、その養子になった津田《つだ》信澄《のぶずみ》が新庄城に存在する。

この一連の部将の地理的並びは、藤吉郎が見ても、相互の人間関係とそれぞれの能力を考えた信長の、絶妙な近江分国の配置図だと感心することしきりだ。

これら湖北から湖南で、信長が最も軍事的に重視しているのが、藤吉郎の預かる湖北東岸の地域だ。浅井氏を殲滅《せんめつ》しない限り、近江の完全な支配はない。そして近江を完全に支配しない限り、北方の朝倉氏を倒すことは出来ない。だから信長は、この最前線に藤吉郎を置いている。そこまで、このおれの能力を買ってくれている。

この仕置きには、藤吉郎は満足だった。事実、敵に対する調略能力で、今の織田家中で藤吉郎の右に出る者はいないだろう。

そして信長は、藤吉郎の地域のすぐ南に丹羽長秀を持ってきている。

この織田家の三番家老は目下の者に優しく、自分自身に対しては謙虚でさえある。

自然、藤吉郎は織田家に仕えて間もない頃から丹羽には懐くようになった。

そして、今では互いの城を行き交うほどの仲だ。

丹羽の性格は、自分が戦略を主体的に判断し、動かなければならぬ合戦の主務者となって働くより、その主務者に協力して動く遊軍の指揮官に向いている。丹羽と藤吉郎の関係は悪くない。もし藤吉郎の地域が不安定な情勢に陥れば、この丹羽と連携した軍事行動をすぐに起こす必要があるが、おそらくそれはうまく機能する。

さらに、湖岸東部から南部にかけて並んでいる部将配置図を脳裏で検証する。

丹羽長秀、中川重政、柴田勝家の人間関係だ。

丹羽と柴田は長年の家老同士でありながら、その仲はあまり良くない。さすがに織田家の三番家老と二番家老という立場もあって、家臣たちの前で表だって諍《いさか》うことはないが、丹羽は柴田の傲岸《ごうがん》さに辟易《へきえき》している節が、藤吉郎に時おり漏らす言葉からも窺《うかが》われるし、柴田は柴田で、丹羽の軍事能力を明らかに自分より下に見ている。

それ以上に、合戦に対する部下の使い方がまったく違う。柴田は味方の犠牲が多少出ようとも、最終的に勝てると見れば、猪突《ちょとつ》猛進で戦いを挑む。対して丹羽は、無理押しをせず、味方の犠牲を最小限に抑える戦い方を常に優先する。

それら考え方の違いもあって、おそらく信長はこの二人の軍事連携はうまくいかないと考えた。

だから、犬上郡を任せている丹羽長秀と、蒲生郡を担当している柴田勝家との間の神崎郡に、部将としてはまだ小粒の中川重政を城番として挟んだ。

いわば、家老二人の緩衝帯としての役割だ。

中川重政は、永禄年間には信長の馬廻《うままわり》衆から黒母衣《くろほろ》衆に抜擢《ばってき》されている。

その後、美濃攻めや上洛戦で数々の軍功を立て、永禄十一年からは京と畿内の市政官の一人にも任命された。その行政官としての働きも信長に認められ、この近江分国支配の部将の一人として大抜擢を受けた。現在、最も勢いのある武官だ。

が、藤吉郎はこの中川の能力をさほど買っていない。

実は、四年前の上洛直後からの二年間、京と畿内の市政官を担う組は二つあった。

佐久間信盛、柴田勝家、森可成、坂井《さかい》政尚《まさひさ》、蜂屋《はちや》頼隆《よりたか》

という顔ぶれの第一組と、

丹羽長秀、木下藤吉郎、明智光秀、中川重政

という第二組だった。

正直、決して藤吉郎の贔屓《ひいき》目ではなく、第一組より第二組の活動のほうが、行政官としての機能はうまく回っていた。

何故か。

武辺一辺倒で立身してきた第一組の顔ぶれと違い、第二組は、人柄も温厚で折衝能力も多分に持っている丹羽長秀、藤吉郎、明智光秀という三人が主軸で、京の市政を担当していた。

特に新参者である光秀の武官・文官としての有能さ、京洛《きょうらく》におけるその人脈の広さには、藤吉郎も驚かされた。この光秀と藤吉郎の二人が主に洛中の施政方針を立案し、互いの考えに相違がある時には、丹羽がその調整役として基本方針を固める。

中川重政は、この三人による合議の結論に忠実に従っていたに過ぎない。

信長は血縁ということもあってか、中川の身をその実力以上に引き立ててやろうと

している。信長には、ごく稀《まれ》にそういう身贔屓がある。

けれど最近、中川はその担当地域が柴田と隣接していることもあり、境界の利権を巡って柴田とは仲が悪くなってきている。が、最後には織田家二番家老との争いに勝てるはずもない。ようは、上位者である柴田の虚栄心をくすぐり、うまくおだて転がして、ほどほどのところで折り合いをつけていく器量がない。

これをもってしても、中川の人物などたかが知れている。

むろん藤吉郎も、柴田勝家のことは嫌いだ。というか、こちらが嫌いになるずっと昔から、あの傲慢な二番家老はおれのことを毛嫌いしていた。このおれを見るたびに虫唾《むしず》が走るような顔をしていた。もっとも、その嫌う訳も、藤吉郎は充分に察している。

おれは、この織田家で、なにがなんでも立身したい。浮浪同然だったあの頃の境遇には、二度と戻りたくない。そのために、なりふり構わず目上の者――特に信長には痒《かゆ》い所に手が届くようにして接し、懸命に仕えてきた。相手の機嫌を取るために、しばしば追従めいたことも口にした。

その恥も外聞も忘れたような言動が、あの大柄な家老にはどうにもやりきれぬらしい。およそ武士としてあるまじき、恥ずべき行為だとでも思っているのだろう。

現に藤吉郎が、小人頭から石取りの武士（将校級の武官）に取り立てられた時も、

「あの猿が武士か。ならば我らもまた犬か、それとも牛か。まったくこの世はどうなっておる」

と放言して憚《はばか》らなかった。

後日、美濃の攻略や上洛戦を経ていよいよ藤吉郎の石高が増え、二、三千の兵を動かす部将にまで成り上がった時もそうだ。

「あやつに何の功がある。兜首《かぶとくび》ひとつ取ったことがないではないか。追従で、上様に気に入られているだけではないか」

と、散々に嘲笑《あざわら》った。常に嫌みを言い、人を小馬鹿にした言葉を藤吉郎にぶつける。そしてその頻度は、藤吉郎が出世の階段を上るにつれて甚だしくなってきている。

ふん――。

あの男の単純極まりない脳味噌《のうみそ》では、武士とは合戦に強ければ、それでいいものらしい。敵に対する懐柔という考え方が、一切ない。五十も過ぎているというのに、およそ信じられぬほどの思考の粗雑さだ。確かに剛毅《ごうき》な性格ではあるが、人としての腸《はらわた》がよほど捻《ね》じ曲がっている。まったく馬鹿馬鹿しい。

次に、その柴田の担当範囲の西側の境界線に目を転じてみる。野洲郡で接している筆頭家老の佐久間信盛がいる。

藤吉郎は佐久間とは、親しくもないが、さりとて仲が悪いわけでもない。そもそも佐久間は、木下藤吉郎風情がどれだけ出頭人になろうとも眼中にない。嫉妬《しっと》さえしない。筆頭家老の自分の地位が脅かされることなど、未来永劫《えいごう》絶対にないと思っている。

また、総じてそういう対人関係への無関心さ、精神の鈍さがある。

だから、嫌みも悪口も言わない。逆にその意味では、当人は絶対に認めないだろうが――まだしも競争相手として意識している柴田のほうが、藤吉郎を人として見ているとも言える……。

その佐久間の態度は、柴田に対しても同様だ。ごく自然に柴田を、自分より下に見ている。ゆくゆくでも柴田が地位的に自分を上回ることなど、ありえないと思っている。

確かに、その自信の根拠はある。

一つには、信長が跡目を継いだ頃から佐久間一族だけは一貫して信長の味方であった。

さらには、織田家の大転換点となった田楽狭間《でんがくはざま》の戦いで、それまでの実質的な筆頭家老であった佐久間大学《だいがく》が、信長に最後まで忠義を尽くして華々しく戦死している。

信長は、この一連の経緯をずっと恩義に感じている。

だから大学が死んですぐに、同じ一族である信盛を、武官の筆頭家老の地位に据えた。また、それだけの能力もある。

その佐久間一族に対して、信長草創期の頃は信勝《のぶかつ》を担いで散々に敵対した柴田は、どうしても引け目を感じざるを得ない。そんな訳で、この信盛には、柴田もその傲岸さを表に出さずに黙って風下に立っている。これまた両者の関係は、藤吉郎と丹羽とはまた違った意味で、うまく行く。

なおかつ、野洲郡と栗太郡は、織田家支配下の近江の最南部にあたる。琵琶湖の東岸、西岸、いずれで軍事的危機が発生しても、すぐさま同僚の領土を伝って、佐久間は自らが率いる大軍をその現場まで大移動させることが出来る。いわば重石《おもし》としての役割だ。まさに筆頭家老の立場にふさわしい場所に、信長は布陣させている。

この扱いには——決して皮肉ではなく——佐久間信盛も、大いに満足しているだろうと感じる。

最後に、その佐久間と栗太郡で境界を接している瀬田より西の、湖西地方だ。

昨年、明智光秀が、湖西南部の滋賀郡を領地として与えられた……。

この美濃源氏の末裔《まつえい》に関しては、藤吉郎はここ数年で何とも言えぬ感情を抱くようになっている。

しかし、互いに嫌い合っているとか、そういう意味からではない。その感情を抑え、湖西北部の部将に関心を移す。光秀のことは、どうせまた嫌でも自然に考えてしまうからだ。

高島郡には、佐和山城を明け渡して織田軍に属した浅井家の旧有力部将・磯野員昌と、その養子になった津田信澄が新庄城にいる。磯野員昌は以前の佐和山城主で、浅井家の被官として数えきれぬほどの軍功を立て、他国にも鳴らした部将であり、二年前の姉川の戦いでは、一軍を率いて織田軍本陣――信長本陣のすぐ近くまで斬り込んでくるという勇猛ぶりを見せた。藤吉郎により北方の浅井氏との交通網を遮断されて敵陣の中で孤立無援になった後も、粘り強く八か月も抵抗を続けた。最後には織田軍の総攻撃を受けて屈したものの、その武士としての節義と勇猛さを信長から買われ、逆に抜擢を受けた。あの上洛の折りの、池田勝正《かつまさ》と似たような厚遇をされた。

磯野の養子になった津田信澄は、信長が謀殺した弟・信勝の実子である。

藤吉郎が改めて信長を見直す気になったのは、この津田信澄の抜擢だ。

いかに謀殺した実弟の子であろうと、有能ならば使うというその信長の覚悟だ。

最後にもう一度、明智光秀のことを考える。

正直、織田家に仕えてまだ四年ほどの新参者――しかも齢《よわい》四十過ぎで仕えたこの骨細の男が、いくら武官・文官として有能でも、まさかここまで急激に立身してくるとは夢にも思わなかった。

しかし、現実は現実だ。

その夢のような出世物語が実際に起こっている。

光秀は現在、湖西南部の滋賀郡五万石を知行地として正式に与えられ、坂本城という城を新たに縄張りして、そこの城主になっている。

藤吉郎も含めた他の近江駐留の部将は違う。あくまでも暫時の措置として、その土地と、今まであった城の管理を任されている城番に過ぎない。

滋賀郡は表高こそ五万石とはいえ、郡内には京洛への物資輸送の一大拠点である大津、比叡山の門前町である坂本、琵琶湖交易の要所である堅田《かたた》などの商都を持ち、近江国随一の富裕の地である。これら商都を完全に掌握して商人たちに矢銭を課せば、さらに二万貫（四万石）ほどの収入は確実に見込まれる。

つまりは、十万石弱の大名にいきなり取り立てられたと言っても過言ではない。

昨年の比叡山焼き討ちの前まで、光秀は森可成の後釜《あとがま》として、近江最大の商都・大津を眼下に見下ろす宇佐山城の城番として配下を率いて駐留していた。

家中の噂によれば、比叡山焼き討ちの直後、光秀に、信長はこう聞いたという。

「もし、この比叡の麓の坂本に築城を始めたとする。おぬしなら、いかなる城を造るか」

しばし考え、光秀は答えた。

「琵琶湖の西岸に浮かぶ、水城にいたしまする」

「どのような、水城か」

「本丸の城は小ぶりでも構いませぬ。ですが、石垣を洗う四方の湖岸には常に軍船を配し、城には天守と小天守を設けまする。さらに本丸の背後の土地には長大な二重の堀を穿《うが》ち、琵琶湖から水を引き込み、それぞれの内側を二の丸、三の丸とし、家臣の居住地といたしまする」

さらに矢継ぎ早に信長は聞いた。

「その訳は、いかに」

「第一に、琵琶湖の制水権の確保でございまする。二つの天守から湖上を常に見張り、六角《ろっかく》の残党、堅田の湖賊、さらには北方の浅井氏と、京洛との物資輸送を遮断いたしまする。第二に、この湖上初の水城に拠《よ》る、織田家の水上武力の示威」

「ふむ」

「第三に、出来ればこの坂本を、大津や堅田に伍《ご》する物資の拠点にいたしまする。二重の堀は内陸からの防衛の意味と、その商船らを数多く係留する水路としても使いまする。さらに水路の外側を、商人の集まる城下として整備いたしまする所存」

二人の傍らにいた池田恒興によれば、信長はその光秀の答えに大いに満足したという。

「すぐに、縄張りをいたせ。築城のあかつきには、おぬしを城主に任命する。また、その築城費用として、滋賀郡を知行地として正式に取らす。大津、堅田からは矢銭も取り立てよ」

「はっ」

……藤吉郎は、考える。

もしおれが同じ質問をされたとして、あの金柑《きんかん》頭のように、すぐさま水城という発想と、その用途を思いついただろうか。

たぶんおれなら、岸辺の上に城を築くと答えた。そこから湖上を見張るという発想までは出来ても、湖面に浮かぶ『水城』という発想までには至らなかった。さらには物流の拠点とする発想も、思い浮かばなかっただろう。

そのぶんだけ、このおれよりあの男の頭脳のほうが数歩先んじている。

おそらくは信長も、そうした知的な閃《ひらめ》きの可能性を感じていたからこそ、このおれや古参の部将を差し置いて、まずはあの新参者に尋ねたのだ。

悔しい――。

これまでは、織田家中では自分の才幹が最も優れていると思っていた。少なくとも譜代家臣を除く出頭人の中では、軍事指揮能力だけは滝川一益に若干劣るものの、頭の血の巡りという部分では自分が一番だと、自惚《うぬぼ》れではなく感じていた。

事実そうだった。

それがどうやら、軍事能力以外の才覚でも自分より勝る男がいるらしいという現実を、冷徹に突き付けられた。

さらには、その一個の能力を差し引いても、それぞれが抱える郎党――その兵の質にも、光秀と自分の間には圧倒的な差があった。

桔梗《ききょう》紋の陣屋は強い。織田家中でも群を抜いて統率も取れている。

十数年前の道三《どうさん》崩れの折り、牢人《ろうにん》となって野に下った膨大な地縁血縁の中から厳選した美濃源氏に支えられているからだ。

対して金瓢箪《きんびょうたん》を馬印とする我が陣屋ときたら、まともな出自の者など誰一人としていない。

おれには昔からの郎党はいない。そこらあたりから適当に拾い上げたまったくの寄り合い所帯で、元百姓もいれば、職人や商人の倅《せがれ》もいる。武士としての配下の質が圧倒的に悪い。

それでもなんとか兵団が機能しているのは、ひとえに藤吉郎の人心掌握術によるものだ。藤吉郎自身がかつてそうであったように、野の中から出てきたこの百姓同然の里芋たちをイチから侍として育て上げねば、とうていまともな兵団にはならない。

これが、藤吉郎最大の泣き所だ。

それらの経緯や要因をすべてひっくるめて、あのお澄まし顔の金柑頭を見るにつけ、どうしても心穏やかでない自分がいる。

かと言って自分に対する柴田のように、藤吉郎は光秀をあからさまに嫌ったりはしない。そういう子供じみた行為をやるには藤吉郎自身、若年の頃に辛酸を舐《な》め尽くしていた。

新参者いびりなど、自分が生まれ育ってきた世界しか知らない苦労知らずの人間がやることだ。また、やったところでやがては周りから安く見られるだけで、何の益もない。

むろん、陰で悪口も言わないし、足を引っ張るつもりもない。

それに、と思う。

今でこそ、雑草の寄せ集めのようなおれの郎党はこんな体たらくかも知れないが、やがてはあの明智兵団に比べても、そこそこの働きは出来るようになるはずだ。そして光秀の郎党も数が膨らむにつれ、時が経つにつれて、今のような強さは維持できないはずだ。

この予想には、確信がある。

そう思うきっかけになる出来事を、四年前に見た。

あの岐阜城での暑い夏、主君の信長が蟻を使って執拗《しつよう》なほどに何度も色々動き方を試していた現場を、目の当たりにした。

いくら働き者の『甲』の蟻を集めようと篩《ふるい》にかけても、結局は全体における働きの比率は十匹いれば『甲』の蟻が二、『乙』の蟻が六、『丙』の蟻が二となる。逆に『丙』の蟻でも、この働きの割合は同様になる。

あの時、藤吉郎は直感的に悟った。

これだ。

我が主君が、ずっと憂鬱《ゆううつ》そうな顔を見せていた理由には、間違いなくこれがある。もしこの蟻の現象が人間界にも通じるものなら、いくら有能な者を集めても、結局はそのうちの二割の者しか機能しないことになる。信長が今まで躍起になってきた人材登用も、さほどまでには機能しないということになる。

さらに信長が若年の頃、自分の馬廻衆を懸命に鍛えていたことを思い出す。あれから二十年近くが経ったが、元馬廻衆の中から抜け出てきた者は、先ほどの八人の部将の内では、わずかに丹羽長秀と池田恒興、中川重政の三人だけだ。途中でいつの間にか織田家から消えていた馬廻衆も数多くいた。おそらく信長の見込みでは、もう少し多く立身してくれるはずではなかったか。

藤吉郎はこの数年来、あの時の蟻の試行を折りにふれ、考えてきた。

そして今、それは柴田や明智や自分たち現時点の部将にも、同じことが言えるのではないか。

とりあえず部将として小粒な中川と池田は除いて、伊勢にいる滝川も例外として、現在、近江分国支配を命じられている自分、丹羽、柴田、佐久間、明智の五人が、現時点での武人の出世頭だとしよう。あながち間違ってはいないはずだし、そちらのほうが仮定しやすい。

実力至上主義の方針を取る信長の世界で、もしあの蟻の試行の論理が通じるならば――二・六・二――つまりは五人なら一・三・一の割合で、またやがて一人は、さらにこの部将の中から抜きん出てくる者……、『甲』の中の『甲』の蟻がきっと出てくる。残る三人は『乙』だ。今の出世頭の地位を守りながらもそこそこの能力を発揮していけるはずだ。だが、そこ止まりだ。

そして、『丙』も一人出てくる。こいつは、やがてその能力を鈍らせ、今の地位から落ちていく。

藤吉郎が思うに、この五人のうち、少なくとも現時点でゆくゆく一人だけ『甲』になる者は、おそらくは自分か、明智光秀だ。一個の本質的な才能が、他の三人より明らかに抜きん出ている。逆に言えば、だからこそ最初から厚遇されてきた他の譜代の三人と違って、野の中から掘り起こされて順調に立身してきた。

しかし、現時点では明智に一歩先んじられている。兵団の質も自分とは違って圧倒的にいい。けれども、その差はどうにかなるのではないかと感じる。

何故ならば、この郎党の質にもまた、一・三・一の割合が適用できるだろうからだ。

今は、出来上がったばかりの明智兵団もうまく機能している。しかし、やがてはその競争の中で、働きがそこそこになる者が六割、そして使い物にならなくなる者が二割出てくるはずだ。

対して、おれの兵団は質が良くない。しかし、信長の試行で見た。駄目蟻の『丙』の中でもやがては必死に働く者が二割は出てくる。そしてそこそこの六割、仕事の出来ない二割は、明智の郎党の比率と変わらなくなるはずだ。

やはり、このおれか、明智だ。

しかし、いずれにしても、どちらか一人は最終的に『乙』に落ちる。

その一人を加えた四人のうち、誰が働きを鈍らせる『丙』になるのか。

けれど、それは、おれや明智ではないと感じる。

では、残る三人——柴田、佐久間、丹羽のうち、その働きを鈍らせた挙句、信長の不興を買って降格か、閑職に追いやられる者は誰か。さらに悪ければ信長の勘気をこうむって、織田家を放逐されるかもしれない。

「ここまで立場を引き上げてやったのに、今のおのれの体たらくはなんだ。家中に示しがつかんっ」

……おそらくあの苛烈な主君なら、やがてそういうことも言い出しかねないだろう。

藤吉郎は現時点で、それは丹羽長秀ではないかと予想する。あの三番家老は、軍事能力が他の二人の家老に比べて若干落ちる。

が、それも確かではない。ひょっとしたら、今の段階ではとても信じられないが、二番家老の柴田かも知れないし、筆頭家老の佐久間かも知れない。

こればかりは、その時が来てみないと誰にも分からない。

それともう一つ……。

この事実は、近江を分国している五部将の比較の話より、さらに絶対に誰にも言えないことだ。

藤吉郎から見れば全能の神にも等しいと思ってきた信長にも、意外な欠点があることが分かった。我が主君は、蟻の試行を通して、何故その働きがいつも一・三・一の割合で分離されてしまうのか、今も密かに、だが、ずっと悩んでいる様子だ。

しかし、世の中にはいくら考えても分からぬことはある。考えても無駄なことがある。

その割り切りが、信長にはどうしても出来ないようだ。

けれどおれは、何故そうなるのかを考えない。

その根本の理屈――原理が分からなくても、そういう現象になることさえ分かれば、それはそれで浮世で充分に応用できるものだ。

しかし信長は違う。それは蟻の試行後の、恐ろしく不機嫌そうな顔つきでも分かった。常に物事の理を突き詰めすぎる。理想を追い求めすぎる。

おそらくは、光秀もそうだろう。あの金柑頭のいかにも理知的な顔立ちからして、光秀もまた物事の理を必死に腑《ふ》分《わ》けしていこうとする種類の人間だ。良くも悪くも、二人ともそれなりの生まれだからだ。

だが、おれは、そうではない。

そんな理屈を考えている暇があるなら、その事象を踏まえて、十二分に現実問題に対処することに集中したほうがいい。何故なら、自分の一生を考えた場合、時は常に限られているのだ。生まれ出た時から、一寸きざみにその残り時間は少なくなっていく。雲を摑《つか》むような話や真理の追究に、浪費する余裕はない。少なくとも、おれのような生まれの者はそうだ。その出自からくる立脚点の弱さから、ただでさえ他の部将には後れをとっている。

おれたちは、神でも仏でもない。いくら考えても分からないことは、厳然としてある。人間が実際にこの浮世を渡っていくとは、その現実を踏まえつつ生きていくことなのだ。あの二人には、それが分かっていない。

信長はともかく、その一点だけでも、最終的におれは明智光秀に——少なくとも現実的な処世の部分では——やがては勝っていくだろうと、おぼろげに感じる。

2

織田家の三番家老、丹羽五郎左衛門《ごろうざえもん》長秀は、軽くため息をついた。

だから言わぬことではない。

以前から、あれほど口を酸っぱくして諫《いさ》めていたのに——。

しかし、すんだことはすんだこと。今さら思っても詮《せん》なきことだ。

油蟬の鳴く声がいたるところからせわしなく聞こえている。この元亀三（一五七二）年の夏は、例年に比べて猛暑だった。

しかし、比高八十丈もある佐和山の頂上は、この七、八月でも相変わらず涼しい。近隣にこれ以上の高さの山がなく、城郭の東西南北いずれの場所からでも、眼下が一望できる。晴れた日などは、木下藤吉郎のいる横山城、安土山、長光寺城はおろか、はるか西の対岸にある坂本城までうっすらと遠望できる。

前々から憂慮していたことがついに起こった。

神崎郡の中川重政と蒲生郡の柴田勝家の間には、隣接する境界線の利権を巡ってここ一年ほど諍いが絶えなかったが、ついに先日、中川重政の実弟・津田《つだ》隼人正《はやとのしょう》盛月《もりつき》が、柴田の代官を斬るという刃傷沙汰《にんじょうざた》が起こった。

信長は、これに激怒した。

そもそも家老職にある柴田と単なる兵団指揮官の中川とでは、その序列上、中川が下手に出て交渉するのが然《しか》るべきであるというのに、分も弁《わきま》えずに張り合ったばかりか、先に中川のほうが手を出してしまったからだ。

信長は家中で、上下関係の規律を乱す者を異常に嫌う。上意下達の指揮系統が緩み、兵団が弱くなるからだ。早速この中川兄弟を改易という重い処分にし、二人の身柄を同盟国である三河の徳川家康の許《もと》に追放し、蟄居《ちっきょ》処分とした。

ふう――。

相手はなにせ一度言い出したら、絶対に後には引かぬ権六《ごんろく》（柴田勝家）だ。だから中川には、あれほど穏便に事を運ぶように言っておいたのに、この始末だった。

丹羽長秀は、信長より一つ年下の天文《てんぶん》四（一五三五）年生まれだ。この年三十八歳になった。

十六歳より信長の身近に仕え、初期の頃から信長直属の馬廻衆の中でも、優秀な武者として鳴らした。萱津《かやつ》の戦いに従軍したのは十八歳の時であり、村木砦の激戦の折りには二十歳であった。信長と信勝の家督争いである稲生《いのう》の戦いでは、むろん信長方として、必死に槍《やり》を振るった。その後も度重なる戦を経て、順調に立身してきた。

稲葉《いなば》山《やま》城落城の頃には、ごく自然に家中の武官では三番家老のような扱いを受けるようになっていた。完全に三番家老として扱われ始めたのは、上洛前後の頃だ。

信長からの信頼は厚く、長秀は信長の養女（庶兄・織田信広《のぶひろ》の娘）を嫁に貰《もら》い、去年、嫡男の鍋丸《なべまる》（後の丹羽長重《ながしげ》）が生まれたばかりだ。

その時の信長は喜びを露《あら》わにし、

「五郎左（長秀）はわが友であり、兄弟でもある」

と、周囲にも公言して憚らなかった。

長秀にとっては嫡子誕生と共に、望外の慶《よろこ》びを感じる言葉であったが、一面ではそう公言して回る信長の気持ちも、痛いほどに分かる。

信長が精神的に最もつらかった尾張統一期の頃から、一歳違いのこの主君とは常に艱難《かんなん》辛苦を共にしてきた。その一途《いちず》な従軍歴は、佐久間一族よりも古い。自分の実直らしい性格も手伝って、信長は長秀を義兄弟のように信頼しているのだろう。

それでも二番家老の柴田勝家のように驕《おご》り高ぶったり、筆頭家老の佐久間信盛のようにごく自然に尊大に構えることは、今もない。木下藤吉郎のように、重要な評定で隙あらば何かと口を開くような野育ちの図太さ、厚かましさもない。

努めてそうしているというより、生まれながらの性分が多分にそうなのだ。

しかし、実のところ、そんな自分の気質を長秀はあまり好んではいない。

侍稼業は、まったくもって極道渡世もいいところだ。

いつ死ぬかも分からぬこの過酷な世界で生きているわりには、何故こんな地味な性格に生まれたのかと、時おり自分でもうんざりする。

特に、このような束の間の平穏が続き、夕刻になれば蜩《ひぐらし》が鳴き、湖畔から涼しげな微風が吹き上げてくる折りには、そんなことを考える割合が多くなる。

もともと長秀は、万千代《まんちよ》と呼ばれていた幼少の頃から、同年代の遊びの輪に入っても、

「おれが、おれが――」

と自分を押し出すような我の強さがなかった。誰かと意見が対立した時も、それがよほど自分のやりたい事でない限り、結局は自分の主張を引っ込める。

つい数年前の上洛の頃――あの明智光秀が急激に頭角を現してくるまで、織田家の一部で流行《はや》っていた戯歌《ざれうた》がある。

「木綿藤吉、米五郎左、かかれ柴田に、退き佐久間」

というものだ。何故か、家中での序列が逆になって歌われている。

まず佐久間信盛は、退却戦をやらせれば随一の部将であり、味方の被害を最小限に抑える。柴田勝家はその逆で、突撃戦での勇猛さには比類がなく、それによって全軍が奮い立つ。

木下藤吉郎はいかなる場合の働きを任せても木綿のように使い勝手が良く、さらに

は擦り切れるほどに追い使ってもなかなか擦り切れず、丈夫で重宝する。

そして最後に、自分を表す米五郎左とは、何をやらせても非常に器用で過不足なくこなし、一見その動きは目立たず、家中で特に意識されることもないが、人の生活にとって米が必要不可欠であるように、実際は織田家の動きにはなくてはならない存在である、という意味である。

現に信長も、長秀の存在だけは自分にとって格別なものだと思っているらしく、常に自分の近くに引きつけておく習性がある。何か多少の不都合があればすぐ、

「それは五郎左に一任せよ」

と周囲に命じる。実際、柴田と中川の諍いの時も、両者の間を取り持てと信長から指示された。確かに、そういう意味でも信長からの信頼は絶大だ。

が、最初にこの戯歌を聞いた時、長秀は何とも言えぬ気持ちになった。

おれは、コメか……。

人間が日々そのありがたみを特に感じることもなく、当然のように食っている、米か。誰にもその存在を格別に意識されないような、地味な存在なのか。

情けなかった。そして、わずかに口惜しかった。

佐久間や柴田はともかくとして、せめて藤吉郎の木綿のように、それに袖《そで》を通す時には多少は意識される存在でありたい。そう、たまに感じていた。

長秀は再び自分の過去を思う。

子供の頃から絵を描いても文字の手習いをしても、人並み以上に習得が早く、器用にこなせた。今もそうだ。命じられたことは普通の者よりはるかに早く、しかもそつなくこなす自信がある。

が、決してそれ以上ではない。ある種の器用貧乏だ。

自分には、何かひとつでも傑出した才能が育っていない。

そしてその訳にも、おぼろげながら自分で気づいている。

才能とは、良きにつけ悪しきにつけ、執念から生まれる。自分には、虚仮《こけ》の一念に似たその執念のようなものがない。執念を育てるのに必須《ひっす》な精神の傾斜——柴田のような根拠のない自信からくる傲慢さや、藤吉郎のような異常極まる立身欲——がない。

さらには、自分の背景を含めた自己評価が、他の織田家有力部将と比べて弱いということもある。

例えば佐久間のように、織田家の中核をなしている大族を率い、かつ長年の筆頭家老の立場からくる、己の存在が織田家の中でも別格だという認識のようなものもない。

丹羽家は、元々が尾張の正式な守護、斯波《しば》氏の家臣であり、織田弾正忠《だんじょうのちゅう》家の昔からの郎党ではなかった。それが斯波家の零落と織田弾正忠家の急激な勃興《ぼっこう》により、

長秀の代から信長に仕えた。確かに信長とは若い頃から昵懇《じっこん》の間柄だが、それでも佐

久間や柴田のように、代々の譜代家臣ではない。

丹羽一族の数も知れたものだし、その中でも庶流だ。一族としての背景もない。だから、重臣たちの居並ぶ衆議の場で、佐久間や柴田、林《はやし》ら譜代家臣に強硬に主張されると、つい要らざる遠慮をしてしまう。自らの考えもあるにはあるが、それに反対する意見が出ると、さらに強く押すことが出来ない。どうしてもその場の雰囲気を優先しがちになる。

遠慮をするということは、評定での決定事項の主導者にはなりえないということだ。自然、追随者の立場に収まりがちになる。しかし、家系的な背景がないのは、藤吉郎も滝川一益、明智光秀も同じだ。むしろ長秀以上にまったく何もない。が、彼らにはそれが出来る。衆議の場でも臆《おく》することなく、自分の主張を強く押すことが出来る。何故なら、そもそも彼らには失うものが何もないからだ。

三人とも、長秀になど到底想像も出来ぬ塗炭の境遇から信長によって見出《みいだ》され、頭角を現してきた。貧苦と侮蔑《ぶべつ》を味わう牢人生活に戻るくらいなら、意見の対立によって重臣との多少の軋轢《あつれき》を起こすぐらい、屁《へ》でもないと腹を括《くく》っている。彼らの強烈な上昇志向の元となっている。

その一方で、矛盾するようだが、

「おれの人生など無くてもともと、下手を打っても死ぬるだけよ」

「いざとなったら主君と袂《たもと》を分かち、元の素牢人に戻るまでだ」

という凄《すご》みも、滝川や藤吉郎はむろん、あの一見典雅な光秀からでさえも、時おり感じる。

長秀には、そこまでの覚悟もない。

出来れば合戦で無駄に命を落としたくはないし、自分の生活や立場を守りつつも、この織田家の中、順当な立場で生き永らえていきたい。死ぬ時も畳の上で死にたい。また、牢人という境遇を経験したことがないから、そこまで落ちぶれる自分を想像することが出来ない。考えるだけで恐ろしい。

おれは、この織田家で後生大事に生きていきたいという気持ちが強すぎて、どうしても言動が萎縮《いしゅく》しがちだ。言動が萎縮しがちな人間は、その思考までつい自ら制限を設けて、新しい視点からの発想をすることが難しくなる。

それら諸々《もろもろ》の要素が、長秀をいつの間にか、自分の頭で自主的にモノを考えることが出来ない人間にしてしまっている。だから、周囲に抜きん出た気組みが育たない。気組みという素地がなければ当然、他を圧する才能も育たない。

そしてその自覚が、長秀の消極的姿勢をさらに助長させる。

器用貧乏な者は、結局のところ周囲からいいように便利遣いされ、その一生を終わる。

しかし、追い使われて一生を終わるのは別に構わない、と長秀は思っている。

主君に重宝されてその生涯を終わることは、ある意味ではとても幸せなことだ。

さらに言えば、長秀自身、人並みに立身欲はあるが、しかし是が非でも織田家中の頂点にまで出世したいという気持ちまでは持っていない。

詭弁《きべん》ではない。

自分の実力以上に立身すれば、そのぶん重大な局面で負う責任も大きくなる。いざという時には、その局面をどう捌《さば》くかの決断を、自分一人で下さなければならない。大きな裁量権を持たされれば、その責任も自分一人の双肩にずっしりとのしかかってくる。

事実、今までに何度かそういう経験があった。というより、信長からその器量を試されたことがある。

長秀はそんな時、その結果の持つ意味の重大さを考えると、つい思考が竦《すく》んでしまう。あれこれと思い悩んだ挙句、最終的な判断を信長に仰いでしまう。

むろん、最終的な判断を仰ぐのは、光秀や藤吉郎も同じだが、その際に彼らは、心中に必ず自身の案も蔵している。

「ちなみにそれがしはこう愚考しておりまするが、いかがでしょうか」

と、自らの提案と共に信長に上申することが出来る。その意味で、彼らには明確な戦術・戦略への方針がある。信長は、それを可とするか不可とするかを決裁するだけでよい。

けれど、長秀はその腹案もなしに、信長に判断を丸投げしてしまう。

信長は、家臣の独断専行を嫌う。一方で、火急の事態が生じ、信長に相談する余裕もない時には、自らの責任で判断を下せぬ人間も、この主君にとってはまた不可なのだ。

自分の頭で考え、自分なりの腹案まで用意して信長に相談できる光秀や藤吉郎は、そのいざとなった時には、自主的な行動が出来る。

しかし重責に身が竦み、そもそも自発案を思いつけない長秀には、そのいざという時が来ても、何も行動に移すことが出来ない。

長秀には分かっている。身に染みて感じている。

光秀や藤吉郎と、自分との決定的な違いは、頭の良さではない。

何故なら、以前に三人で京の市政官をやっていた時、彼ら二人の発案した施政方針の意図を、長秀はいつも完全に理解することが出来た。そして彼ら二人の意見が相反している時、どちらのほうがより優れているかも瞬時に判断することが出来た。

つまり、頭の出来に大差はない。

違うのは、気質だ。生まれ持った体質のようなものだ。その頭を使うための自発性が、自分の命運がかかるような重大な局面でも、常と同じように発揮できるか否かだろう。

生きるとは、選択の連続だ。

夕に何を食すかという小さな判断から、一軍をいつ、どう動かせば敵に勝てるかなどの大きな決断まで、生きるということは、それら選択の弛《たゆ》みない集積が指し示す軌道だ。

特に、時代が沸騰し切っているこの昨今なら、なおさらだろう。人は否応《いやおう》なくその瞬間その瞬間に、絶えず選択や決断を強いられる。

決断が出来ない者、もしくはその選択に間違いが多い者は、やがて時代の波に呑《の》み込まれ、消えてゆかざるを得ない。それが、今という時代の現実なのだ。

しかし信長は、そんな長秀の優柔不断さを今までに一度として叱責《しっせき》したことがない。代わりにそれと気がついた時には、重大な局面での進攻作戦では、戦いの主務者に選ばれなくなっていた。

長秀自身、多少の悔しさはあるが、そういう処遇になることは仕方がないと、どこかで感じている。

認めるのは情けないし、多少の虚《むな》しさもあるが、しょせん人は、自分なりの器量で、その身を処していくしかないのだ。おそらくこの先、織田家では、自分が家臣団の頂点に立つことはありえないだろう。

とはいえ、長秀自身はそれでもいいと感じている。別に、そこまでの強烈な立身欲はない。是が非でも頂点に立ちたいわけではない。

それでも、今のような一線級の部将としての立場ではいたい。同じ家臣団の中で、佐久間や権六らに比べて多少は落ちても、そこそこ恥ずかしくない序列ではいたい。

しかし、長秀の見るところ、織田家はこれからますます版図を大きくしていくだろう。

そうなった時に優秀な人材はさらに増え、そして重要な局面も今以上に多くなっていくが、それでも自分は部将として、今の地位に居続けることが出来るだろうか。

……危うい、と考えざるを得ない。

そこで、ここ一年ほど、うっすらと考えていることがある。

自分を除く織田家の代表的な部将のうち、誰が今後も立身していくだろうか、ということだ。それを、現時点の席次で順に考えてみた。

最初に、武官では筆頭家老の佐久間信盛である。

その大所帯の一族の背景といい、初期の頃から信長に味方し続けてきた履歴といい、手堅い戦の運びようといい、織田家筆頭家老としては申し分ない。

しかし、それ以上でもないと長秀は思う。

うまく言えないが、佐久間信盛は自分の実力以上に根拠のない自信を持っているように見える。ごく自然に尊大に見えるという事実も、それを裏付けている。

そしてその妙な自信が、何故か彼の現状の立場においてはうまく作用している。どんな場合でも落ち着き払っている。だから、大局でもおおよその判断を誤らない。

一面で信盛は、その自信からくるものなのか、たまに信長の決断を軽んずる口出しをして怒らせる。現に、昨年の比叡山焼き討ちの時もそうだった。

召集された部将はみな、割り切れない思いを抱きつつも、延暦寺への攻撃は止むを得まいと思っていた。だいたい延暦寺の坊主どもの腐敗は、古く平安朝の頃から有名な話であった。その時々の政治に容喙《ようかい》し、仏事を怠り、自分たちの敵には平然と武力を使う。宇佐山城陥落で、森可成が討ち死にした時もそうだ。

また、彼らは王侯の酒池肉林も斯《か》くやという自堕落な日常を送っている。

だからこそ、信長の焼き討ちの部署割りに、みな唯々諾々として従いかけていた。

が、ここで信盛が信長の決定を激しく諫めた。

「そもそもこの御山は、桓武《かんむ》天皇が延暦年間に伝教《でんぎょう》大師（最澄《さいちょう》）と御心を併せてご建立されて以来、王城の鎮守として八百年に及ぶもの。いかに乱世とは申せ、かかる不思議（のご下知）を承りますること、前代未聞の戦ではありませぬか」

と、強い口調で詰め寄った。

また右衛門尉《うえもんのじょう》（信盛）が、要らざることを――。

それが、現場に居合わせた他の主だった部将の偽らざる気持ちだった。

少なくとも長秀はそう思ったし、この近江に分国している藤吉郎や柴田勝家、新参の明智光秀らもそう思っただろう。

信長の決定はその口から出たら最後、絶対に覆ることはない。筆頭家老である信盛が、それを知らぬはずはない。

言わば、愚痴である。主君に対しての不満を、腹に収めておくことが出来ない。

信長の軍事力や対外的地位は、尾張にいた頃とは比較にならないほど大きくなっているというのに、信盛の中ではどういうわけか尾張時代の悪戦苦闘していた信長の像が、まだ優先して見えているらしい。

さらに言えば、信長の大まかな政略のもと、信盛は主体的に戦略を立てられるには立てられるが、その方針は手堅さを優先し、やや消極的に傾いたものが多い。そして信長は、家臣の消極的姿勢をだいたいの場合において嫌う。

今はまだ信盛も許されているが、これより以降、織田家が順調に大きくなったとして、果たして今のような態度を、いつまで信長が許しておくだろうか。やはり自分とはまた違った意味で、先々は危ういと感じる。

次に柴田勝家である。

正直、長秀はこの傲岸な二番家老が苦手だ。誰に対しても高圧的な物言いをするし、信盛と同じように昔から自信過剰だ。自分の考えと違う者には誰彼問わず反対意見を述べ、時には信長とも激しく対立する。けれども、それは信長という存在を軽く見ているからではない。いったん自分がこうだと思ったことには、梃《てこ》でも動かぬ我の強さが勝家にはある。あの男のことは好きではないが、それでもこの種の心の強靭《きょうじん》さは、将には必要なものだ。いざとなれば、信長の指示をいちいち仰がなくても恐ろしく機敏に、そして勇猛な行動を取ることが出来る。そして、汗っかきの働き者でもある。

二年前の六月、甲賀に潜伏していた六角義賢《よしかた》と義治《よしはる》の親子が、その残党や甲賀武士を率いて大軍を催し、突如として佐久間信盛の本拠の野洲郡に進出してきたことがあった。

この時、勝家は兵を率いて蒲生郡から現地に急行し、信盛と力を合わせて六角軍を撃退した。敵の首級を八百近くも挙げている。完勝であった。

信長はこの勝家の咄嗟《とっさ》の行動をよほど喜んだのか、その後に手ずから感状まで与えている。

……勝家には分かっているのだ、と長秀は思う。

ほんの十三、四年ほど前まで、勝家は信勝を擁して、信長と激しく対立していた。

そして、その自らの反逆の過去を今も忘れていない。おそらくは、信長も忘れていないと想像している。

だから、その挽回《ばんかい》を兼ねて、他の部将より必死に働こうとするし、合戦になれば、誰よりも懸命に軍を指揮する。過去の債務が、勝家を急《せ》き立てる。

そういう自分を弁え続けている限り、逆に信長からの信任は得られ続けるだろう。

今後、織田家が膨張を続けても、常に第一線で重用され続けるだろう。

しかし、それでもなお、長秀は無理を押してまで勝家と懇意にしたいとは思わない。

そこまでして立身したいというさもしさもない。

あとは、信長が野の中から拾ってきた三人――木下藤吉郎と明智光秀、そして滝川一益だ。

新参者として早くから頭角を現したのは、滝川一益だ。

が、この男は優秀な部将ではあっても、単にそれだけの男のように長秀には思える。

優秀という以上の、人としての精神性の何かを感じさせない。

滝川の頭の中には、上下の人間関係が存在するだけだ。意中に信長だけがいる。

おそらくは人との横の繋がりというものを、あまり考えたことがない。関心もない。

だから、長秀に対する態度も、単に、自分よりやや上位のところにいる同僚という姿勢を崩さないし、滝川にとっての長秀は、単にそれだけの対象でしかないのだろう。

長秀が何を考えているかも、自分がどう思われているかにも、興味がない。というか、別に長秀に関してだけではなく、滝川は家中の誰に対してもそうなのだ。

そんな人間のことなど、こちらが一方的に考えても仕方がない。だから、これまでもこれからも、単に織田家の同僚として付き合っていくだけだ。

次に、木下藤吉郎だ。

滝川と同じ頃に織田家に仕えたが、初期の頃は、常に滝川の後塵《こうじん》を拝していた。それが美濃攻略の前後から、徐々に頭角を現してきた。

長秀とはそもそもの出自も初期の身分も大いに違ったが、正直、自分はこの藤吉郎と話している時が、最も気安いと感じる。互いに気も合う。

長秀は、藤吉郎がまだ身分の低い頃から何かにつけて相談を受け、また頼りにもされてきた。自分を一途に頼ってくる藤吉郎には可愛げも感じ、自然に仲良くなった。

この関係は、維持していきたいと考えている。

織田家はそろそろ、部将に政治力も要求されるような時期に差しかかってきている。戦う前に、その結果をほぼ八割がた味方の勝利に導けるような段取り、あるいは人的繋がりの下準備をする力量と言ってもいいが、その政治力は自分にはない。先々を見越した判断力もない。

しかし、藤吉郎にはある。藤吉郎と共同戦線を張る限り、自分の部将としての将来に大過はないだろうと思える。

同じ政治力の資質は、光秀にもあると感じる。さらにはその教養や、朝廷との折衝力、物事の観念的な捉《とら》え方などの能力は、ある意味で藤吉郎以上だろう。が、あの美濃源氏の庶流と、織田家の中核を支えている自分たち元々の尾張者との間には、どうも精神的な溝がある。なにせ尾張に征服された土地の出自なのだ。表面的には礼儀正しく、軍務の必要に応じては親切でさえあるが、かといって腹を打ち割って付き合える雰囲気が、あの光秀にはない。

何よりも他の部将と比べて光秀が異質なのは、織田家の家臣であると同時に、幕臣でもあるということだ。坂本城主とそれに付随する知行地を、信長から正式に与えられるという厚遇を示されながらも、未だ二君に仕えている。そういう複雑な立場もあり、どうしても生え抜きの織田家の家臣とは、根本的に身の処し方や、部将として思うところが違うのだろう。

光秀にもそれが分かっているのか、意識的にその配下に美濃者や元幕臣を集めようとしている様子が見受けられる。それにより、配下との結束を固めている。

まあ、あの光秀は織田家に仕えてまだ四年にしかならないし、しかも長秀たち一線級の部将は常に東奔西走させられ、席の温まる暇もろくにない。年月が経てば、さらに話す機会も増え、やがては次第に打ち解けた関係になるかもしれない。

それともう一つ……。

光秀に関しては、密かに注目していることがある。厳密に言えば、光秀と、現在の織田家中ではその与力である細川藤孝《ほそかわふじたか》との関係だ。

細川藤孝は、かつて光秀が幕臣の昵懇《じっこん》衆として公方《くぼう》に仕えていた時、光秀のれっきとした上役であった。噂によれば、十五、六年前の道三崩れで美濃からの仕送りが途絶えて困窮してからは、藤孝の実質的な臣下になっていた。いや……光秀が織田家の前の朝倉氏に仕えるまでは藤孝の家に寄食していたという噂だから、厳密には臣下というより使用人に近いであろう。

それが、光秀が織田家の家臣も兼ねて急激に立身して四年、相互の立場が逆転した。

藤孝は、今では光秀からの指示を受けて動く与力のような存在になっている。むろんその身代も、光秀よりはるかに小さい。

かといって藤孝は、誰が見ても決して無能な人物ではない。それどころか連歌、和歌の古典的教養から余興の包丁芸、対人折衝能力や軍事能力に至るまで、これほど一個で多岐にわたる様々な才能を持った人間は、織田家どころか天下にも数えるほどしかいないだろう。

ただ、惜しむらくは、藤孝には事に当たって自ら進んで行動するような姿勢がない。

人から求められ、応じられて初めて、ようやくその重い腰を上げる。

理由の一つには、藤孝も光秀と同じく幕臣であり織田家の家臣でもあるが、決定的に光秀と違うところは、今も幕臣としての役割の比重が大きいということにある。

その幕臣の立場を考えれば、織田家での活動も自《おの》ずと制限される。だから、どうしても誰かに使われる立場となる。それが、光秀と藤孝の今日の逆転現象を生み出している。

部将としては、既に他の将の追随者となりかけている。自分と非常に似ている。

この事実を、藤孝自身はどう思っているのだろう……。

しかし、そうはなりつつも、藤孝は相変わらず周囲から尊敬を受けているし、藤孝自身も現状に不満はなさそうに見え、事実そういうふうには人からも見られていない。

今は決して一線級の部将ではないが、それなりに織田家で安定した地位におり、家中からは今後の活躍も期待されている。なによりも藤孝が不遇に見えないのは、かつては部下だった光秀から厚く遇されていることだ。信長からも、それなりの敬意をもって接せられている。

……その上で我が身を振り返ると、いつの日か秀吉の下風に立つかもしれない自分を、うっすらと想像することが時にある。この藤孝のあり方に、今後の自分の処世を占う生き方の手がかりがあるように感じる。

おれたちは、この織田家で将としての資質を常に競わされている。前歴を問わない実力本位の激烈な競争原理が働き、死ぬまでこの生き残り合戦は続く。自発性という資質がない部将は、やがて出世競争から脱落していく。

しかしそれが、主君の信長が自家繁栄を確実にするために取り入れたやり方だった。そしてその方法は、この瞬く間の織田家の膨張を見るにつれ、確実に機能している。そういう意味で、主君の信長を恨む気はさらさらないし、これまでの経緯を考えれば、信長を嫌いにもなれない。

長秀は改めて思う。

自分のような特に傑出した能力がない人間に、何よりも大事なのは、競争に勝ってゆく生き方を志すより、絶対に負けぬ生き方——織田家でしぶとく生き残っていく道を、確実に選ぶことだろう。

3

「退《ひ》け、退けーっ」

気がつけば佐久間信盛は采《さい》を揮《ふる》いながら、声を嗄《か》らして何度もそう叫び続けていた。

まったく、ひどい戦になったものだ。

元亀三（一五七二）年も暮れにさしかかった十二月二十二日、三方ヶ原《みかたがはら》ではすっかり日が落ちて、味方の軍馬も兵も、乱れに乱れている。

織田・徳川《とくがわ》連合軍の、大壊乱と言っていい。

もう、どうしようもない……。

今年の初めくらいから、主君の信長と十五代将軍・足利義昭《あしかがよしあき》は、その修復が不可能なぐらい関係が悪化していた。義昭が信長の勢力を削《そ》ごうと、前年から密かに水面下での活動を開始していたからだ。越後《えちご》の上杉謙信《うえすぎけんしん》や甲斐《かい》の武田信玄《たけだしんげん》、中国の毛利輝元《もうりてるもと》に上洛を促す一方、朝倉義景《よしかげ》や浅井長政《ながまさ》、石山本願寺《いしやまほんがんじ》や六角義賢らにも、盛んに反信長の御内書を下した。果ては、そもそも実兄の仇敵《きゅうてき》だったはずの三好《みよし》三人衆や松永久《まつながひさ》秀《ひで》まで、味方に取り込み始めていた。

そして信長と義昭の関係が決定的に壊れたのは、今年の九月だ。

とうとう堪忍袋の緒が切れた信長が、十七か条の意見書を義昭に突きつけたのだ。

様々な要求と苦情を書いているが、内容を簡潔に言えば、

「いかに公方といえども、この信長の意向に背いて自儘《じまま》にふるまうな」

という内容である。

これには義昭も激怒した。上洛の見込みのある有力大名を、さらにせっついた。

そして翌月、ついに恐れていたことが起こった。義昭の執拗な要請に応じて、信玄

がいよいよ西上を開始したのだ。

その数は、総勢三万。信玄は動員できる限りの兵を底までさらって甲斐を出て来ていた。信濃《しなの》から遠州へと入り、徳川の支城をいとも簡単に次々と落城させながら西進している。

迎え撃つ徳川家康《いえやす》率いる本軍は、支城の守りにも人員を取られており、わずか八千に過ぎない。その兵力差と両軍の合戦への練度を鑑《かんが》みれば、来るべき本軍同士の勝敗は、誰が見ても明らかだった。

このまま事態を放っておけば、間違いなく信玄は京に旗を立てる。

その信玄の動きに呼応するように、それまでは信長の指示の許でせっせと働いていた松永久秀が、大和で反旗を翻した。

この裏切りには、家中の重臣たちも激昂《げきこう》した。

「おのれ、あの老い馬め。蠍《さそり》めが――」一番家老の柴田勝家などは、怒りを露わにして歯嚙《はが》みした。「じゃから、あの上洛の時に叩《たた》き殺しておけばよかったのだ」

しかし、予想に反して信長だけは怒らなかった。激怒するよりもまず、松永が何故自分を裏切ったのか、その理由をしきりに知りたがっていた。

少なくとも、信盛にはそう見えた。

不思議なものだと思う。信盛の知る限り、昔から恐ろしく短気な信長は、この松永の処遇に関してだけは、何故か常に甘い。

信長は、徳川へ援軍を送ることを決定した。急遽《きゅうきょ》召集した重臣の中から、筆頭家老の信盛を総大将とし、その信盛を補佐する副将として、諫死《かんし》した平手《ひらて》政秀《まさひで》の嫡男である平手汎秀《ひろひで》と、水野《みずの》信元《のぶもと》の二人を選んだ。

「この人選の、意味は分かるか」

信長と二人きりになった時、信盛はそう聞かれた。

むろん、これしきの事が分からないようでは、織田家の筆頭家老など到底務められない。

信盛率いる佐久間軍は、織田家最大の軍団であるし、譜代家老の平手汎秀も、それなりの家臣と勢力を持っている。さらに織田家の被官である水野信元に至っては、現在では知多《ちた》半島を中心に二十四万石の領土を持つ大豪族である。この三人に付けられている織田軍の与力をも含めれば、総勢で二万ほどの軍勢は揃う。徳川軍と合わせれば、約二万八千。三万の武田軍に肉薄する兵数となる。だから、数字の上での勝負は可能だ。

が、信長の意図はそこにないと見た。自分は防衛戦や退却戦が得意であるし、平手も手堅い戦が得手である。水野も大兵を率いる豪族の常として、一か八かの合戦にはまず打って出ない。

ましてや地元を守る家康は、丹羽長秀以上に実直かつ慎重極まる性格である。

「籠城《ろうじょう》でございますか」

そう信盛が聞くと、信長はうなずいた。

「そうだ。三河《みかわ》殿の浜松城を、絶対に出るな」

それで、確信した。

武田勢三万に対して、ほぼ同数の数で籠城する。城攻めには寄せ手三倍の原則がある。つまり攻城戦では、籠《こ》もる兵の三倍を用意しなければ落城は望めないというものだ。

いかに信玄が戦上手であろうと、この数の原理は到底覆せないであろう。そして信玄の用意周到で用心深い思考法を考えるに、これまた計算を度外視した無理攻めは、決してしない。

「武田軍に浜松城を素通りさせ、敢《あ》えて西へ向かわせるわけでございまするな」

信盛は念を押した。

「そうだ」信長はまたうなずいた。「さすれば、信玄の背後に約三万の兵が温存できる。その兵で、東海道と中山道《なかせんどう》沿いの敵の兵站《へいたん》（食糧や軍馬の輸送）を断つ。当然、信玄の動きはいずれ鈍る。弱ってくる。さらにその時機を見計らい、こちらは畿内の兵を総動員して西と、そちの東から挟み撃ちにする」

なるほど、と一瞬は納得もする。それでも相手は上杉謙信の越後兵と並び日ノ本最強と言われる武田軍だ。不安はある。

非礼とは分かりつつも、つい縋《すが》るように聞いた。

「しかし、あの信玄を相手に、勝てまするか」

途端、信長は額に青筋を立てて信盛を睨《にら》み付けた。

「だから、勝つように事を運ぶのだ」吐き捨てるように言った。「少なくとも勝てる見込みは、このやり方しかない。よけいな事を言うなっ」

それで信長も、確信は持っていないことを知った。しかし、この方法しか信玄の西上を最終的に食い止める方法がないということでは、信盛も同意見だった。

「分かるな。絶対に、城を出るなよ」

信長は、最後に厳命した。

信盛は、その二万の軍勢を率いて遠州の浜松城に入った。籠城ということでは、既に平手、水野両人との間でも、完全に了解が取れていた。

織田軍が浜松城に着くと、すぐに軍議が開かれた。

信盛は織田軍の総大将として、信長の方針を家康に伝えた。かつ、その後に目論《もくろ》んでいる戦術——敵の兵站を断ったところで、東西から武田軍を挟み撃ちにする計画までを詳しく解説した。

「我が殿の申されるには、このやり方しかほぼ確実に武田軍を破る方法はないとの仰せでありました。万が一勝てなくとも、兵糧を断たれた武田軍は、やがて甲斐に戻るしかないのは必定」

この案には軍議に出ていた徳川軍の諸将も、諸手を挙げて賛成した。

当然だろう、と信盛も感じる。

去る二か月前の十月十三日、遠州に進軍してきた信玄は、徳川方の支城・只来《ただらい》城を手始めに、天方城、一宮城、飯田城、各和《かくわ》城、向笠《むかさ》城などの諸城をわずか一日で陥落させるという、恐るべき強さと手堅さを発揮しながら西進を続けた。

そして早くも翌日の十四日には、徳川方の支城の中で最も重要な二俣《ふたまた》城を包囲した。

二俣城は、遠州に本拠を移した徳川氏の泣き所である。この交通の要衝に建つ城を落とされれば、北方の天神山城、南方の懸川城の両城と、浜松城の交通・連絡網は遮断される。結果、徳川の本城である浜松城は、完全に孤立する。

この敵の的確につぼを突いた攻撃に、堪《たま》りかねた家康はついに出陣した。

が、二俣城近傍の一言坂で待ち受けていた武田軍に、一瞬にして撃砕される。

家康は辛うじて浜松城まで逃げ戻って来たが、その後、二俣城の窮状を救う手立ても思いつかず、ただただ武田軍の攻城に耐えてくれることだけを願っていた。それだけの縄張りを施した、特別な堅城であるとも信じていた。事実、二俣城に籠もる千二百の城兵は、その後も武田軍の二か月にわたる攻撃によく持ちこたえた。

難点が一つあった。二俣城といい、浜松城といい、遠州のこの周辺は井戸水の湧きにくい土地柄である。特に二俣城には、その城郭内に井戸がなかった。その水不足を補うために、天竜川に張り出した井楼《せいろう》（水を汲《く》み上げる設備）がある。そこに信玄は目を付けた。上流から大量の筏《いかだ》や丸太を流して井楼の支柱にぶつけにぶつけ、この設備を粉砕した。

水を断たれた二俣城は、つい二日前に降伏した。家康は、本城をほぼ丸裸にされた。ようは、と信盛は思う。

籠城でも野戦でも、徳川軍は武田軍の兵馬の精強さを前に、完膚なきまでに負け続けている。そういう意味でも、いったんは籠城して武田軍を西方にやり過ごし、やがて東西から挟み撃ちにするという信長の案が、最も妥当だと徳川軍の諸将も感じているに違いない。

しかし、主将である徳川家康の反応は、微妙に鈍かった。

「とりあえず、それは相手の出方を見てからでござる」

そう、ぼそぼそと尻すぼみな口調で言った。

そして落城から三日目の今日、武田軍が二俣城から再び動き出した。

おそらく信玄はこの浜松城にもおびただしい間諜《かんちょう》を放っていたのだろう、浜松城攻略は無理と考え、こちらには南下せず、北方の遠州平野に向かって西進を開始した。

昼過ぎには複数の斥候の報告により、その動きが確実なものになった。

やはり、殿――信長の推測は正しかった。そう信盛は改めて胸を撫で下ろし、それまで、ともすれば顔が引きつりがちだった連合軍の諸将も、一様に安堵《あんど》の表情を浮かべた。

その直後だった。

この報告に、突然怒り出した男が一人いる。

あろうことか、この一連の負け戦の張本人である徳川家康、その人であった。

普段は温厚かつ冷静な男が別人のように目をぎらつかせ、顔を真っ赤にして叫ぶように口を開き始めた。

恥だ、屈辱だ、面目を無くす、生きてはおられぬ、などと、興奮し切って喚《わめ》いた。

最初、その場にいた諸将は信盛も含め、何を言っているのか分からなかった。

ややあって、その意味が分かった。

「およそ武門を張る家において、敵を恐れて息をひそめ、自分の領地を素通りさせるなど、恥辱の極みである。この乱世に、どうして生きて面目が立とうか」

という意味のことを、家康はさかんに言っていたのだ。

「武士は、その勇なきことを笑い物にされたら終わりだ。人からも敬われず、その一生は死んだも同然。わしは、やはり出陣する。断固として戦う」信盛はその言葉に束の間耳を疑い、そして呆《あき》れた。かりにも家康は、遠江・三河の二国を治める太守である。石高でも五十万石以上はある歴《れっき》とした大名だ。

その男が今、単なる端武者の意地のような青臭い言葉を連呼して憚らない。なんたる子供だ、と愕然《がくぜん》とした。この三十男の剝《む》き出しの精神とは、こんなにも幼稚なのか――。

これには徳川家の重臣たちも、

「との、殿っ」

と、家康の膝を摑まんばかりにして反対し始めた。筆頭家老であり、家康の叔父《おじ》でもある酒井《さかい》忠次《ただつぐ》などは、

「殿はいったい、正気でござるか。出陣なさるとは言われても、しかとした勝算はおありか。現に、これまでの戦でも負け続けているではございませぬか」

と叫ばんばかりにしていきり立った。

「負け続けていればこそ、戦うのだ」家康はすかさず言い返した。「世間は間違いなく、負けるのを恐れて逃げたと見る。それでは、このわしの武門の一分が立たぬわ」

「しかし、信玄をやり過ごすのは、織田殿も一時の方便じゃと申されておりまする」酒井忠次はなおも不戦を主張した。「あとで確実に勝てばよいではありませぬか」

「だから、あとで仮に勝っても、世間ではそうは見ぬと言っておる。織田殿の陰に隠れて勝ったのだと見るっ」家康は断固としてかぶせた。「さらに今は、かたじけなくも織田殿より二万の馳走《ちそう》を頂いておる。これに我が軍を併せれば、信玄公とはほぼ互角の兵力。これで戦わぬのでは、さらに世のいい笑いものじゃ」

ここだ、と思う。信盛は咄嗟に口を開いた。

「恐れながら三河殿、それがしは我が主君より『戦え』と言う下知は受けておりませぬ」さらに相手に口を挟ませまいと、早口で言葉を重ねる。「むしろ、『絶対に城から出るな』と厳命されておりまする。拙者もそれが良いと存じますし、何よりも主君の命に、背くわけには参りませぬ」

家康は一瞬、言葉に詰まり、その眼を板間に泳がせた。

「左様か――」

そう言ったきり、しばし俯《うつむ》いていたが、やがてその顔を上げ、信盛の顔を正面から見てきた。

「では、是非もない。わしら徳川軍のみで出陣することとする」

「は？」

「であれば、出《で》羽介《わのすけ》（信盛）殿にもご迷惑はかかるまい。織田殿への面目も立つ」家康は震える声で言った。「この城を守っていただければ、こちらも兵を総ざらいして打って出ることが出来る。それだけでもありがたい」

殿っ、と今度ばかりは酒井を始めとする重臣たちも、泣くような大声で諫めた。

「敵は三万でござる。しかも相手は武田。八千の小勢で正面切って戦えば、負けるは必定」

「殿は、いつからそのような聞き分けのないお方におなり遊ばしたっ」

家康は自らの家臣たちを一瞥すると、そっけなく答えた。

「昔からじゃ。わしは、自分の料簡に合わぬことは、せぬ。生き恥を晒《さら》してまで、生き永らえようとも思わぬ」

これには徳川方の重臣たちも、さすがに無言になった。

家康も少し黙っていたあと、さらに言葉をつづけた。

「わしの考えに納得がいかぬ者は、城に残れ。別に責めはせぬ。従う者だけを連れ、打って出る」

大広間に流れた重い沈黙は、先ほどよりさらに長くなった。

最初に口火を切ったのは、徳川勢の中でも豪勇をもって知られる本多《ほんだ》平八郎《へいはちろう》忠勝《ただかつ》であった。

「止むを得ませんな」そう一言つぶやくと、覚悟を決めたようにこう宣言した。「それがし、地獄の牛頭《ごず》役として、殿の道案内を仕《つかまつ》りましょうぞ」

次に酒井と並ぶ一方の筆頭家老・石川数正《いしかわかずまさ》も、それに和した。

「はて……時には、武名をかけて命を張ることも必要かもしれませぬな」

この二人の発言をきっかけにして、主君への忠義を旨とするこの三河生まれの田舎者どもの集団は、みるみるうちに出陣の方向に傾いていった。

最後には、酒井までもが渋々ながらも承諾した。

「こうなっては致し方ない。わしも討ち死にする覚悟で参る」

この一言で、徳川方の総出での出陣が決定的になった。

まずい――。

信盛は密かに歯噛みしていた。予期せぬ展開に、今度はこちらが焦り始めた。この状況は、非常にまずい……。次第に、胃の底から黄《き》水《みず》のようなものが湧きだしてくる。二万もの援軍を率いて浜松に乗り込んできたというのに、他人の城にぬくぬくと残り、わずか八千の徳川勢をただ戦場へ見送っただけとなれば、世間への聞こえはどうであろう――。

悪いに決まっている。友軍を見捨てたという評判が、一気に諸国に広まる。織田家の名折れになり、武門の信用をなくす。今は信長に付き従っている畿内の小大名、豪族たちも、織田殿は頼みにならぬお人よ、と心を冷やすことは間違いない。

それでも信長は、信盛らがこの城に残ることを結果的には許すかも知れない。

信長は、勝てると見込めない勝負は絶対にやらない。そのためには、どんなに屈辱的な条件でも一時的には呑む。かつてそうであったように、上杉や武田の不興をなだめておこうと、あからさまな追従と媚態《びたい》さえ示す。

逆に勝つためには、どのような約束でも義理でも、いとも簡単に反故《ほご》にする。親族でさえ、叔父や弟をだまし討ちにする。

非難しているのではない。人臣の上に立つ武将とは、そういったものだ。

自家を繁栄させることが、武門の棟梁としての徳目の第一義であり、家臣団を守り存続させることが何よりも求められる。名こそ惜しけれ、などと言って個人の美意識を振り回す端武者の倫理とは、わけが違うのだ。

しかし今、その青臭い端武者のような家康の言葉に引き摺《ず》られ、徳川軍は総出で出陣しようとしている。黄水がさらに込み上げ、気分の悪さに吐きそうになる。両腋《りょうわき》を冷たい汗が伝う。

自分の左右に控えている副将の平手汎秀と水野信元を振り返る。二人とも信盛の顔を無言で、だがもの問いたげな表情で見返してくる。

まだ若い平手は、こういった高度な政治的判断を要する局面では、どう処していいか分からないらしい。だから、戸惑ったような、自信のなさそうな目つきをしている。

一方の水野は家康の伯父《おじ》でもあり、その一族の主だった者も、徳川家とは濃厚な血縁で繋がっている。だから、いくら他家のこととはいえ、まるきりの他人事《ひとごと》でもない。

さらに言えば、思い出したくもないし、こうして水野と友軍を組んでいる限り、なるべく思い出さないように努めてはいるが、この男はかつて、自軍の保全のために、信盛の従兄弟《いとこ》である佐久間大学を実質的に見殺しにしたという消し難い過去も持っている。

水野は一言、口を開いた。

「拙者は、出羽介殿の考えに従う」

なるほど。

水野信元は一大勢力を誇る豪族とはいえ、つまるところ織田家では外様で、純粋な郎党ではない。信長を地元の盟主として仰いでいるに過ぎない。だから、この場では発言を控え、信盛に一任すると言ってきている。

今では徳川方の重臣たちの目も、すべてが信盛に向かっていた。

その重圧に耐えながら、さらに信盛は必死に考える。

今、徳川軍八千だけで信玄に向かっていけば、いくら彼ら三河者の掛け声が勇ましくとも、完敗するのは火を見るよりも明らかだ。下手をしたら、全滅に近い打撃を受ける。

すると、どうなるか。

おそらく武田軍は勢いに乗じて、この浜松城に一気に迫ってくる。

いくら城攻め三倍の原則があるとは言っても、信盛たち二万が籠もる浜松城は、所詮は他家の城だ。勝手が違う。細かい郭《くるわ》まではどう守っていいか、すぐには見当もつけにくい。ましてや他家の城郭を義理で守ることに、織田軍の士気は一向に上がらないだろう。その危うい状況の上で検討してみるに、元々弱兵揃いの織田兵二万では、日ノ本一の精強を誇る武田勢三万と稀《き》代《たい》の戦上手である信玄の前には、しばし持ちこたえたとしても、結局は落城するしかない。

その時、自分たちはどうなるのか……。

はるばる甲斐から遠路を押して京を目指している信玄である。目指すは間違いなく主君の信長の首だ。さらには織田家の完全な撃破だ。それ以外の結末は考えていまい。

おそらく降伏は認められない。許せば、再び信長の許に戦力として馳《は》せ参じるからだ。そんなことを信玄が許すはずもない。城ごと磨《す》り潰《つぶ》されるようにして、皆殺しにされる……。

そこまで思考を積み重ねた時、既に信盛の腹は不本意ながらも決まっていた。

「よろしいでしょう――」信盛は言った。「我らも、三河殿と共に出陣させていただきまする」

おぉ、というどよめきが浜松城の大広間に上がった。しかし、その歓喜の声を聞いても、信盛は少しも嬉《うれ》しくなかった。

「ただし、相手はあの武田軍でござる。勝つには、勝つに足るその素地が必要でござる」信盛は、その場の無責任な盛り上がりに釘《くぎ》を刺した。「もし武田軍と相見《あいまみ》えた時、こちらからの攻撃は、相手がなおも西進を続けている場面に限るということを、しかと約定していただきたい。西へ西へと細長く延びた敵縦列の脆弱《ぜいじゃく》な横っ腹を突く、ということでしか、おそらく勝機は得られますまい」

言いながらも、このやり方以外に、まず勝ちは拾えまいという確信がなおも強まった。むろん、家康を始めとする徳川方の面々も、この案には全員がうなずき、約定を交わした。

結局、信盛以下二万の織田軍は、家康の熱気に引き摺られるようにして浜松城を出陣した。

その時、日は既に西に傾き始めていた。斥候の報告によれば、武田軍は浜松城の北方二里にある三方ヶ原台地の手前に差し掛かりつつあるという。

行軍を可能な限り急いだ。徳川軍と一路北を目指しつつも、信盛はまだ心中、果たしてこれで良かったのかと迷っていた。しかし、先ほどの状況では、この判断しかなかったではないか、と自らを慰める。

三方ヶ原台地という緩やかな隆起の連なる場所に差し掛かった時には、太陽は西の地平に沈みつつあった。

その何度目かの勾配《こうばい》を半ばまで登った時、不意に上の台地から戸惑うようなどよめきが上がった。

嫌な予感がした。織田・徳川の連合軍は、既にその半ば以上が坂を登り切っている。直後、信盛は愛馬と共に徳川軍のいる前線まで駆け出した。味方の兵馬をかき分けるようにしながら前線へと進み、ようやくなだらかな平地へと出た。

愕然とした。平地の三町ほど先の高台の上に、信じられない光景が広がっていた。あろうことか西進を続けていたはずの武田軍が、びっしりと黒い塊を作って、こちらを向いている。左右に広がりつつも、その中央部はさらに分厚く布陣されている。魚鱗《ぎょりん》の陣……敵に錐先《きりさき》を揉《も》み込むようにして一気に突撃するためには、最も効果的な陣形だ。

罠《わな》だ――信玄は西へ向かうと見せかけつつ、ここで誘い出しを図っていたのだ。

しかし、そう思った時には後の祭りだった。味方の兵はもう、既に七割がたが背後の坂を登り切ってしまっている。そして未だ陣形は整っていない。

が、前方に見える家康は、何故か退く気配を見せない。

馬鹿な、と思わず歯噛みしたい思いに駆られる。あの嘴《くちばし》の黄色い小僧は、この期に及んでもまだ正面切って戦うつもりでいる。いったい、このわしとの約束はどうなったのだ。

退けっ。

そう一瞬言いかけて躊躇《ちゅうちょ》する。背後の上り坂の向こうの兵たちは、この事態を知らずに依然こちらへと行軍を続けている。今下手に退却を命じれば、まだ事情を知らないでいる後方の兵士たちと、押し合いへし合いの大混乱になる。

おそらく信玄は、こうなる状況も見越して、あの場所に陣を固めていた。

……万事休すだ。

そう思った矢先、武田軍が一斉にこちらに向かって馬《ば》蹄《てい》を轟《とどろ》かせ、突撃を開始してきた。直後には、信玄自慢の投石隊の大量の礫《つぶて》が、雨霰《あめあられ》と飛んできた。なにせ拳《こぶし》大ほどもある重い石の、絶え間ない攻撃である。その衝撃を嫌がり、最前線の徳川軍は乱れに乱れた。

あとにはもう、地獄が待っていた。

真正面から突っ込んできた武田軍の兵馬の圧力を前に、平地の端に固まるようにして存在した織田・徳川の連合軍はなす術《すべ》もなく、自然にその中央部が窪《くぼ》むようにして圧《お》し潰された。

それでも当初、前方の徳川軍はなんとか持ちこたえていた。しかし、さらに敵はここぞとばかりに分厚い波状攻撃を幾度も仕掛けてきた。ついに、前線が大きく崩れ去った。

それ以降は、もう戦闘と言うより、一方的な虐殺に等しかった。味方の足軽たちはいとも簡単に蹴散《けち》らされ、騎馬武者も次々と目の前で討ち取られていく。大壊乱が始まった。

ここに至ってようやく信盛は、家康の意向も関係なしに必死に退却を命じ始めた。

「退け。退けっ」

まだ背後には斜面を登ってきつつある兵も残っていただろうが、構うものかと思った。このままではみすみす敵の餌食《えじき》になる。

「逃げよっ。後ろは下りじゃ」さらに喚いた。「大きく左右に広がりつつ、命の限り駆け下りよ」

しかし武田軍の猛攻はそれ以上に凄まじかった。全軍が総退却を始めた後も、獲物に喰《く》い下がる猟犬のように追撃してきた。

半里ほど南方に向かって逃げに逃げたところで、ようやく追っ手を振り切れたという有様だった。駆けながら周囲を見回しても、他の部隊がどうなっているのかさっぱり分からない。

生き残った自軍を率い、なおも浜松城に向かってあと一里ほど潰走《かいそう》し、完全に安全圏内に達したところで、初めて一息ついた。

と、まだ戦場に残っていた自軍の母衣衆《ほろ》が、ここでようやく追いついてきた。その後の戦の経過を詳細に報告してきた。

「徳川軍の死傷者は数知れず。三河殿のお行方は不明、その旗下の主だった部将も、本多忠真《ただざね》殿、中根《なかね》正照《まさてる》殿、成瀬《なるせ》藤蔵《とうぞう》殿、夏目《なつめ》吉信《よしのぶ》殿、鳥居《とりい》四郎左衛門《しろうざえもん》殿など、多くが討ち死にされた模様。お味方の大惨敗でございます」

くそ……。

しかし事態がこうなった以上、もう徳川軍のことなどどうでもいい——所詮は他家のことで、しかも彼らが決戦を主張したのだ。そしてこちらは、それに同調せざるを得なかった、あくまでも援軍に過ぎない。我が軍の、特に信長から預かった他部隊の死傷者が気になる。

「して、我が軍の損害は。主だった部将で、討ち取られた者は？」

そう信盛が聞き返すと、一瞬その母衣武者は口ごもった。

「一見しまするに、徳川軍ほどに死傷者は出ておりませぬ。ですが、監物《けんもつ》殿だけは、あの乱戦の中で儚《はかな》くもお亡くなりになられたご様子です」

信盛は絶句し、一瞬、眩暈《めまい》を覚えた。監物とは、平手汎秀のことである。主君の信長は、昔の贖罪《しょくざい》の意味もあるのか、平手家だけは非常に大事に扱っていた。その惣《そう》

領《りょう》である平手汎秀を、死なせた。しかも信長には、

「分かるな。絶対に、城を出るなよ」

と、釘を刺されていたにもかかわらずだ。

……この体たらくを、後で信長にどう報告しよう。

後日さらに調べると、この三方ヶ原の戦いでは、武田軍の死傷者はわずか二百名に対し、織田軍は約一千、徳川軍は総兵力の四分の一に当たる二千人もの被害を出すという大敗であった。

第五章　亀　裂

1

昨年の元亀三（一五七二）年から元亀四年になり、七月末に元号が改まって天正《てんしょう》元年になるまでの間、明智十兵衛《じゅうべえ》光秀ほど、その立場に懊悩《おうのう》した部将はいなかっただろう。

光秀は五年ほど前から幕臣であると共に、織田家の家臣でもあるという奇妙な立場を続けていた。そして世間でも周知の通り、昨年の初頭から、信長と公方《くぼう》の仲は急激に亀裂《きれつ》が深まった。

むろん、両者が徐々に不仲になり始めた時点で、心中では織田方につくと決めていた。

幕臣一筋の身分であった頃、公方の義輝《よしてる》と義昭は自分に何をしてくれたか。道三崩れ以降のあの貧窮の時代、多少なりとも将軍家から扶持《ふち》をもらっていたか。

否だ。

もちろん自分のような木っ端の幕臣に、扶持を回すような財政的余裕が将軍家にあったとは思っていない。だが、事実は事実だ。

当時、自分はその家族と共に、細川藤孝の掛人《かかりゅうど》の分際にまで落ちぶれていた。

「あれよ。乞胸《ごうむね》よ」

と、朝廷や幕臣の心無い者からは、散々に陰口を叩《たた》かれていた。

一方、織田家に仕えて以来、信長は自分に何をしてくれたか。

永禄《えいろく》十一（一五六八）年、織田家に出仕した時、自分でも耳を疑うほどの破格の待遇をもって迎えられた。以来、武官、文官として功績を立てるたびに、知行地と貸与する与力の数を増やしてくれた。

織田家に仕えてわずか三年後には、並み居る織田家の家老や重臣を差し置いて、近江滋賀郡五万石と、その地域の町から徴収する莫大《ばくだい》な矢銭を与えられ、新たに縄張りした坂本城の城主にしてもらった。

他の織田家の部将のような、暫定的な城番や管理地ではない。信長から与えられた正式な領土と城だ。小さいながらも城持ち大名にまでなった。

往年の貧苦の時代を思えば、およそ自分でも信じられないような立身ぶりだ。

士は、己の価値を認めてくれるだけでなく、その価値に応じた厚遇を示してくれた者に尽くす。

それを思えば、織田家につくのは当然だ。

そう頭では割り切りつつも、心の片隅では常に将軍家のことが気にかかっていた。

……結局、武田信玄は京まで進めなかった。

それが決定的になったのは、元亀四（一五七三）年の四月である。

前年の三方ヶ原の完勝の後、さらに西に進んで三河の野田城を攻略し始めたのだが、この徳川方のちっぽけな城を落とすのに信玄は四十日もかかり、とうとう東三河で越年してしまった。

光秀はその頃から、信玄の動きを多少面妖《めんよう》に感じていた。

あの稀《き》代《たい》の戦上手として知られている信玄が、通常ならそんな小城ひとつに手間取るはずはない。この苦戦には、きっと何か事情があるはず……。

今年の初め、義昭は既に信長との全面対決の姿勢を公にしていた。

信長は将軍家との講和のための使者として、光秀に白羽の矢を立てた。

むろん、光秀にも異存はなかった。正直、心中では既に袂《たもと》を分かったとはいえ、将軍家には長年に亘《わた》って恩顧を被ってきた。そして多少は、義昭の今後が気がかりでもある。

今の織田家は、七、八万の軍勢は動員できるまでの勢力になっている。もし信玄が上洛できなかった場合、織田家と将軍家との勝敗の帰趨《きすう》は、火を見るより明らかだ。

さっそく義昭の立て籠《こ》もる烏丸中御門第《からすまなかみかどだい》（旧二条城）へと出向き、信長の口上を述べた。

「十兵衛よ、今さら信長と和睦《わぼく》せよと申すか」

義昭は、額に青筋を立てて怒り出した。

「それでは天下に御教書《みぎょうしょ》を下してきた、このわしの面目はどうなる。信玄への義理はどうなる。和睦はならぬ」

「恐れながら、信玄公の動きが鈍り始めております」光秀はさらに言上した。「この進軍速度では、信玄公がすぐさま京に旗を立てるのは、かなり難しいかと」

「その信玄がつい先年末に、織田と徳川勢を完膚なきまでに叩き潰《つぶ》したこと、忘れたか」

むろん、この反駁《はんばく》は光秀も想定していた。

「だからこそ、でございまする。武田軍はほぼ無傷で進んできたにもかかわらず、動きが不自然に鈍っておりまする。これこそ、自軍の中に何か重大な事情が生じている証《あかし》と見るべきでしょう」

嘘偽りのない気持ちだった。そして信長から聞いていた、重要な一言を口にした。

「あくまでもごく内々の風聞ではございますが、信玄公は以前より労咳《ろうがい》を患っているとの由。この凍《い》てつく大地での進軍を、三か月近くも続けております。もしや、その持病が重くなっているのやも知れませぬ」

一瞬、義昭は絶句した。けれど、それも束の間だった。

「とはいえ、まだ信玄は京を目指しているではないか」義昭は明晰《めいせき》な道理で答えた。

「万一、労咳だとしても、わしとの約定を守るために未《いま》だ京を目指しているではないか。その信玄の厚意を、やはり無下には出来ぬ」

さらに義昭は光秀を責めたてるように言った。

「十兵衛、十兵衛よ。そちはいったい誰の味方なのか。織田家か。元々も、そして今もわしの臣下ではないか」

しかし、光秀にもこれについては言い分がある。

その幕臣の身分については、二年前に、信長から幕府に対して正式な『暇乞《いとまご》い』の文書を出してもらっていた。

明智十兵衛光秀を幕臣の籍から抜いて、織田家に正式に仕えさせたい――

というものだ。ちょうど光秀が坂本城主になった頃であり、むろん光秀の意を信長が受けて、それを文書にしたのだ。織田家の家臣としての激務に加え、しきりと義昭が織田家の意向に反することを要請してくる。光秀は正直、その両者の調整に、もう精神的にもへとへとになっていた。

しかし、義昭はこの要請を蹴《け》った。

この、人は好《よ》いが貴種の生まれゆえか、絶えず人を悪意なく便利遣いすることしか考えておらぬお方は、まだ光秀を織田家への間諜《かんちょう》として使いたいという気持ちがあるのだろう。

が、光秀にはそんな気持ちはさらさらなかった。

つらつらと時代の趨勢を見るに、将軍家の没落と織田家の今後のさらなる隆盛は、ある程度の慧眼《けいがん》を持つ者なら、誰の目にも明らかだ。そして明智家と美濃源氏の将来をその双肩に担っている光秀は、まだ滅びたくはない。

おかげで自分は、まだ将軍家にも織田家にも籍を置いているという曖昧《あいまい》な立場でいる。まったくもってやりきれない。けれど、それを口には出さずに退席した。

結局、この交渉は不首尾に終わった。しかしその不手際を、信長は怒らなかった。

「そうか——」

そう言ったきりであった。

信長は、懸命に仕事をこなし、出来る限り成功に向けて手を打ってきた人間には、たとえその結果がうまく行かなくても、あまり怒ることはない。その過程もちゃんと評価してくれる。家来の失敗を容赦なく責め立てるという世評とは、ずいぶんと違っている。

だからこそ光秀も、この主君のためによりいっそう尽くそうという気分にもなれる。

現に昨年末、筆頭家老の佐久間信盛が、浜松城に籠城《ろうじょう》の厳命を受けながらも、三方ヶ原までうかうかと出陣して、徳川勢もろとも大惨敗した時もそうだ。

平手汎秀まで死なせたその報告を、信盛はかなり面目ないと思っていたらしく、顔を引きつらせながらも最後まで行った。けれど、目も当てられぬ結果とはいえ、その経緯を考えれば致し方ないことだとは、横で聞いていた光秀も思った。この織田家の筆頭家老も、自分なりに懸命に考えた結果、先の行動をやむを得ず起こしていた。

そして信長も、終始不機嫌そうな顔はしていたが、面と向かってこの信盛の不手際を叱責《しっせき》することはなかった。

ただ一点、信盛が最後にこぼした徳川家康の人柄への愚痴には、引っ掛かりを感じた。

「不覚ながらそれがし、三河殿の性根があのように青臭く、また片意地な男だとは思いもよりませんでした」

それは違うのではないか、と光秀はちらりと感じた。あの家康は、おそらくそんな子供ではない。理屈としてそう感じたのではない。いわば、勘のようなものだ。

しかし、光秀はその疑問を口にはしなかった。

織田家の戦況が予断を許さなかったこともある。済んでしまった結果の、細々とした解釈論はあとだ。現に今、信玄は東三河まで進んで来ている。

信長もそう感じていたのか、すぐに織田家包囲網の戦況の手当てを諸将に命じた。

南近江の瀬田にある石山城と西近江堅田の今堅田《いまかたた》城には、義昭の意を受けた六角氏の残党や滋賀郡の土豪が、反信長の旗を翻して籠もっていた。

光秀は、この両城を諸将と共に落とすように信長から下知を受けた。石山城と今堅田城は、光秀が信長から与えられた滋賀郡の封土の中にあるから、この部署割りは、ある意味で当然だった。

二月二十四日、光秀は同じ近江分国の諸将・柴田、丹羽、そして安土の蜂屋頼隆と共に、まずは六角氏の残党と伊賀・甲賀衆が籠もる石山城を、火が出るように攻め立てた。二日後の二十六日、主将の山岡景友《やまおかかげとも》は降伏した。

その石山城を破却した跡には、柴田勝家の軍が残留した。

三日後の二十九日、丹羽・蜂屋両軍と共に琵琶湖を北上して、今堅田城攻めへと移った。

坂本城から琵琶湖西岸を二里強ほど北に行った今堅田城には、かつて将軍家で同席だった磯谷久次《いそがいひさつぐ》という幕臣が主将として籠もっていた。朝廷への工作も一緒に行った朋輩《ほうばい》だ。さらに磯谷とは昨年、彼の嫡子が元服した際、光秀がその名付け親になったという昵懇《じっこん》の間柄でもある。

……やりにくい、と光秀はこの時も思ったものだ。

戦いの始まる前から、幾度も降伏勧告を城内に送った。しかし磯谷からの反応はなかった。意志は固いのだ、と感じた。

ようやく光秀も覚悟を決めた。やるからには、徹底して叩く。城を一気に攻め落とす。それが武将としての磯谷への礼儀だ。

この攻城戦では、丹羽長秀を上席に置きながらも、基本作戦は光秀が立案し、そして正面の主力部隊を務めた。

坂本城は、こういう湖岸沿いにある城を制することも目的に入れ、しっかりと縄張りをしていた。ここが、実質的な戦の主務者である自分の腕の見せ所だと感じた。

まずは早暁に、坂本城から囲い船の一大船団を組み、琵琶湖を北上した。

辰の上刻には今堅田城の西の湖岸へと着いた。すべての船を岸に寄せ、城の土塁まで五十間（約九十一メートル）を切るという至近距離にまで近づいた。

光秀が、信長におおいにその才能を見込まれた一つには、鉄砲に対する扱いとその知識もある。そして今回、火薬と鉄砲は坂本城にある限りの量を持ち込んで来ていた。

しかもその種子《たねが》島《しま》は、飛距離百二十間という最新式のものだ。生身に当たれば、八十間でも相手は死傷する。そして三十間の距離で撃てば、甲冑《かっちゅう》を着けていても弾は確実に貫通する。

さて、戦の開始だった。こういう場合、光秀は他の織田家部将のように、どうにも景気良い言葉が部下に対して吐けない。采《さい》を振り下ろし、

「では、撃ち方を始めよ」

そう、あっさり命じただけだった。

が、明智軍は光秀自身が手塩にかけて育ててきた、織田家中でも最も精強をもって鳴る自慢の軍団だ。そんなそっけない下知でも、兵たちは今堅田城の櫓《やぐら》を目掛けて一斉に鉄砲を撃ちかけ始めた。しかも鉄砲隊を三隊に分け、間断なく弾丸が城を襲うようにした。

「撃ち続けよ」

たちまち弾幕の煙が湖上に立ち込めた。

そして櫓の上に人影が見えなくなるのを待ち、いったんは射撃を止めさせた。

次の作戦に移った。正面の大手門に、船を下りた主力部隊を一気に突撃させた。大《おお》槌《づち》の先を、何度も扉に叩きつける。次第に門が壊れ始める。

時を同じくして、陸路をやって来た丹羽軍・蜂屋軍も、今堅田城の南から攻城を開始した。

敵は大手門を開き始めた。打って出ようとしている。光秀は後詰の鉄砲隊を、大手門に向かってさらに前進させた。

「構えよ。門を狙え。次は、一斉射撃だ」

そして、大太鼓を三回続けて打ち鳴らした。

その合図で、味方の兵たちはすべて大手門の前から左右に大きく散った。土塁に沿って地べたへと寝そべった。

直後に門が大きく開き、籠城兵たちがわらわらと姿を現した。途切れなく出て来る。

「撃て」

光秀は、また簡潔に命じた。

一瞬、大地を揺るがすかのような轟音《ごうおん》が周囲に響き渡った。前方の煙が晴れた時には、大手門の前に敵の大量の死体が転がっていた。

「今じゃ、全軍突撃せよっ」

明智軍の侍大将、斎藤利三《さいとうとしみつ》の大音声が響き渡る。真っ先に主力部隊が城内に突入した。その動きを援護すべく、後方から鉄砲隊が続く。ほぼすべての味方が無人の大手門へと押し寄せていく。

よしっ、と光秀はひとまず胸を撫《な》で下ろした。

ここまでくれば、あとはもう勝ったも同然だ。さらに一刻ほど容赦なく攻撃を続けさせ、ほぼ勝敗を決定づけた後、光秀は次の手を打った。

「今からでも降伏すれば、この明智十兵衛光秀の身に代えてでも、決して悪いようにはせぬ」

という意味の矢文を、城郭の至る所に射込んだ。

城に籠もった磯谷を始めとする幕臣たちは、義昭に忠義を尽くそうとして、命じられたまま籠城したに過ぎない。光秀の篤実な人柄も以前から知っている。

これで、敵方は完全に戦意を喪失した。

開戦からわずか二刻後、日が天中に達した頃には、城は落ちていた。

降伏した城を検分してみると、このわずかな間に敵方の五百人が死に、千人が負傷していた。

丹羽軍と蜂屋軍が現地から引き揚げた後、光秀はさっそく琵琶湖を渡って馬を飛ばし、岐阜城へと向かった。

信玄に備えて依然岐阜城に籠もっていた信長に、戦勝報告と、自分の独断で降伏させた幕臣たちのほとんどを保護している旨を伝えた。

「今堅田の件、ようやった」まず信長は、簡潔に光秀を褒めた。そして続けざまに言った。「磯谷ら幕臣を穏便に扱ったこと、さらにようやった」

素早い攻城以上に、その戦後の処置を称《たた》えた。

「その者どもが、また公方の許《もと》に戻りたいというのなら、構わぬ。解き放て。織田家に出仕したいという者があれば、そのようにする。知行地を与えた上で、そちの与力として付ける。今後の意向を聞け」

さすがに信長はよく分かっている、と光秀は思う。

正直、幕臣の武力など現在の織田家の前では巨象の前の蟻に等しい。それを最後まで徹底して叩き、根絶やしにして世間の評判を悪くするより、多少なりとも新たに味方に取り込んだほうが、今後の京での活動を考えた場合、何かと聞こえが良い。

そして光秀は、その京での政治工作を未だに担当している。

当然、彼ら幕臣の降将がもし織田家への出仕を希望した場合、自分の与力として付けられることも想定していた。

まったく主君として仕えたこの男とは、ほとんど感動的なばかりにその考え方の符《ふ》牒《ちょう》が合う。双方、先々の読みが、常に同じ意識の高さで一致する。

結果、光秀はあれこれと信長の意向を忖度《そんたく》して無駄な気苦労をすることなく、その都度与えられた仕事を、自分の裁量で伸び伸びとこなすことが出来る。

およそ誰かに仕える身として、これ以上の心地良さがあるだろうか、とすら感じる。

一方、佐久間信盛も再び軍勢を整え、畿内に跳梁《ちょうりょう》する三好三人衆と松永久秀の軍の掃討作戦に精力的に乗り出していた。

　しかし、この状況でも信玄は、依然として東三河に留《とど》まったままだった。

信長が夥《おびただ》しく放っていた間諜の報告によれば、信玄の労咳の噂は、いよいよ事実として捉《とら》えたほうがよさそうであった。三月も中旬になると、何度も喀血《かっけつ》し、身動きすらままならないのではないかとの報《しら》せもあった。

　その時期、信長が光秀に言った。

「おぬしが以前、申した通りであるわ」そう言って、少し陰のある笑みを浮かべた。

「労咳は、昨日や今日に始まる病ではない。信玄は、以前から患っていたはずだ」

　何が言いたいのか、と光秀は黙って聞いていた。

　この時の信長は、珍しく長口舌だった。

「そんな男が西上へと動き出したのは、やはり天下に志があってのことではない。京に旗を立てたところで長くは留まれぬ。天下統一など、夢のまた夢」

「…………」

「が、中央を制しつつある誰かを蹴散らし、この日ノ本を以前のような群雄割拠の時代に戻すところまでは、かろうじて出来るかも知れぬ――つまりは、わしのことだ」

　ここに至って、ようやく光秀も口を開いた。

「広げた版図を子孫に無事継承させるための、止むに止まれぬ防衛戦であった、と?」

信長はうなずいた。

「そうだ。だから労咳の身を引き摺《ず》ってでも、死にもの狂いでこのわしを潰しにかかってきた。が、人間誰しも、病には勝てぬ」

そう言ったわりには、信長は神妙な面持ちだった。

ややあって、再び口を開いた。

「五日後の二十五日、この岐阜を発つ。三、四日で兵を率いて京に入る」

なるほど、と光秀は感じる。

信長は、信玄がもはや先には進めぬとほぼ確信している。

「その入京までに、筆頭幕臣の細川藤孝と、摂津《せっつ》の荒木《あらき》村重《むらしげ》を口説き落とせ」

これまた光秀の予想と一致していた。おれがこの主君でも、まずはこの二人を押える。そして二人を説得することには、光秀にはそれなりの自信があった。

「畏《かしこ》まりました」

そう返事をし、あわただしく京へと向かった。

その言葉通り、三月二十九日の朝、信長は兵一万を引き連れて京に現れた。万が一のために、過半の兵は岐阜や近江に配置したままだった。

そこに村重や藤孝らの信長方の畿内兵が加わり、一万六千になった。特に摂津の村重は四千もの兵を引き連れて参陣した。

一方の公方・足利義昭は、まだ信玄が上洛することを信じていた。奉公衆（幕臣の武官）を中心とした兵五千を烏丸中御門第へと引き込み、さらには将軍家を慕う丹波《たんば》、摂津の土豪など三千を、その籠城兵として加えた。計八千である。

信長は洛東《らくとう》にある知《ち》恩院《おんいん》に本陣を構え、鴨《かも》川の東岸に諸将の部隊を展開させつつも、まだ義昭との和睦の道を探っていた。

そして、光秀と藤孝の二人を、その和睦の使者として将軍の許へ派遣した。

光秀の心境は複雑だった。なにせ、烏丸中御門第に籠もっている大勢の幕臣たちは、かつて光秀が常に懐事情の苦しい将軍家一筋に仕えていた時に、辛苦を共にした、いわば朋輩なのだ。

そんな彼らと正面切って戦うことは、やはり気が進まない。だから懸命に和睦への道を探ろうとは思うが、今までの義昭の断固とした態度を思うに、やはり難しかろうと感じた。

正直、ほんの一瞬だが、もし交渉が決裂した場合は、織田家を離れて将軍家にお味方しようかという気持ちも、脳裏を過《よぎ》った。

その道々、光秀は長年の畏《い》友《ゆう》である藤孝にこぼした。

「今この時期、我らほど板挟みの立場に置かれている者も、稀《まれ》でありましょうな」

藤孝は、ややあって首を少しかしげた。

「左様――」さらに間を置き、こうも口を開いた。「されど、時勢という大波に逆らうことは、誰にも出来ぬ。呑《の》み込まれ、溺《おぼ》れ死ぬだけだ。ならば、波に乗るしかなかろう――少なくともそれがしは、そう愚考する」

その通りだ、と光秀も思う。

信長を、一個人として見てはならない。時勢が信長を押し上げている。時勢とは、人の渦巻く波だ。話に聞く田楽狭間でも、圧倒的に不利な状況でどういうわけか信長は勝っている。金ヶ《かねが》崎《さき》退却の折り、松永弾正が気まぐれを起こして信長を救ったこともそうだ。そして今、この期に及んで信玄が病に倒れたこともそうだ。

時代が、無意識に信長を求めている。そして義昭は、その大波の前に立つ案山子《かかし》に過ぎない……。

烏丸中御門第へと入り、その案山子に対面した。

光秀と藤孝が交互に和睦の口上を述べ始めるや否や、義昭はいきなり立った。

「そちらは、いつから信長の犬になり下がりおった」

「上様――」

「いや、犬ですらない。犬とは主人にひたすら忠実なもの。つまりおのれらは、畜生以下である」

幕臣の居並ぶ前での面罵《めんば》に耐えながらも、光秀はさらに言上した。

「恐れながら、織田殿はもしこの申し出を受けていただけぬ場合、京の町を焼き払う、と申されておりまする」

事実であった。そう言えと、信長から命じられて来た。

「十兵衛、十兵衛よ」

義昭は嘲笑《あざわら》った。この公方は前身が奈良一乗院《いちじょういん》の門跡、つまりは古典の学問を専一とする坊主であっただけに、有職《ゆうそく》故実には異常に詳しい。

「そちは知らぬのか。古く平家や木曾《きそ》義仲《よしなか》の例を引くまでもなく、この洛中で思うがままに振る舞い、乱暴狼藉《ろうぜき》を働いた者で、長くその余命を保った者はおらぬ。いかに信長が田舎者といえども、それくらいのことは知っていよう」

だから、その脅しは通じぬ、と言いたいらしい。

が、それが信長に関する限り、ありうるのだと光秀は危惧《きぐ》する。信長は、その口にしたことは常に本気だ。現に、二年前の比叡山焼き討ちがそのいい例だ。

そのことを婉曲《えんきょく》な言葉で伝えると、さらに義昭は激怒した。

「十兵衛っ、おのれは大なりとはいえたかが山門と、この王城の地を世間が同列に見ているとでも思うか。京洛とは、すなわちこの日ノ本そのものである。そんなことは絶対に出来ぬし、世間も到底許してはくれぬ。だから応仁《おうにん》の乱以来、与《よ》一郎《いちろう》（藤孝）よ、おぬしの細川家も山名《やまな》家も、目も当てられぬほどに衰退したのだ。神罰が、下ったのだ」

最後は、義昭を見限って織田方についた藤孝への強烈な当てつけで話を締めた。

結局、この時も交渉は不首尾に終わった。

そのことを、知恩院に帰って信長に報告した。

「で、あるか……」

信長は一言いい、それからしきりに小首をかしげた。光秀は感じる。洛中を焼き払うという暴挙を、いよいよ真剣になって検討し始めている。

が、その翌日、思いもかけぬ事件が起こった。

織田家の文官で、今は京都の市政官を務めている村井《むらい》貞勝《さだかつ》の屋敷が、上京《かみぎょう》にある。

信長へのさらなる怒りに駆られた義昭が、あろうことかその上京にある村井邸を包囲し、焼き払ったのだ。三月三十日のことである。これには信長も激高した。

「あの世間知らずの糞坊主《くそぼうず》上がりが。このわしを、なんだと思うておる」

一面では、信長の怒りももっともだと感じた。

信長が義昭を奉じて上洛しなければ、今でも義昭は流浪の将軍候補として、諸国を遍歴していただろう。義昭が今籠もっている烏丸中御門第も、以前に三好勢からの奇襲を危ぶみ、信長が途方もない巨費を投じて造営したものだ。さらには、義昭につき従う幕臣たちが貧窮し切っていたことにも配慮し、彼らの以前の知行地を、畿内の掃討戦で成果を上げるごとに返還してやっていた。

いわば義昭は、征夷《せいい》大将軍になるまでも、その宣下を朝廷から受けてからも、絶えず信長の多大なる骨折りによって、今の地位を保てているのだ。

「おのれ。目に物見せてくれる」

信長はそうつぶやき、さっそく京洛の全土を焼き払うことを諸将に命じた。

光秀はその決定に気分が悪くなりつつも、咄嗟《とっさ》に懇願した。

「せめて、京の民に事前に布告することだけは、お許しいただけませぬでしょうか」

決定は覆らない。覆らないが、市中焼き討ちの前に市民を退去させておけば、まだ無辜《むこ》の民を焼き殺したという汚名だけは着せられずにすむ。

束の間考えた後、信長はうなずいた。

「では、そのようにせよ」

この報せを受けた京の町衆たちは恐怖におののき、慌てて信長の許に飛んできた。上京の町衆は銀千三百枚、下京《しもぎょう》の町衆は八百枚を信長に献じて、焼き討ちを中止してほしいと懇願した。

信長は、その金を受け取らなかった。しかし、町衆にとってこの莫大な銭がいかに大事なものであるかは、信長も商都・津島の近隣で生まれ育っているだけに、よく知っている。多少は機嫌を直した。

「下京の者は許す。焼き討ちは、せぬ」信長は即断した。「されど、上京のおぬしらは将軍家にばかり肩入れしてきた。我が織田家を、事あるごとにないがしろにしてきた。許さぬ」

その報せは、すぐに義昭の許にも届いた。

しかし義昭は、まだ事態を甘く見ていた。口では言いつつも、実際に行動に移すことなど、まずあり得ないだろうと高をくっていた節がある。

四月二日、信長はまず八千の軍勢を動かし、手始めとして洛外の要所を次々と焼き払った。むろん、その放火を命じられた諸将の中には、光秀もいた。

やりきれない、と光秀は思う。本来なら将軍家の奉公衆として京を守るはずの自分が、未だ幕臣としての籍があるにもかかわらず、こんな愚劣なことをやらされている。

しかし、佐久間信盛や柴田勝家らの重臣も、蜂屋頼隆や、徳川家から帰参した中川秀政《ひでまさ》らそれに準ずる者も、そして同じ幕臣の藤孝ですら、黙って信長の命令に従っている。光秀だけが命令に背いたとしても、結果は同じだ。

翌三日まで洛外の焼き討ちは続き、四日、信長は全軍を率いて義昭の籠もる烏丸中御門第をびっしりと包囲した。直後には、洛中の中心部である上京の焼き討ちを命じた。

「寺社も、豪商の家も例外ではない。徹底して焼き尽くせ」

その下知通りに焼き討ちを開始した。至る所で打ち壊しと放火を行いながらも、光秀はますます憂鬱《ゆううつ》になっていく自分をどうすることも出来ない。伽藍《がらん》は大いに燃えて天を焦がし、商家は焼け落ち、さらに周辺に飛び火する。時にその煙と熱気で、焼き討ちをかけているこちらでさえ、息が出来ぬほどであった。僧侶《そうりょ》たちは逃げまどい、町衆たちも泣き喚《わめ》きながら火の気のないほうへと逃げ散っていく。

光秀はさらに思う。この上京の町衆たちは、比叡山の坊主どものように、表立って信長に反抗したわけではない。宇佐山城で森可成を殺したように、直接的な軍事行動をとったわけでもない。

なのに何故、ここまでやらねばならぬのか……。

しかし、結果としてその効果はてきめんであった。

義昭と、それにつき従う幕臣たちは腰を抜かさんばかりに驚愕《きょうがく》し、御所内は大混乱に陥った。

上京のあらかたを焼き尽くした後、信長はさらに次の手を打った。烏丸中御門第の周囲に四つの砦《とりで》を急造し、義昭にさらなる軍事圧力をかけた。まだ和睦に応じぬのなら、今度は将軍の御所自体も焼き払うぞという、無言の意思表示であった。

四月七日、すっかり腰が引けた義昭は、正親町《おおぎまち》天皇の勅命に応じて、信長と和睦する。

この停戦合意には、光秀も心底ほっとした。いくら信長の命とあっても、長年の主君であった義昭その人を攻撃するなど、とてもではないが出来たものではない。

そして四月半ば、将軍家と織田家の和睦により、その西上の意味を失った武田軍は、甲斐へと順次撤退を開始した。

おそらく信玄は相当な危篤だ。そう遠くないうちに死ぬだろう、と光秀は感じた。でなければ、いくら和睦が成立したからといって、今後の手を何ら打つこともなく、こうもすんなりと甲斐へと退却をするはずもない。

織田軍はこれ以降、佐久間、柴田、丹羽らを率いて近江へと転戦し、六角氏の残党狩りに集中する。あらかたその勢力を殲滅《せんめつ》すると、そのまま岐阜へと帰っていった。

光秀は、貞勝とともに京に残された。

京を去る前に信長は言った。

「公方から目を離すな。次に挙兵すれば、その時はあの苦労知らずの男を、徹底して叩く」

その言いつけ通り、光秀は伊勢《いせ》貞興《さだおき》など以前からの幕臣を頼って、義昭の動きをしきりに探ってもらった。その聞くところによれば、義昭は信長が京を去った後すぐに、しかも二度に亘《わた》り挙兵するつもりだったという。しかし、主だった奉公衆がその都度、

「勝算もない軽挙妄動は、将軍家の御名をいちじるしく傷つけまする。まずは勝機をじっくりとお見極めになり、然《しか》るべき時に立つことこそ、肝要でありまする」

と、必死に説得したため、結局は取り止めになった。光秀はやや安堵《あんど》した。

　しかし七月初旬、愕然とする情報が再び光秀にもたらされる。

義昭が三度目の挙兵を試み、今度ばかりはそれを大がかりに実行に移したのだ。

烏丸中御門第に三淵藤英《みつぶちふじひで》、伊勢貞興など主だった幕臣を籠もらせ、自身は京の南郊の巨椋《おぐら》池にある槇島《まきのしま》城にて兵を挙げた。

　かの公方はいったい何を恃《たの》んでいるのかと、光秀は正直、公方の頭の出来を不思議に思う。

　巨椋池は、池と言うよりその大きさは湖に近い。湖上に浮かぶ槇島城は、難攻の要《よう》塞《さい》とも言われている。

　ただし、それも確かな後詰があればの話だ。周囲からの援軍もなしに立て籠もってみたところで、長い目で見れば、所詮《しょせん》は負ける。それが分からぬのか、と光秀は我がことのように歯《は》嚙《が》みした。

　信長は、予《あらかじ》めこの挙兵を想定していた。

　そしてその時は間を置かずに幕府勢を急襲するために、大軍を乗せて琵琶湖を一気に渡れる巨船を建造していた。全長三十間、幅七間、櫓が百挺《ちょう》もあるという化け物じみた巨船だ。

義昭が挙兵した二日後には佐和山からこの巨船に乗り込み、翌六日には光秀の待つ坂本城に到着する。さらに七日には、京の烏丸中御門第を取り巻いて、立て籠もっていた幕臣のほとんどを降伏させる。最後まで籠城していた三淵藤英も、十日には降伏する。

信長は各方面からさらに諸将を召集しつつ、軍を南へと旋回させ、十六日には約七万の大軍で槇島城を襲った。むろん、光秀も従軍していた。

正直、義昭は何のために挙兵したのかと不思議に思うほど、勝負はあっけなかった。槇島城は四方から寄せてきた織田の大軍になす術《すべ》もなく、たちまち城壁を破られ、義昭は配下の勧めもあって一日で降伏した。

信長は、義昭を殺さなかった。

この穏便な処置には、光秀も改めて胸を撫で下ろした。

畿内の反信長勢力の中心は、石山本願寺と、三好三人衆の本家である三好義継《よしつぐ》である。

そこで信長は、義昭の身柄を拘束した上で、河内《かわち》にある三好義継の居城・若江《わかえ》城へと送った。京からの追放である。

この一連の戦いの後、それまで義昭につき従っていた忠義一筋の幕臣たちが、烏丸中御門第や半壊状態になった槇島城に、信長の命によって拘束されていた。光秀はそれら降将のうちで、これはと思う人物を、信長の許しを得てさかんに織田家へと勧誘した。

「公方様は既に、河内へと御落去遊ばされました」光秀は、なるべく降将たちの気持ちを労《いた》わるように言った。「憚《はばか》りながら、つらつらと時代の流れを愚考いたしまするに、今後、公方様が京に戻られることはご無理かと思われます。されば、貴兄らのお気持ちはお気持ちと致しましても、これより以降、将軍家へのさらなる忠義はご無用かと……」

彼ら幕臣たちの誇りを傷つけぬよう、さらに慎重に言葉を選びながら、最後の言葉を口にした。

「もしよろしければ、来るべき新しい時代を担うための貴重な人材として、わが織田家にお越しいただくわけには参りませぬでしょうか。もし、この申し出を受けていただければ、この明智十兵衛光秀、わが身に代えてでも、決して悪いようには致しませぬ」

この光秀の丁重さと異常なまでの親切心には、ほとんどの降将たちが感動の表情を露《あら》わにした。

むろん、光秀にそう説得されても、将軍家への節義を守り通すために、織田家への仕官を断る者もいた。しかし同時に、織田に仕えることを決断した者も多かった。

より正確に言えば、信長に直接仕えるよりも、織田家に籍を置いたうえで、

「この人こそは――」

と、光秀の人柄を見込み、その与力として仕えることを希望した者がほとんどだった。

伊勢貞興、御牧兼顕《みまきかねあき》、諏訪《すわ》守直《もりなお》ら元有力幕臣が、この時より光秀に仕えた。

足利義昭は、その後年内には河内から摂津へと移り、さらに紀伊《きい》国を漂い、三年後には備後《びんご》の鞆《とも》の津まで流れて行き、室町幕府は事実上滅亡した。

2

光秀は、やはりいい――。

この槇島城の戦後処理の時も、信長は改めてそう思った。

この美濃源氏出身の生真面目な中年男は、いつにもまして降将を決して手荒く扱わなかった。むろん元は同じ幕臣だということもあるのだろうが、それにしても降兵に

対する態度の慇懃《いんぎん》さには、類がない。そして、かなりの数の元幕臣を織田配下に組み入れることに成功した。

根が苦労人なのだ、と信長は悪意でなく思う。

しかも藤吉郎や滝川一益のように、最初から苦労人だったわけではなく、一度は将軍家の奉公衆としてそれなりの地位を確立した後に、美濃の明智家が滅び、細川藤孝の掛人にならねばならぬほどに零落した。そして、明智家が滅んだ理由は、その主君であり信長の岳父である斎藤《さいとう》道三に殉じたからだ。だからこそ、有能な者が主に殉じて零落する状況に対して、同情する気持ちもひとしおなのだろう。

むろん信長も、この光秀の処置には異存はない。

それどころか、今後の京の政治的安定、朝廷との交渉を見据えた場合、旧幕臣を取り込めば、なにかとやりやすい。大いにやってもらいたい。

ふむ……。

この天正元（一五七三）年は、結果として織田家にとって、その初頭は最大の危機であり、逆にそれを脱した夏以降から年末にかけては、大いなる飛躍の年でもあった。

琵琶湖北西の高島郡には、朝倉方の勢力がまだ若干残っている。

信長はこの槇島城の戦いの十日後には、近江坂本にいた。そこから湖上をこの高島郡へと進み、郡内にある木戸城と田中城を落として、岐阜へと帰参した。

帰参する前に、その落とした両城を、光秀に与えた。これで光秀の実質的な支配地域は、琵琶湖西岸をほぼ押さえ、滋賀郡から高島郡まで広がったことになる。

この光秀一人への連続した厚遇ぶりは、さすがに家中でも評判になった。むろん、そのほとんどが良いものではない。

「上様は、あろうことか譜代の家老を差し置いて、あの新参者のみを偏愛なさっておられる」

そんな噂話が、奥の帰蝶を通じて信長の耳にもしきりと入ってきていた。

信長は、ただ笑った。

むろん、佐久間信盛や柴田勝家らが直《じか》に公言しているわけではないだろう。その家臣らが、光秀へのさらなる厚遇に納得がいかず、各々の主君に成り代わって憤慨し、言い騒いでいるに過ぎない。

が、彼ら譜代家老も、内心穏やかではないはずだ。

仕方がないではないか、と信長はさらに一人で苦笑する。

佐久間、柴田、丹羽らの譜代家老は、今いかに織田家での地位が高かろうと、もとをただせば、所詮は尾張の田舎者だ。武門の貴人に対する礼儀も、口の利き方も知らない。

そんな彼らに、降伏した幕臣どもを円滑に織田家中に取り込むという芸当が出来るはずもないし、第一、幕臣側もその説得した相手が旧知の光秀だったからこそ、快く織田家の軍門に降ったのだ。

そして、かつては将軍家の直臣ともあろうものが、いくら大なりとはいえ、本来なら将軍家の同じ直臣である一地方大名の家臣になったのだ。いわば陪臣への格下げに等しい。

そして武門の世界では、直臣から陪臣になる場合、最悪でも彼らの知行地は以前のままか、いくぶんか増やしてやらなければ世間に示しがつかない。だからこそ、その原資として光秀に高島郡の支配を任せたのだ。

そのおれの配慮が分からぬのか、と言ってやりたい。

……が、まあいい。

他の重臣らの支配地も、そう遅くないうちに大きく増やしてやるつもりだった。そして、その目途もつきつつある。

八月八日、信長は岐阜から三万の軍を率いて、北近江に攻め込んだ。

浅井氏は五千の兵で小谷城に籠城している。朝倉氏の当主・朝倉義景も、二万の兵を率いて越前《えちぜん》から押し寄せた。そして浅井氏の後詰として、小谷城の周囲にいくつかの砦を作った。

十二日、北近江一帯を暴風雨が襲った。

信長は思うところがあり、わずか千人を率いて、その砦のうちの最前線に位置する大嶽《おおづく》砦を急襲した。その砦に籠もっていた朝倉方は、まさかこの風雨の中を攻撃されるとは夢にも思っていなかった。不意を突かれ、あっさりと降伏する。

ここで信長は、いったんは拘束した敵を、敢えて殺さずに解き放った。砦の朝倉勢は、瞬く間に後方の本軍に逃げ帰っていった。

実は、信長は知っていた。二万の大軍を率いてきた朝倉氏だが、その家中は、こちらからの重臣への調略や、織田家に圧倒的有利な畿内の現状を前に、揺れに揺れている。全体の戦意も一向に思わしくない。いったん形勢が少しでも不利になれば、この自領でない戦地において、いつ何時内部から裏切り者が出てもおかしくない。

敵将の朝倉義景は、今もそれを憂慮している。だから、この緒戦のわずかな負けでも、おそらく義景は相当に動揺して、早くも撤退を開始する可能性が高い。砦の敵兵を殺さなかったのは、その義景の弱気が、家臣を殺されて敵愾《てきがい》心に変わることを防ぐためでもあった。

その旨を、佐久間を始めとする諸将——柴田、丹羽、羽柴《はしば》（木下藤吉郎）らに噛《か》んで含めるようにして伝え、敵が退却を始めたらすぐに追撃できる準備をしておくように厳命した。

が、さすがにこの程度の小さな勝ちでは撤退することはあるまいと、佐久間信盛らの重臣は高をくくっていた。

　しかし、信長の読み通り、朝倉軍はその翌日に撤退を開始した。読みが外れた織田家の諸将は、その追撃戦に完全に出遅れた。おかげで信長は自らが陣頭指揮を執りつつ、先頭に立って追撃する羽目となった。

　しばらくしてようやく追いついてきた諸将に、信長は激怒した。

「何故わしの下知通りに備えておらぬっ。おのれらの頭の中は、いったいどうなっておるのだっ」

　そう激しく叱責した。諸将がうなだれる中、筆頭家老の信盛だけが涙をにじませつつも、辛うじてこう反論した。

「左様に申されましても、我らほどの働きをする家臣を持たれることは（今後も）ありますまい」

　この要らざる一言に、信長はよりいっそう怒り狂った。

　こいつ、殺してやる、とも一瞬思った。

　さらに信盛を責め立てた。だいたい筆頭家老たるおまえがそんな料簡だからこそ、織田軍全体がかくも間抜け極まりない事態に陥るのだ。

　ともかくもこの一喝で、ようやく織田全軍は目が覚めたようになった。越前に向かって退却を続ける朝倉勢の後続部隊に、激しく襲い掛かり始めた。敵が湖北の余呉《よご》を過ぎ、刀根《とね》坂を上り、敦賀《つるが》に入ってもなお、信長は激しい追撃戦を続行させた。この間に討ち取った敵兵は、朝倉家の名だたる者も含めて三千もの数に上った。戦線から離脱する者、逃亡する者はそれ以上の数に上り、敦賀あたりまで追い込んだ頃には、朝倉の遠征軍を事実上壊滅させていた。

織田軍はそのままの勢いで越前奥深くまで進み、八月十八日、朝倉家八十九万石の国府・一乗谷《いちじょうだに》を全軍で襲い、約一万人が住んでいた町と居館すべてを焼き払った。二十日、大野郡の山田荘まで逃れていた朝倉義景は、一族の裏切りもあり、自害する。ここに、孝景《たかかげ》以来五代百年に亘って、一乗谷で栄華を極めた朝倉氏は滅んだ。

信長はそのわずか六日後には、再び北近江に戻っていた。

ここがさらなる切所《せっしょ》ぞ、と諸将に言い渡し、小谷城を火の出るような勢いで攻め続けた。

六日後の九月一日、ついに小谷城は陥落し、北近江の浅井氏も滅亡した。

その後の戦後処理で、信長は北近江の浅井領の約半分二十万石を羽柴秀吉《ひでよし》に与え、新たな城を築くように命じた。

同年九月、丹羽長秀にも朝倉氏の属領であった若狭《わかさ》一国を丸々与え、所領八万石ながらも、織田家中で初めての国持ち大名にした。

信長はこれらの戦いの前後で、畿内の徹底した掃討戦にも乗り出していた。

特に、古くから畿内に根を張っていた三好氏系列は根絶やしにした。
八月二日、三好三人衆の最後の生き残りであった淀《よど》城の岩成友通《いわなりともみち》を、三淵藤英・細川藤孝の義兄弟に攻めさせ滅ぼしている。これで、山城はすべて掌握した。
そして十一月、三好本家の当主であった三好義継の討伐を、佐久間信盛に命じた。
十一月十六日、信盛は河内の若江城を攻め、三好義継を自害に追い込んでいる。河内もその大部分を手に入れた。

この天正元年の年末までに、織田家の勢力は、本貫の尾張・美濃を始めとして、近江、越前、若狭、山城、大和、摂津、そして河内、和泉《いずみ》、北伊勢の大半に、丹波の南部と、十二か国にまで急拡大した。同盟軍である徳川家康の領地、三河・遠江《とおとうみ》も含めれば、十四か国となる。

日本の中央部でここまで膨らんだ勢力は、いくら周辺国が潰そうと躍起になっても、まず潰されることはない。おそらくは上杉謙信がその精強な軍勢をもって西上を開始しても、京まで辿《たど》り着くことはかなり難しいだろう。

この時点で織田家が天下を統一するのは、よほどのことがない限り、ほぼ時間の問題になった。少なくとも、信長はそう感じていた。

それを可能にしたのは、自分の容赦のない気性だ。一度でも裏切った外部勢力は、たとえそれが妹婿であろうが叔父《おじ》であろうが将軍家であろうが、徹底して擂《す》り潰している。

……ただひとつ、この年の末に、奇妙な例外を作ってしまった。

松永弾正《だんじょう》久秀だ。

二年前の晩秋の時点で、武田信玄は既に西上の方針をはっきりと示していた。比叡山焼き討ちの直後から、急速にその意志を固めていったらしく、この松永弾正へと誼《よしみ》を通じる書状を送り、松永もそれを受けた。

その頃から、信長に対する松永の動きは面妖になった。

そして元亀三（一五七二）年、ついに信玄が動き始めると同時に、松永は三好義継や三好三人衆らと組んで、織田家への反旗を翻す。同年末に信玄が織田・徳川の連合軍を三方ヶ原で完膚なきまでに叩くと、いよいよ松永の勢いは盛んになった。

しかし元亀四年の四月以降、状況は一変する。

武田軍が甲斐へと撤退し、七月には将軍家が滅亡して、元号が元亀から天正へと改まった。八月と九月には相次いで朝倉氏、浅井氏が滅びたが、なおも松永は反信長の姿勢を崩さなかった。

さらに八月二日に三好三人衆の最後の一人、岩成友通が淀城陥落とともに自害し、十一月に三好本家の義継が滅んで、松永は完全な孤立無援に陥った。それでも多《た》聞山《もんやま》城に立て籠もり続けた。

この松永の、信長への継続した裏切り行為は、三年越しの長きに亘るものだ。

しかし信長は、岩成友通や三好義継の場合と違い、この今年六十四歳になった老梟《きょう》雄《ゆう》を征伐することだけは、どうにも気が進まなかった。

あの老い馬は、いったい何を考えてそこまで片意地を張っているのか。いくら頑張っても、今のこのわしに勝てるはずがないではないか――。

まずはその訳を知りたかった。

だからこの松永に対してだけは、二年に亘って何度か降伏を促す使者を多聞山城に送った。

特にその初期に、使者に携えさせた書状も、

「何ぞ不満があるのなら、まずは一度このわしに言え。その願いが可能であれば、かなえてやろう。また、此度《こたび》の反抗も水に流してやろう」

という、かなり寛容な内容にした。

しかし、松永からの捗々《はかばか》しい返事は一度としてなかった。

織田家の諸将も、この信長の意外な態度を盛んに不思議がり、最後には呆《あき》れた。そして松永討伐を強硬に主張した。特に佐久間信盛や柴田勝家などは、

「殿、殿、こちらがここまで下手に出ているにもかかわらず、あの札付きの悪党は、なおも頑強に抵抗を続けておりまする。このままでは天下に織田家の示しがつきませ

ぬ。今後もとうてい信用できる相手ではございませぬ。是非に、討伐の御下知を」

と、膝間《しっかん》を詰めて強く訴えてきた。それでも信長は、首を縦に振らなかった。

あいつ――松永はもう利害では動いていない。このおれに反抗するためだけに、意地になっている。それだけなのだ……。

同時に、もう一つの確信も抱いている。

あいつは、このおれのことを決して嫌っているわけではない。

三年前の、金ヶ崎崩れのことだ。

あの時、松永は信長を裏切ろうと思えば、いとも簡単に裏切れたはずだ。朽木《くつき》元綱《もとつな》に信長の居所を教えるだけでよかった。もしそうされていたら、おれの命はあっさりとなくなっていた。

結果として織田家は求心力を失ってほぼ壊滅し、畿内は以前のように混沌《こんとん》とした群雄割拠の時代に戻っていただろう。山城や大和に独自に根を張っていた松永にとっても、その時代に戻るほうが、なにかと都合がよかったはずだ。

しかし、松永はそれをしなかった。

ましてやあの老人は、将軍殺しの一件で朽木氏から積年の恨みを買っている。元綱が信長を襲撃する前に、松永自身が膾《なます》に刻まれても、何ら不思議ではなかったのだ。

その危険も覚悟の上で、あの老い馬は朽木氏の説得に出向いた。自らの体を敵前に晒《さら》したまま、元綱に信長を庇護《ひご》するように必死に説いた。

あの男は、少なくともあの時だけは損得勘定ではなく、このおれの命を我が身に代えてでも救ってやろうと思っていた。おれのことが気に入っていたからこそ、そこまでやってくれたのだ、と感じざるを得ない。

……信長は、昔から密かに自覚している。

このおれは、人に愛される人間ではない。気性が荒く、癇癪《かんしゃく》持ちで、容赦なく人を罵倒し、時にはその怒りを抑えきれず家臣を手討ちにする。人としての可愛げも、和を重んじる気持ちも、優しさもない。最悪だ。

が、自分でもどうしようもない。その子柄の悪さから、産みの母親からすらもずっと嫌われ続けてきた。挙句、実の弟まで殺す羽目になった。

これまでの人生の大事な局面で、利害抜きで誰かに好かれ、助けられたことなど、この松永の一件を除けば、一度もない。すべて、このおれの身分に関わっている。

家臣がこのおれに必死に尽くすのも、おれが能力のある者を引き立て、重用しているからこそだ。織田家の先々を見込んで、さらなる自分の立身を夢見ているからだ。

さらに荒木村重らの畿内の武将がおれに味方してきたのも、あわよくば織田家の機運に便乗しようとしてのことだ。

非難しているのではない。一国を切り盛りする武将は、個人としてではなく、その一族郎党の頂点に君臨する機関そのものとして見るものなのだ。組織の存続繁栄に悖《もと》るようなら、どんなに非情でも、個人の倫理や良心など押し殺して当然だ。

特に、この乱世ではそうあるべきだ。子を殺し、父親を追放し、周辺国にも謀略の限りを尽くした信玄などは、まさにその典型だ。だからこそ、敵ながらも信長は密かに敬意を払い続けてきた。

それなのに三年前の春、常なら裏切りの常習犯であるはずの松永は、その利害を平然と度外視して、自分の命を救った。

あの時の感動に似た気持ちは、今でも鮮明に覚えている。暗い岩窟《がんくつ》の中の熾火《おきび》のように、まだじわじわと信長の芯《しん》を温め続けている。

やはり松永を殺すことは、どうしても気が進まない――。

ともかくも信長は、軍事行動だけは間を置かずに差配した。

筆頭家老の佐久間信盛に命じ、松永の籠もる多聞山城を大軍勢で取り巻かせた。

ただし攻撃は控えさせ、その威容を誇示するだけに止《とど》めた。そして城内へ使者を立て、

「多聞山城と大和の支配権の過半を差し戻せば、赦免してやる。望むなら、織田家への帰参も差し許す」

との口上を述べさせた。同意の信長の直筆も添えた。

多聞山城を失っても、松永にはまだもう一つの城――河内と大和の国境にある信貴《しぎ》山《さん》城がある。大和の多少の領土と、河内の一部も支配地として残る。

十二月二十六日、松永弾正久秀はようやく多聞山城を引き渡し、また信長の軍門に降った。

3

明けて天正二（一五七四）年の正月になった。

織田家の諸将は久々にそのすべてが岐阜城に集い、信長に年賀の祝辞を述べた。その後、大広間にて盛大な宴《うたげ》となった。

むろん光秀も、その席にいた。

昨年は、信玄西上という最大の危機を乗り越え、結果として織田家が大いなる飛躍を成し遂げた年でもあった。

そのせいなのだろう、宴席は初春にふさわしく、常に陽気だった。

いつもは憂鬱そうな顔をぶら下げている信長も、終始機嫌がよく、光秀より上座に座る諸将――佐久間や柴田や丹羽らもよく笑い、かつ大いに語っていた。

当然、その話題は元亀四年から天正元年に起きた個々が担当した合戦の模様だ。

特に佐久間信盛には、この手の話題が多かった。三方ヶ原の戦いでは徳川の援軍として二万の兵を率いて駆け付け、浅井・朝倉氏を滅亡させた時にも陣頭指揮を執り、三好義継を滅ぼしたのも松永弾正を降伏させたのも、この佐久間がすべて主務者であった。

信長は、この織田家の筆頭家老の愚痴や口答えの多さには時に閉口し、時に大いに怒りつつも、なんだかんだと常に重用し続けている。特に去年は、その傾向が甚だしかった。

合戦の一連の話題が出尽くしたあたりで、次席家老の柴田勝家が半ば戯言《ざれごと》のように口を開いた。

「しかし衛門府（佐久間）殿、それらの戦の中でも最も肝が冷えたのは、やはりあの三方ヶ原での一件でございましたでしょうな」

すると佐久間はやや顔をしかめ、以前の時と同じように、信長に向かってまた愚痴をこぼした。

「拙者、三河殿にはどうやら見立て違いをしておりました。あのように嘴《くちばし》が黄色く、また、きつく片意地を張る男だとは思いもよりませんでした」

と、一年前に聞いた内容と、ほぼ似たような感想を口にした。

が、それを聞いた光秀の思うところは、また別にあった。

しかも今度は、はっきりと意識した。

違う。そうではない。

三河殿は、とうていそんな青臭い漢《タマ》ではない、と……。

そして、こうも感じた。

今はまだ織田家で最大の軍団を率いている筆頭家老の佐久間信盛だが、この程度の人間認識の浅さ、物事の見通しの甘さでは、先々どうにもなるまい……。

ゆくゆくこの織田家がさらに封土を拡大した場合、家康と同等か、それ以上の力量や調略能力を持つ大名との接触がますます多くなってくるだろう。そうなった場合、相手の本質を見誤って、いつか大失態をしでかさないとも限らない……。

そんなことをつらつらと考えていた時、上座にいる信長とちらりと視線が合った。つい思案にふけっていた光秀は、慌てて居住まいを正した。

宴席が終わった後、信長は光秀にだけ残るように命じた。

諸将が去った後、なおも上機嫌で信長は口を開いた。

「十兵衛よ、此度はおぬしもよく働いてくれた」

「はっ」

「特に幕臣どもを気持ちよく我が織田家の軍門に降らせたこと、たとえ公方はいなくなっても、世間に面目を施すことが出来た」

さすがに信長はよく分かっている、と光秀は思う。

公方を追放したうえで、その幕臣まで知行を取り上げて放逐したとなれば、織田家の天下への聞こえは相当に悪くなる。しかし、幕臣のほとんどが最後には織田家に和し、公方一人だけが京から落去したとなれば、世間は、その幕臣たちが公方に愛想をつかし、結果として将軍家が滅びたのだと見る。

その分だけ、織田の家名に傷がつかない。

そのことも絡んで、前々から不思議に思っていたことを、つい舌の上に載せた。

「恐れながら、公方様にお味方した松永弾正殿の赦免も、その天下への面目を考えてのことでござりましょうか」

すると信長は、一瞬困惑した表情を浮かべた。

束の間、気まずい沈黙が二人の間に流れた。

やがて、信長は口を開いた。

「あいつは、意地を張っていただけなのだ。単にそれだけだ。他意はない」

「は？」

「弾正は、己ほど賢く偉い者は、この世にはおらぬと思っている。そのことに、異常なまでの誇りを持っている。初めて上洛した折に、すぐ我が織田家についたのも、かつての三好長慶《ながよし》の時代のように主君の懐刀として重用され、その中枢で存分に宰領できることを期待していたからだ」

信長は、いつになく多弁になった。そして、その言い方も、妙に言い訳がましく感じられた。

「が、わしには既に、そちや柴田や藤吉郎のような有能な者がいる。また、わしは謀臣など必要とせぬ。あやつは、当てが外れた。わしが一向に織田家の中枢には絡ませず、単なる部将として追い使ってきたのを不満に思っていただけなのだ」

そして最後に、初めと同じ言葉を繰り返した。

「それだけのことだ。他意はないのだ」

おいおい、と光秀は思わず仰《の》け反りそうになった。それが不満で反旗を翻したのなら、むしろ他意はおおありだろう。

咄嗟に口を開こうとして、すぐ事の意外な本質に気づいた。

そして、愕然とする。

――この男はどういうわけか、そもそも松永のことが好きなのだ。

だから六年前の初上洛の折も、光秀が控えめに不満を述べ、公方の足利義昭が怒り狂って必死に反対したにもかかわらず、松永に大和一国を任せた。一万もの兵を貸与し、切り取り次第にした。そして松永も、自分が気に入られていることを肌身で感じていたからこそ、金ヶ崎崩れでは我が身を危険に晒してでも信長を助けた……。

しかし、その後、松永は織田家の中枢では決して高く用いられぬことを確信し、苛《いら》立《だ》ち、あるいは絶望して反旗を翻し続けた。

かと言って、今は亡き信玄が仮に上洛していたとしても、あの武門の血筋を重んじる謹直だった男のことだ。松永などは決して重用しない。また、かの公方も松永に実兄の義輝を弑逆《しいぎゃく》されている。協調したのは、ひとえに織田家を倒すための一時しのぎに過ぎない。織田家さえこの世からなくなれば、義昭も積年の恨みから、松永などすぐに放り出しただろう。

それぐらいは、松永自身にも充分に分かっていたはずだ。

そこまで順を追って考えてくれれば、取りようによっては、確かに、松永に他意はない。信長の言う通り、重用されなかった松永が、頑《かたく》なにその誇りを守ろうとして意地を張っていたに過ぎない。

あまりの真相の意外さ、松永の存外な片意地の一途《いちず》さに、光秀はしばし呆然《ぼうぜん》とした。

それでもつい、念を押した。

「弾正殿は、己の矜持《きょうじ》を守るためだけに反旗を翻した、と？」

信長はあっさりとうなずいた。

「そうだ。それ以外の、何物でもない」

そして信長の話は、さらに思わぬ方向へと転じた。

「ところで、その矜持、あるいは意地についての、また別の話だ。そのために、今日はそちに居残ってもらった」

「はい？」

「そちは、衛門府の先ほどの意見を、どう見る」

「三河殿の件、でございまするか」

そうだ、と信長は光秀の顔を深く覗《のぞ》き込むようにして言った。「わしは見た。おぬしはあの時、束の間であるが、実に妙な顔をしておった」

光秀は、しばし躊躇《ためら》った。

気軽に口にするには——今自分が感じていることは——今後も続くであろう織田・徳川の関係を考えれば、あまりにも重大過ぎる発言になる。

が、信長はやや苛立ち、光秀の躊躇を断ち切るように言った。

「もう一度聞く。十兵衛よ、そちの思うところを腹蔵なく申せ」

光秀は、ようやく覚悟を決めた。

改めて居住まいを正し、思っていることをありのままに述べた。

「三河殿は、弾正殿の先の場合と違って、その腹は必ずしも一色《ひといろ》ではありませぬ。武門の意地を無駄に張ったのではございませぬ。ましてや、武士としての青臭い矜持や気概を持たれていたからでもありませぬ。たとえ口では『この乱世に、どうして生きて面目が立とうか』などと喚かれたとしても、それは、方便というもの。織田家の面々のいる手前、そう申し開きするしかなかったのでございましょう」

「ふむ」

「己が武名の、先物買いをなされたのです」

光秀は、ずばりと事の本質を突いた。

「世間での先々の聞こえを買うために、ほぼ負けることは分かり切った上で、捨て身の勝負をかけられた。何故か――」

信長は無言で顎先《あごさき》を動かした。言え、とその先を促している。

「……恐れながら、御意の通り心底で申し上げまする。どうか、お怒りになられぬよう――」光秀は念を押した。「もし今後、織田家に万が一のことが出来《しゅったい》した場合には、三河殿は織田家に成り代わって、我が天下への道を残しておかれたいのでございます。されば一年前の無謀な戦は、その万が一のための、命を懸けた布石でございます」

信長は、からりと笑った。

「十兵衛、十兵衛よ。そちはさすがに慧眼であるな」

そして一転、冷えた声で一言、付け加えた。

「わしも、そう思う」

4

天正三（一五七五）年の五月、武田軍一万五千と織田・徳川連合軍三万八千が、三河国の設楽ケ《したらが》原《はら》で相まみえた。

むろん佐久間信盛も、筆頭家老としてこの戦いに参加することとなった。

信長は現地に赴く直前、佐久間、柴田勝家、丹羽長秀、滝川一益、木下藤吉郎改め羽柴秀吉、明智光秀らの六人の重臣を集め、こう言い放った。

「いかに武田軍がその精強を天下に謳《うた》われていようと、この戦い、最後には我らが必ず勝つ。つまり、勝利は必然である」さらに、簡潔に付け加えた。「ようは、いかに手間暇をかけず、鮮やかに勝てるかだ」

むろん、信盛もそう感じた。

信玄の跡を継いだ武田勝頼《かつより》は、なるほど信玄にも劣らぬ勇猛な武将ではある。

昨年二月には、織田領の東美濃に侵攻して遠山《とおやま》氏の明知《あけち》城を落とし、六月には、信玄でさえ落とせなかった徳川領・東遠江にある高天神城を陥落させた。さらに九月には、徳川家康の本拠である浜松城まで迫り、その城下に放火するほどの精力的な軍事活動を見せた。

今年四月に入ると再び三河へと兵を繰り出し、長篠城を包囲した。

しかし信盛がつらつらと大局を見るに、織田家も今や十万ほどの兵を動員できるまでになっている。一方で勝頼は兵力を糾合しても、三万ほどである。

これほどの兵力差は、絶対に埋まらない。

さらには以前、武田氏と連携して織田家を絶えず悩ませていた浅井氏や朝倉氏、三好氏も今はない。だから一時は苦戦するかもしれないが、どんなに勝頼が勇猛でも、最終的には織田方が必ず勝つだろう。信長も、そのことを言っている。

「此度は、その勝ち方に鉄砲を大量に使う」

信長は言った。

「三段撃ちだ。明智の十兵衛が今堅田城を落としたやり方で、さらに大掛かりな仕掛けを用い、敵を一気に殲滅する」

なるほど、と信盛はちらりと思った。

上様は確かに家中の噂通り、近年は光秀が最もお気に入りのようだ。

信長は、その言葉通りの作戦を、五月二十一日に設楽ヶ原で実行した。

策はまんまと当たり、勝頼が率いる武田軍を完膚なきまでに叩きのめした。

そのことは、いい。

問題は、そのあとに発生した。

織田・徳川勢はその完勝の余勢をかって、美濃や三河の国境近くにあった武田氏勢力下の諸城を次々と落としていったが、ただ一つ、なかなか抜けずにいる城があった。

東美濃にある岩村城である。その攻城の総大将を任されていたのは、信長の嫡男である織田信忠《のぶただ》で、信盛も信長に命じられて、信忠を補佐するために従軍した。信忠、この年、十九歳である。幼名は、奇妙丸《きみようまる》。生まれた時にその顔が奇妙であったことから、信長がそう名付けた。

かといって暗愚な人物ではなく、性格は父親と違って穏やかながらも、いざ合戦となれば采配は手堅く、大事な局面では果断になることも出来、信長からも大いに跡取りとしての資質を期待されていた。

それでも、この岩村城はなかなか落ちなかった。

岩村城を死守していた武田方の主将が、特に有能だったこともある。信玄子飼いの部将であった秋山虎繁《あきやまとらしげ》が、城を粘り強く守り続けていた。

むろん信盛も、懸命に信忠を補佐した。激烈な攻城戦を続けながらも、敵への補給路と思《おぼ》しき間道をすべて断ち、籠城兵を日乾しにする作戦に出た。

十一月になってようやく城を落としはしたものの、城内にまったく食糧が届かない中、どうやって敵兵が飢えに耐えていたのか、信盛はしばしば不思議に思っていた。

そして落城後の処置の際、降伏した敵兵から妙な噂話を洩《も》れ聞いた。

飢えながらも五か月間なんとか持ち堪《こた》えられたのは、どうやら細々とながらも、食糧が調達できていたかららしい。

そして、その調達に密かに応じていたのは、徳川家康の伯父《おじ》であり、味方であるはずの水野信元の手の者であったという、にわかには信じがたい風聞を降兵から聞き出した。

「…………」

信盛は、あの水野信元のことは、今でも決して好きではない。家中であの男を見かけるにつけ、思い出すのは、十五年も前の田楽狭間でのことだ。あの時の水野は、迫りくる今川《いまがわ》軍を前に、織田軍が勝つのは無理だと見た。だから消極的な寝返り行動へと出た。結果、佐久間一族の長であった大学介盛重《もりしげ》は討ち死にした。もしあのまま戦況が今川方に有利なまま進んでいたら、水野は完全に寝返って、その矛先を織田軍に向けたことは想像に難くない。後から判明したことだが、事前に今川方から、相当な調略も受けていたらしい。

それを思うにつけ、今でも水野の顔を見ると、尋常な心持ちではいられない。が、この岩村城の噂を本当だと即断するには事の内容が重大に過ぎるし、あの田楽狭間の後は、水野は一貫して織田家のためによく働いている。

第一、その調達をしていた者を捕まえたわけでもない。武田側のその当事者を捕まえたわけでもない。ようは、物証がない。

信盛は、さらに武田方の物頭級の人物を事細かに尋問した。

すると、さらなる事実が出てきた。昨年、まだ紀伊の北畠《きたばたけ》家の庇護下にいた足利義昭から水野の許に、

「武田勝頼と協調して信長を倒せ」

という御教書が下されていたというのだ。この話は初耳だった。

しかし信盛は、家康の許にも義昭からの似たような御教書が来ていたことを知っている。

家康はそれを、信長に報告した。水野は、それをしなかった。

少なくとも信盛は、水野の許にも御教書が下されていたという話を聞いたことがない。

もしかしたら、この御教書を契機にして勝頼と水面下で繋《つな》がりを持ち、食糧を密かに調達していたのかも知れない。

しかし、これまた何の証拠もない。単なる憶測に過ぎない。

そもそも水野は、信長が尾張を統一する以前から、尾張と三河の国境周辺で二十四万石の所領を持つ大豪族であった。その意味では昔から自立した勢力で、織田家の純

然たる家臣ではない。今でも、織田家の傘下に入っている被官に過ぎない。

その立場を考えれば、盟主ではあっても主君ではない信長に、いちいち報告する義務はないのかも知れない。

また、家康のように、田楽狭間の戦勝を契機にして、大いに三河にその所領を広げたという間接的な恩義もない。だから、なおさら報告の義務はないとも言える。

どうしようか。濃厚な疑いはある。あるが、確証はない。

悩んだ挙句、信忠に相談した。

この温厚な織田家の嫡男には、信長と違って何かとモノが言いやすい。

すると、信忠も一瞬、絶句した。そしてしばらく考え込んだあと、こう言った。

「いずれにせよ、これはその真偽も含めて、我らが判断することではない」

「はい」

「父なる岐阜殿が、判断されるべきことだ」

信盛は岩村城の始末を粗方つけた後、急ぎ岐阜城へと向かい、信長に拝謁した。

そして、水野に関して集めた風聞を、ありのままに述べた。けれど、あくまでも憶測に過ぎないという自分の意見は付け加えなかった。

この点、信盛は虚心ではない。あいつは一度裏切った。そして信盛が思うに、一度裏切った人間は、場合によってはその後も簡単に裏切る。いつ寝首を掻《か》かれないとも限らない。

信長は、斬り付けるように問うてきた。

「その風聞、まことか」

「風聞を聞いたこと自体は、事実でございます」

信盛は、そんな答え方をした。

ふむ、と信長は首を少し傾げた。

それから下を向き、自分の膝元《ひざもと》を長く見つめていた。

やがて暗い目を上げ、信盛を正面から見てきた。

「衛門府よ、覚えておるか。十五年前の、あの大学の一件を」

「むろん、忘れたことはございませぬ」

「わしも、そうだ」信長は静かに言った。「わしが若い頃、大学だけは常に味方であった。そして、あの男さえ裏切らなければ、大学も死ぬことはなかった」

その通りだと思う。

だから、信盛は大きくうなずいた。それを受け、信長はさらに言った。

「火のない所に煙は立たぬ。岩村城だけ半年も持ち堪えた事実そのものが、何よりの証拠である。しかもその煙は、別にも立っておる。そうであろう」

信盛は、再びうなずいた。少なくともその考え方に、反論はしなかった。

十二月に入ると、信長は徳川家康を呼んで、水野信元を殺すように命じた。

甥《おい》である家康は、それを請けた。水野信元の妹は、家康の生母・於大《おだい》の方である。

同月二十七日、家康は信元を、両家についての話があると言って、三河の大樹寺《だいじゅじ》に呼び出した。そして、そこまでの案内役を、於大の方の再婚相手——つまりは義父である久松俊勝《ひさまつとしかつ》という人物に務めさせた。だから、水野にとって久松は義弟に当たる。

久松は、本当の理由を知らされていなかった。

甥に呼び出され、義弟に大樹寺まで案内された信元は、家康の心底を疑いようもなかっただろう。

果たして信元は謀殺された。同時に後継である信政《のぶまさ》も殺され、水野家はこの時に一度、滅亡した。

何も知らずに案内役を務めた久松は、この義兄の死に衝撃を受け、かつ自分を利用した家康を深く恨み、徳川家から出奔。そのまま郷里である三河の西郡村《にしのこおりむら》へと隠棲《いんせい》してしまう。

当然、真相を知った於大の方も、錯乱したように長子である家康を責め立てた。

信長は、この暗殺命令で徳川家の中核にここまで罅《ひび》を入れたにもかかわらず、水野信元の旧領を家康には与えなかった。

翌天正四（一五七六）年になって、注進者である信盛に、その二十四万石を与えた。

最初、信盛はこの思わぬ結末に驚いた。

そんなことは夢にも期待していなかったし、なにしろ水野家の所領は、その血縁の濃さを考えれば、ほぼ同族である徳川家に与えられて当然だと思っていたからだ。

が、信長はそうしなかった。理由は分からない。

ややあって信盛は激しく喜び、それから昨今の織田家中での加増の経緯をあれこれと思い巡らして、ようやく自分で納得した。

実は信盛はこの直前まで、織田家の筆頭家老であるにもかかわらず、その新しく与えられた所領の面では、他の重臣たちに大きく水をあけられていた。

滝川や羽柴にそれぞれ二十万石、二番家老の柴田に至っては、越前の四十九万石を与えられており、新参の明智もそれらの所領には及ばぬものの、最も早く城持ち大名になり、畿内の最重要拠点である西近江とそれと山続きになっている山城の一部の、十万石以上を与えられていた。丹羽も八万石ながら、若狭一国の国持ち大名である。

思えば、ここ数年ほどは合戦の主務者として休む間もなく各地を追い使われる日々の連続だった。

信盛も、もう若くはない。四十も後半に差し掛かっての激務は、心底骨身に応《こた》えた。

常に疲れ、しばしば苛立ち、時に主君である信長に、つい要らざる一言を洩らすこともあった。

が、ここにきてようやく信長も、自分を始めとする佐久間一族の多年の骨折りを認めて、このような処遇をしてくれたのだと感じた。

しかも、その新しい所領は織田家の本貫である尾張から三河にまたがっている。佐久間一族が元々持っている地盤、そして近江にある飛び地を合わせれば、四十万石は超える。他の諸将のように、いつ旧勢力から覆されるかもしれぬ他国の所領ではない。安心して領地経営の出来る、地元での四十万石余だ。

そのことに、限りない満足を覚えた。

そしていま一つ、信盛にとっては忘れられない出来事が、同年の五月に起こった。

石山本願寺との戦いは、既に六年前の元亀元（一五七〇）年から断続的に始まっていたが、ここ数年の主務者であった塙直政《ばんなおまさ》が、その摂津での合戦中、本願寺側の猛攻に遭って討ち死にするという事態が起きた。

本願寺側はその余勢を駆って、織田軍が付け城として設けていた天王寺砦を一万五千もの大軍で襲った。

一方、天王寺砦に籠もる明智光秀、佐久間信栄《のぶひで》（信盛の子）の部隊は、わずか二千五百でしかない。敵の六分の一の兵力では、いかに光秀らが奮戦しようとも、敵地の真っただ中でもあり、砦が陥落するのは時間の問題であった。

現に、摂津からの使者も必死に訴えた。

「このままでは、早ければ三日、長くとも五日のうちに、砦は陥《お》ちてしまいましょう」

この急報を受けた五月五日、信長は京にいた。すぐさま各地の諸将に動員をかけるとともに、自らも百人の手勢を率いて、河内へと急行した。むろん、その中に信盛もいた。我が子である信栄の安否を思うと、気が気でならなかった。

翌六日、前線基地である河内の若江城に到着したものの、あまりにも突然の召集命令だったために、各地からの兵は、わずかに二千しか集まっていなかった。

さすがにこれでは戦えない。信長は摂津まで兵を進めながらも、翌日まで兵の集まるのを待った。

しかし、七日になっても兵は千ほど増えたのみで、計三千になっただけだ。

それでも信長は決断を下した。その寡兵を率いて、半里ほど先にある天王寺砦へ赴こうとした。

うえさま、上様、と、諸将は必死になってその蛮勇を諌《いさ》めた。

「今ここで出て行ったとしても、砦を包囲する相手は五倍の兵でござる。さらに敵方は、いざとなれば本願寺からの後詰も出てきまする」

「だから、なんじゃ」

「されば、負けるのは必至。いましばらく、兵の集まるのを待ちましょうぞ」

「もはや、待てぬっ」信長は激しく拒否した。「今こうして我らが話している間にも、惟任《これとう》（明智光秀）と甚九郎《じんくろう》は必死に抗戦しておる。すぐに討ち死にしてしまうやも知れぬ。大将のわしがそれを座して見ていたとなっては、あやつらに面目が立たぬわっ」

さらに語気激しく命じた。

「わしが指揮を執る。よいから従えっ」

甚九郎とは、信栄の通称である。この言葉には、信盛もいたく感動した。

むろん武門の棟梁《とうりょう》たる者は、その配下からすれば、苦境に陥った時に救いの手を差し伸べてくれてこそ、その頼み甲斐《がい》もあるというものだ。が、それでも五倍もの敵に向かって、大将自らが先陣を切るなどという話は聞いたことがない。

当然、将の一部はなおも抵抗した。

「我らならいざ知らず、上様が儚《はかな》くおなりになれば、この織田家はどうなりまするかっ」

「そうは、ならぬ」信長は断言するように言った。「おぬしらのすべてが死ぬ気で戦ってくれれば、この戦は、勝つ」

「で、ですが、そのような気持ちの有りようを申しても、この彼我の数では――」

「聞けっ」

信長は竹鞭《ちくべん》を打ち捨て、遮った。

一瞬、何か迷ったような表情をした後、打って変わったように静かに話し始めた。

「わしは、知っておる。現実に、そうなるのだ。敵は一万五千とはいえ、今も砦に籠もる決死の味方も合わせれば、こちらも五千。三倍に過ぎぬ。そして兵とは、よほどの覚悟を決めぬ限り、その二割しか懸命には働かぬ。つまり真の敵は三千。死ぬ覚悟のこちらの五千がかかっていけば、必ずや優位に立てる」

「…………」

「いったん優位になりさえすれば、敵の六割はそもそもが日和見で、さらに残った二割は、端《はな》から及び腰だ。その及び腰の二割を先頭に、全体の八割は雪崩《なだれ》を打ったように逃げ始める。だから、心配はいらぬ」

それでも誰かが口を開こうとした直後、信長はさらに釘《くぎ》を刺した。

「わしは知っている。必ずや、そうなる。信じよ」

言った後には、既に槍《やり》を高々と持ち上げ、先頭を切って駆け始めていた。引き摺られるようにして信盛ら諸将も騎馬に鞭を入れ始めた。

駆けながらも、信盛にはどうにもその理屈がよく呑み込めなかった。何故二割しか必死に働かないのか。そもそも戦場の槍働きとは、皆が皆、気の持ちようがすべてではないのか。それに何故、主君である信長は、そんなことを知っているのか……。

けれど、だからこそ信長のこの捨て身の行動には、ひとかたならず感動した。息子も、その救う味方の中にいるのだ。

他の部将も兵も半信半疑の様子ながら、先頭の信長を追って駆けに駆けていた。やがて前方に、敵の大軍が群がる天王寺砦が見え始めるにしたがって、皆しだいに決死の形相に変わっていく。

「我を、信じよっ」信長の大音声がどこからか響いてきた。「この戦、腹を据えたほうが必ず勝つ。揉《も》み込めっ」

そう言って、天王寺砦を包囲していた一万五千の敵兵に、全軍での突撃命令を下した。織田全軍が捨て身となった攻撃に、敵陣は大いに乱れた。信長は大腿《だいたい》部に鉄砲の弾を受けてもなお怯《ひる》まず、

「惟任を、十兵衛を救えっ」

と叫び、さらに敵陣奥深くへと突き進んでいった。この突撃に拍子を合わせるかのように、砦の籠城兵も一斉に打って出てきた。

終わってみれば、確かに信長が宣言していた通り、味方の完勝だった。

討ち取った敵の数は二千七百を超え、味方の二人に一人以上が、首級を上げたことになる。この規模の戦としては、史上空前の大勝利だった。

この天王寺の戦いは、ともすれば数は多くとも弱兵揃いと侮られていた織田軍の武名を、一躍天下に轟《とどろ》かせる契機にもなった。

むろん、その相手方である石山本願寺も、

「織田軍、恐るべし」

と大いに戦慄《せんりつ》し、これ以降、滅多に城外戦に応じることはなくなった。蓋《ふた》を閉じた栄螺《さざえ》のように、籠城戦に徹した戦法に切り替えた。

この消極的戦術が、結果として本願寺側に味方する各地の勢力を、次第に弱めていくことになる。

討ち死にした塙直政の後を受けて、信長から対本願寺戦の主務者を命じられたのは、佐久間信盛と信栄の親子であった。

さらには、信長が言うところの『生臭坊主』を相手に、織田軍が二度とこのような危地に陥らぬよう、大幅にこの摂津での戦力を増大した。国で数えれば、三河と尾張、近江、近隣では大和、河内、和泉、紀伊の七か国から兵を割き、与力として佐久間の組下に付けた。

この処置により、二番家老の柴田勝家が率いる北陸方面軍の数を大きく凌《しの》いで、佐久間親子は織田家中でも最大規模の軍団を統率することとなった。

この待遇にも、信盛は大いに満足を覚えた。いかにも筆頭家老にふさわしい兵団の規模ではないかと、誇りにも感じた。

まだまだおれは、上様から信頼されている。近年は信長とも些細《ささい》なことでしばしばぶつかり、その先行きの関係に多少の不安を覚えることもあったが、この処遇に加えて、先に水野信元の旧領を与えられたこともある。佐久間家はやはり、織田家から大事にされている。

しかし、あの天王寺砦の戦で何故あれほどの完勝をおさめることが出来たのかは、どんなに考えても、その理屈が分からなかった。

かと言って、相変わらず東奔西走している信長に、今更改めてそのわけを聞くのも、なんとなく憚《はばか》られた。

そのうち、日々の軍務に追われて考えることを止めてしまった。

5

昨年の天正三（一五七五）年、柴田勝家は、越前国のうちの八郡四十九万石を信長から拝領した。

織田家中の部将でも、飛び抜けて大きな新領を与えられたことになる。

冬になれば深い雪に埋まる北国とはいえ、この処遇には勝家自身、望外な喜びを感じた。

なによりも気分が良かったのが、あのどこの馬の骨とも分からぬ滝川や羽柴の、およそ二倍半もの封土が自分に与えられたという事実だ。

特に、昔からそりの合わないあの禿鼠《はげ》――羽柴秀吉に勝ったということは、実に胸のすく思いだった。

それまでの数年、勝家は懸命に働きながらも、どこかで常に苛立っていた。

むろん五年ほど前に、ぽっと出の明智光秀が、譜代の家老を差し置いて織田家で初めての城持ち大名になった時も、多少は動揺した。

けれど、あの明智の幕臣出身という、将軍家や朝廷にも広く顔が利く履歴や、武官としてはむろん、文官としても申し分のない働きようを考えれば――認めるのは悔しいが――京に最も近い地域に明智を据えておくという信長の判断は、感情を抜きにして冷静に考えれば、やはり適材適所であると感じた。

しかし三年前、羽柴に北近江の二十万石もの大封が与えられた時には、とても冷静な気分ではいられなかった。

追従だけで立身してきたあの小男が、何故そこまで優遇されるのか。だいたい戦場に出ても、あの貧相な体軀《たいく》では、槍働きひとつ満足に出来なかったではないか……。

その気分に追い打ちをかけるように、同年には三番家老である丹羽長秀が若狭一国の国持ち大名になった。が、わずかに八万石である。翌年には、滝川一益が北伊勢で長島城と、これまた羽柴と同等の二十万石の所領を与えられた。

あの時点で、勝家は相当に苛立っていた。さらに執拗《しつよう》に、しかし密かに憤懣《ふんまん》を抱き続けた。

筆頭家老の佐久間や二番家老であるこのわしを差し置き、新参者や下位の家老が、信長から順次所領を与えられ、優遇されている。しかも羽柴や滝川にいたっては、三番家老である丹羽の二倍以上の領土をもらっている。これでは、織田家のために長年働いてきた我ら譜代家老の立つ瀬がないではないか……。

そういう意味で常に内心では苛立ちを抱えながらも、信長の命には忠実に従い続けた。

朝倉家の滅亡後、越前で一向一揆《いっき》衆が大規模に蜂起《ほうき》した。それを徹底して撲滅するため、岐阜から信長が大軍を率いてやってきた。駐屯していた柴田軍も合わせて、その軍容は十万を超えた。

その信長の下知のもと、勝家もその信徒たちを次々と根絶やしにしていった。彼らを殺すたびに、後で数えやすいようにその鼻を削《そ》ぎ、それぞれの場所で一か所に集めるよう命じられた。

越前の至る所に出来たその鼻の山は、男女を含めて三万個以上にのぼった。

事後にその数を確認しやすいという理由だけで、わざわざ死人の鼻を削ぐ……。

いくら剛直な勝家でも、ここまで剝《む》き出しな信長の残虐性と合理性には、ともすれば気持ちが萎《な》えがちになった。先々でも、この苛烈な主君にどこまでも付き従っていくのかと思うと、正直、自信を無くしそうにもなった。

それでもその度に、なんとか気力を奮い立たせ、最後まで血塗《ちまみ》れの小柄《こづか》を死人の顔に振るった。

その越前平定が成った後の、昨年九月のことだ。

岐阜に戻る直前の信長から、越前のうち八郡を宰領せよという内示を受けた。

一瞬、勝家は我が耳を疑った。その示された八郡の所領を合計すれば、五十万石ほどになる。本貫の尾張にも匹敵する、途方もない規模の領国だ。

しかし、信長は繰り返し命じた。

「越前のうち、これら主な八郡と、北ノ庄《きたのしよう》城を与える。よく治めよ」

勝家は、狂喜した。

長年の労苦が今、ようやく報われたのだと感じた。

直後から、さっそく与えられた領国内の経営に積極的に乗り出した。寺社や国人に対する所領安堵、旧弊な諸役の免除、楽市楽座の施行、禁制の公示などだ。

その越前八郡の法整備があらかた終わって、岐阜の信長から改めて届いた正式な朱印状を見た時のことだ。

ざっと一読し、信長から命じられた九か条の掟《おきて》など、内容はほぼ予想通りだったものの、読み終えた時、何かが脳裏に引っ掛かった。

もう一度、今度は肝になる部分を、慎重に読み返す。

「柴田修理亮《しゅりのすけ》に、越前のうち左記の八郡を、貸与委任する」

と、あった。

――は？

わしは、この八郡を貰《もら》ったのではないのか。単に貸し与えられただけなのか。

愕然として、さらにもう一度、同じ個所を読んだ。

……やはり、読み違いではない。間違いなく貸与委任、と書いてあった。

さらに考え込む。その裏の意味を、必死に読み取ろうとした。

が、裏も表もない。この封土は、あくまでも一時的に信長から預かったもの、という意味にしか取れない。そうなると、九か条の掟の持つ内容も、その後に続いた文章も、その意味合いが微妙に違ってくる。

前田《まえだ》利家《としいえ》、佐々《さっさ》成政《なりまさ》、不破《ふわ》光治《みつはる》の三人に、越前府中を中心とした二郡十万石を与えるので、これら目付とよく協調して越前を治めよ、と書いてある。適宜指示を与えよ、とは書いていない。

目付……。つまりは自分に対する目付、ということだ。

彼らは、戦時には柴田軍の組下ではあるものの、平時には勝家から独立した存在として扱え、と言っているのだ。そして、九か条の掟を破れば、貸与した領国を取り上げる、ということだろう。彼ら三人は、そのための監視役だ。逆に言えば、彼らにとっても勝家は監視役であるという相互監視のもとに、それぞれの領国経営は行われる。

どれぐらいその文を眺めていたのかは分からない。

気がつけば、ゆっくりと、そして何度も一人でうなずいていた。ようやく納得した。

なるほど……。

わしら織田家の家臣は、行く末どんなに身代が一時的に太ったとしても、結局は織田家の徹底した管理下にある。土地も金銭も、その軍も、すべては信長一人に帰するべきもので、わしら家臣の持ち物ではない。

少なくとも信長の宰領する織田家は、その原理で動いている……。

やがて、ついに笑いだした。

かつて羽柴や滝川にあれほど嫉妬《しっと》していた自分は、いったい何者だったのだろう。いくらその相手が主君とはいえ、所領も城も所詮は人からの借り物ではないか。まったく滑稽《こっけい》極まりない。

が、今となってはそう気づいたところで、もう遅い。織田家の屋台骨がここまで巨大かつ盤石になりつつある以上、自分たち郎党は、この牢獄からほぼ逃れようもない。特に譜代の家臣であれば、なおさら逃げ道はない。どこまでも信長に付き従っていくしかないではないか――。

年が明け、天正四年になった。

恐ろしく雪深い越前の北ノ庄城に、ある報せが届いた。水野信元が謀殺され、その旧領二十四万石を、筆頭家老の佐久間信盛が引き継いだという。

……この問題には、その所領云々《うんぬん》の前に、やや考えさせられることがあった。

そのことを、雪解けが来るまで、さらにじっくりと考えた。

そして結論を得た。

やがて本格的な春が来て、木《き》の芽《め》峠を越えて近江へと入り、それから岐阜城へと着いた。

むろん第一の目的は、信長に拝謁し、越前の経営を報告するためだが、その外にも密かな私用があった。

この岐阜城で未だに家宰（文官の筆頭）の地位を保っているのが、かつて織田家の尾張時代に『一長《いちのおとな》』と呼ばれていた林秀貞《ひでさだ》だ。

その後、この筆頭家老の地位は、少なくとも軍事面に関する限りは、信長織田家の創業期より信長に味方していた佐久間信盛に、いつの間にか取って代わられていた。

さらに、この天正年間に入ってからというもの、家中で秀貞の名を華々しく聞くことは、滅多になくなっている。というのも、村井貞勝、武井《たけい》夕庵《せきあん》、松井《まつい》友閑《ゆうかん》といった新しい文官が、織田家が上洛した八年前の頃より、徐々に行政官としての才能を発揮するようになり、天正年間に入ってからは、一段と目覚ましい活躍を見せるようになっていたからだ。

勝家が見るに、信長は常に人材発掘に貪欲《どんよく》な男だ。これと思った相手には、武官はむろん文官に対しても、その出自を問わず大いに優遇する。

村井貞勝はそもそも近江の産で、天正元年には既に京都所司代に任ぜられている。武井夕庵は征服地の美濃者だが、斎藤氏滅亡後の永禄十（一五六七）年の頃より、信長の側近として仕えた。松井友閑は元々が幕臣だったが、これまた永禄十一年の織田軍入京後より、信長の祐筆《ゆうひつ》となっている。

これら三人の吏僚が、時に明智や羽柴らの部将と協力しながら、京という表舞台で優れた折衝能力と行政手腕を振るい続けていた。

つまり、秀貞はこの三、四年ほど、完全に第一線から外れていることになる。岐阜城の家宰と言えば聞こえはいいが、実態は留守居役のようなもので、特に重要な用もない閑職に等しい。

その秀貞に、勝家はかつての、個人的な借りがあると思っている。

……もう、二十年も前のことだ。

信秀《のぶひで》の次子である信勝を織田家の跡継ぎに擁立しようとして、嫡男の信長に戦いを挑んだ。稲生の戦いだ。結局は、完敗だった。

それでも信長に付き従うかどうかをまだ迷っている時に、この秀貞から諭された。

「あのお方（信勝）では、織田家は持たぬ」と。

さらに信勝と信長の武門の棟梁としての資質の違いを口にした後、こう結論付けた。

「信長どのが惣領である限り、織田家は栄えるであろう。現に少しずつだが、そうなりつつある」

最後に秀貞は、勝家に対して釘を刺した。

「権六よ、そろそろここらあたりで料簡せよ。つまらぬ意地を張っておると、やがては身の破滅ぞ」

それら一連の言葉が、迷っていた勝家の背中を最後に押してくれた。

もし、あの時に自分が片意地を張ったまま信勝の味方を続けていたら、津々木《つづき》蔵人《くらんど》のようにやがては家中での居場所を無くし、とうの昔に織田家を出奔するしかなかったであろう。

そのことを今更ながらに思い返せば、わしは、あの秀貞には、確かに一片の恩義がある――。

岐阜城下にある、林家の屋敷を訪れた。

久しぶりに会った秀貞は、以前の沈毅《ちんき》な雰囲気が抜け落ち、ずいぶんと人が好さそうな柔和な顔つきに変わっていた。そして、その丸くなったぶん、何故か老けて見えた。

この時、秀貞は六十四歳、勝家は五十五歳である。

「やあやあ、これは権六、久しぶりであるな」

そう言って、秀貞は無邪気に喜んだ。

「佐渡《さど》殿も、息災のようであられまするな」

勝家もまずは無難に応じたが、こういう無邪気さも、以前の秀貞には見られなかったものだ。見かけだけでなく、その中身の箍《たが》も緩んできているのだ、と感じた。

しばらくは差し障りのない世間話をした後、勝家は本題をさりげなく口にした。

「ところで昨年、下野守《しもつけのかみ》（水野信元）殿が、儚くおなり遊ばしましたな」

「左様――」秀貞はうなずき、それから少し痛ましそうな顔をした。「が、武田家に密かに肩入れしていたとなれば、下野守には気の毒であるが、まずまず、あの処置は致し方あるまい」

ここだ、と感じる。

確かに、世評ではそういう話になっている。しかし、勝家が越前の雪解けまでにあれこれと調べた結果、水野信元が岩村城に食糧を運んでいたという証拠は、何もなかった。つまり、確証もないまま水野は謀殺されたのだ。

しかし、それをあからさまに言うわけにもいかない。

この岐阜城下、どこに耳があるか分からないし、第一なにかの折に、今では精神の多少ふやけたこの秀貞が、自分の言葉をどこぞで口にしないとも限らない。

勝家は、さらに慎重に言葉を選んだ。

「確かそれは、衛門府（佐久間信盛）殿が見つけられたのでありまするな」

すると、秀貞は無言のまま、勝家の顔を正面から見てきた。一瞬、その顔に昔の張りのある表情が戻った。

「権六よ、おぬしは何を言いたい」

いやいや、とわざと軽くいなし、勝家は口を開いた。

「衛門府殿と下野守殿の間には、その昔、多少の遺恨がござったゆえ」

「大学介のことか」

勝家はうなずいた。すると秀貞は笑い出した。

「それは勘繰りすぎというものじゃ。いかに衛門府が多少の遺恨を抱えていようとも、そのような重大な事実を捏造《ねつぞう》するはずもない」

「事実だったから、上様は下野守殿の処分を命じられた、と」

「その通りじゃ。さらに言えば、あのお方は家臣の嘘などすぐに見抜かれる。当然、長年の付き合いである衛門府もそれを知っている。虚偽の報告など、出来るはずがない」

違う。本質はそこではない、と勝家は内心では叫びたかった。

佐久間が水野を陥れようとして虚偽の報告をしたとは、まさか勝家も思ってはいない。

おそらく佐久間は、濃厚な疑いのある話を二、三、列挙したに過ぎない。しかも最初に相談したのは、織田家の嫡男である信忠である。その信忠が事の重大さに、父に相談せよ、と佐久間に命じたのだ。

そこまでの経緯は、勝家もしっかりと裏を取ってきている。

問題は、それを聞いた信長がどう思案したかだ。

田楽狭間の時、あの水野が陣地を放棄したことを、信長は今でも覚えているはずだ。裏切りや敵対行為に対する復讐《ふくしゅう》心の強さ、そして記憶の執拗さは、信長の際立った特徴の一つだ。

事実、森可成の仇《かたき》とばかりに延暦寺を焼き討ちにした。織田家の邪魔を散々してきた一向宗徒に対しては、伊勢と越前で老若男女を問わず計五万人を根絶やしにするという、恐るべき残虐性を見せた。

しかし、その執拗さは、武門の棟梁の資質としては決して悪いことではない。

それでも、あの時どうしてすぐに水野を処分しなかったのかという疑問は残る。

何故、今なのか。

答えは決まっている。

十六年前のあの時期、尾張一国をようやく統一したばかりの信長には、水野信元の持つ二十四万石の軍事力がまだ必要だった。外敵も、尾張を取り巻いていた。

が、昨年の時点で、織田家の版図は優に四百万石を超え、その勢力下にある徳川や摂津の荒木村重などの所領を入れれば、五百万石に迫る勢いだ。さらに言えば、長年の脅威であった武田氏も、完膚なきまでに叩きのめした。主だった外敵は、もはや周辺国には存在しない。

つまり、水野信元の力はもう不要だと判断した。そこに佐久間大学討ち死にへの復讐心が加わり、確たる証拠もなく謀殺を決定した。

本当は、そう大声で喚きたかった。

しかし、それは出来ない。

何故なら、勝家もこの秀貞も、過去に信長を裏切っている立場だからだ。しかも秀貞に至っては二度、信長に背いている。その二人が、この岐阜城下で水野の真相を話題にするのは、あまりにも剣呑《けんのん》過ぎる。到底口に出来たものではない。

一方で、なるほど水野は織田家の被官に過ぎず、自分や秀貞は累代の歴《れっき》とした家臣である。だから、そこまでの復讐心を家臣には抱かないのかも知れないという考え方もある。また、まさか殺すことはあるまいと勝家も想像する。しかしその代わりに、過酷な処分はあるかも知れない。いや……むしろ濃厚にある。現に勝家は四年前に、その出来事を当事者として目の当たりにしている。あの頃の中川重政は、羽柴や明智と並んで信長から重用されていた。しかし、中川の弟が勝家の代官を斬ったことが信長の逆鱗《げきりん》に触れ、中川兄弟は揃って改易となった。彼らは、往時の勢いを取り戻すことなく、今も織田家の下位に沈んでいる。たかが諍《いさか》いごとでも、この手厳しい処分だ。

その処罰の苛烈さを思えば、過去にあからさまに裏切った自分たちのことを、信長が本当はどう思っているのか。想像するだけで、時に肌が粟立《あわだ》つ。

そして今、その信長を二度も裏切った当人が、勝家の目の前にいる。徐々に第一線の任務から外され、織田家に不要になりつつある老人がいる。

この事実を、当人にどう伝えればいいのか……。

結局、勝家はこういう言い方をした。

「つまるところ、下野守殿は織田家にとって要らざる存在だったということですな」

すると、秀貞は顔をしかめた。

「権六よ、藪《やぶ》から棒に何を言い出すのか」さらに不快さが募ったらしく、こうも言った。「そのような言い方は、上様に対して無礼であろう。下野守殿は武田家に内通した。だから結果として処分された。しかしそれまでは、よく織田家に尽くしていた。要らざる存在だったという言い方は、故人に対しても別の意味で不敬であろう」

やはり、この老人には分かっていない、と勝家は絶望的な気持ちになる。

確かに田楽狭間の後は、水野は織田家のためによく働いていた。先だっての長篠の戦いの折にも、懸命に采配を振っていた。

しかし、そこが問題ではないのだ。過去に裏切りを起こし、その後改心してよく仕えたものの、今はさほど重要な人物だと信長に思われなくなった。だから切り捨てられたという現実が、この話の肝なのだ。

逆に言えば、信長に重宝され続けている限りは、おそらく過去の裏切りを問われることはない。

それを秀貞になんとか悟ってもらおうと、重ねてこうも言った。

「我らも、これからも変わらず、織田家のために必死に働き続けなければなりませぬな」

この先も信長に評価され続けるように、と内心で付け加えた。

けれど、秀貞は相変わらず怪訝《けげん》そうな表情を浮かべている。

「そのようなこと、わざわざ口にするまでもあるまい。織田家の家臣として、当然のことだ」

「それは、その通りでござる」

「であるのに、今さら何故、そんなことを改めて言うておる」

それから勝家の顔をしげしげとのぞき込んできた。

「権六よ、もしかしておぬし、遠く離れた越前での任務に疲れておるのか」

「いえ……そうではござらぬ」

ここまでだ、と勝家は感じた。

これ以上言うと、いくら秀貞の先々を救いたくとも、勝家自身が自らの墓穴を掘ることになる。

とりあえず、言うべきことは出来る範囲で口にした。あとは後日にでも秀貞が、この奇妙なやり取りを思い出して、遅ればせながらも悟ってくれることを願うばかりだ。

それに、必ずしもそうなるとは限らないではないか。あくまでも自分の憶測に過ぎないではないか……そう、自らの虚《むな》しい努力を慰めた。

一刻後、最後まで話の嚙み合わぬまま、勝家は屋敷を辞した。

——これからもおれは、あの羽柴や明智などに負けぬよう、ますます頑張り続けるしかない。それしか、一度は裏切ったおれの生き残る道はない……。

それにしても、と内心で深いため息をついた。

いつから秀貞は、あのように察しの悪い老人になってしまったのか。

昔はもっと、対人関係や自分の置かれた状況に対する感覚が鋭かった。だから、かつての勝家も結果として救われた。今の地位にまで上り詰めることが出来た。

単に年を取ったせいではない、と感じる。

特に、村井貞勝ら三人の吏僚が急激に擡頭《たいとう》してきたここ数年の秀貞を見るに、目を覆いたくなるほどの知力のふやけようだ。信じられないほど、急激な精神の劣化を起こしている。

しかし、どうしてこの短期間でそんな変化が起こるのか――。

勝家には、どう考えてもその理由がさっぱり分からなかった。

6

まったく――馬鹿馬鹿しいにもほどがある。

そして、この事態の愚かしさとあやつの陋劣《ろうれつ》さゆえ、自分は殺されるかも知れぬ……

……そう、秀吉は憤懣《ふんまん》やるかたなく思った。

木下藤吉郎改め羽柴秀吉は、この天正五（一五七七）年の八月半ばの時点で、数えで四十一歳だった。いわゆる前厄でもある。そう考えれば、確かに来年の本厄を迎える頃には、自分がこの世にはいないかも知れぬ、と半ば不貞腐れ気味に感じた。

しかし、もうどうでもいい。

殺すなら殺せ。おれは甘んじて処分を受け入れてやる……。

つい先日、秀吉は初めて信長の下知に背いた。重大な軍規違反を犯した。勝手な戦線離脱だ。

そもそものきっかけは、先年の九月に遡《さかのぼ》る。越後の上杉謙信が越中《えっちゅう》に侵攻し、たちまちのうちにこの一国を手中にした。十一月には越中から能登《のと》へと進んだ。これまた穴水《あなみず》城、富来《とぎ》城など諸城を瞬く間に陥落させ、能登畠山《はたけやま》氏の拠点で、国内でも最大級の要害である七尾《ななお》城を囲んだ。

しかし、この城だけは謙信も攻めあぐねて、とうとう越年した。三月には関東の北《ほう》条《じょう》氏への牽制《けんせい》のために、軍を返して上州へと出兵した。

が、今年の七月、謙信は再び越中から能登へと進軍して、去年に続いて七尾城を包囲した。

この頃から、北陸の師団長であるあの馬鹿――柴田勝家が盛んに騒ぎ出した。曰《いわ》く、

「このままでは、やがて謙信はこの越前までやってくる。そして北陸一帯を平らげた

後で、近江へと出て京に旗を立てるつもりだ」と。

ふん、とその噂を聞いた時も、秀吉は鼻で笑ったものだ。

いくらあの上杉謙信でも、この期に及んでそんなことを本気で目指すものか。

それなのに、あの五十も半ばを過ぎた織田家の二番家老は、いい年をこいてぎゃあぎゃあと喚《わめ》き立て、不用意に織田家中の恐怖心を煽《あお》っている。その挙句には、

「七尾城が落ちれば、上杉軍はたちまちのうちに越前に迫ってまいりまする。そのためにも、大幅な援軍を是非にもお願いいたしたく」

と、信長に矢のような催促を送った。

正直、その頭の出来を疑いたくなる。相も変わらず鈍牛並みの血の巡りしか持たぬと見える。秀吉はそう、濃厚な悪意をもって思った。

が、秀吉が驚いたことに、この愚かな要請に主君である信長は応じた。三番家老の丹羽長秀と四番家老の滝川一益や、西美濃三人衆である稲葉《いなば》良通《よしみち》、安藤《あんどう》守就《もりなり》、氏家直元《うじいえなおもと》を始めとした有力部将を、柴田勝家の許に派遣することを決定した。

当然、秀吉とて例外ではない。その旗下の兵を率いて、越前北ノ庄城へと赴くようにとの下知を受けた。

結果、柴田の北陸方面軍に含まれる前田利家、佐々成政、不破光治の越前府中三人衆や、大野郡の金森長近《かなもりながちか》らの部将を合わせると、織田軍は四万もの大軍に膨れ上がっ

た。

対して、上杉軍は織田軍の半分の二万に過ぎない。

しかし、その双方が正面切って激突すれば、結局は織田軍のほうが負けるだろう、と秀吉は踏んでいた。

短期の集中決戦では、その兵の多寡以上に、軍を率いる総帥の資質がモノを言う。柴田がいかに戦場で勇猛であろうとも、軍神にも喩《たと》えられる謙信の統率力と比べれば、雲泥の差がある。

越後兵は、謙信の采配《さいはい》を仰ぎ見ること、あたかも神の如くである。その戦術眼に絶対的な信を置いており、大将の下知に従っている限り、上杉軍が負けることなどないと思っている。だから、いついかなる時も謙信の一声をもって、全軍が一糸乱れぬ隊列で、命を惜しまずに敵に突撃する。

対して、織田軍は二倍の大軍とはいえ、所詮は各地にいた部将の寄り合い所帯でしかない。丹羽や滝川、西美濃三人衆にしても、信長の下知で仕方なく自分の持ち場以外の戦場に来ているというのが正直なところだ。

むろん秀吉もそうだ。ここで精いっぱい槍《やり》働きをして、万が一敵に勝てたとしても、その成果はすべて柴田一人のものになり、秀吉を始めとした部将は只《ただ》働きに等しい。

それを思えば、実際の戦意はさらに心もとない。

蟻の法則だ、と秀吉は改めて思う。

普通なら二割しか懸命に働かない蟻――敵兵も、謙信という不世出の軍事的天才の前では、短期間という条件付きであれば、いとも簡単に死兵となる覚悟を決めることが出来る。二万の兵すべてが働き蟻に成り果《おお》せる。

これは、織田家に君臨する信長にも滅多に為《な》せないことだ。

秀吉の記憶にある限り、信長の許でその率いた全軍が死兵となって懸命に働いたのは、十七年前の田楽狭間の戦いの折と、話に聞く一年前の天王寺砦の戦いの時だけだ。そう考えれば、信長という絶対君主をもってしても、これがいかに困難な人心統御術であるかが分かる。本人もその限界をわきまえているのか、ほとんどの戦いでは、必ず数の論理で勝負する。敵の二倍、三倍という軍容が整うまでは我慢強く待ち、決して勝負に出ようとしない。

ましてや今回の能登での総大将は、その信長ではなく――いくら家中では鬼柴田と言われて多少は畏怖《いふ》されていようが――織田家の一部将に過ぎない柴田勝家である。

きつい言い方をすれば、丹羽や滝川や秀吉と同様、所詮は主君である信長のただの使用人だ。

諸将の働きに応じて最終的な評価や処遇を決めるのは、信長なのだ。

しかし決定権者である主人は現場におらず、同じ使用人である柴田の采配に、いったい諸将がどれくらいの真剣さで従うのかは甚だ怪しいものだ。誰しも、他人の戦で自前の兵を無駄に損ないたくはない。

　さらに言えば、もし上杉軍に勝ったとして、ここで柴田に武官としての実績をまた積ませれば、有力部将間の熾烈《しれつ》な出世競争で、今まで以上に水をあけられる。

　すると、あの傲岸《ごうがん》な男は家中で今までにもいや増して、増上慢の態度に出るだろう。そうなることを積極的に後押しするほど、秀吉を始めとした諸将はお人好《ひとよ》しではない。

　つまり、そのような要素を併せて考えれば、織田家の援軍の三万は、そののっけからやる気のない蟻に等しい。

　だから、実質的な主力は、上杉軍二万と柴田軍一万の戦いになる。

　当然、戦況はすぐ不利になるだろう。そして、いったん不利に傾けば、味方の三万の働かない兵に引き摺られ、柴田軍一万のうちに本来存在する六割の日和見の兵も、二割の最初からやる気のない兵も、一気に逃げ腰になる可能性が高い。つまり最悪の場合、懸命に働く兵は、味方がわずかに二千で、上杉軍は二万ということになる。

　そうなれば、織田軍の大惨敗となる。

　そのことを思うだに、秀吉は暗然とする気持ちをどうすることも出来ない。

　………。

　秀吉は非常に気前が良く、常に陽気で鷹揚《おうよう》な人間だと織田家中では思われているが、その実は、まったくそんな人柄ではない。

必死に、闊達《かったつ》な自分を演じ続けているだけだ。

出自と言える出自もろくになく、矮小《わいしょう》で容貌《ようぼう》も醜い。戦場に出ても槍働きひとつ満足にこなせない。そんな人間が世間で人並みに相手にされていくには、そして、その組織の中で立身していくには、可能な限りの愛想の良さを自分から演出してゆくしかなかった。

昔、秀吉が生まれて初めて仕えた遠州の今川家の被官、頭陀寺《ずだじ》城の松下之綱《まつしたゆきつな》の許では、素の性格のままで奉公していた。

そのため、有能さを主君の松下には買われていたものの、家中の人間からは徹底して嫌われた。挙句、居づらくなって松下家を退転した。

織田家に仕えた時は、もう二度とあんな失敗は繰り返すまいと心に決めた。だから今も懸命に、朗らかで大気者《たいきもの》という仮面を被《かぶ》り続けている。擬態だ。

もし、心底からいつも愛想が良く、誰彼なく親切な男がいるとしたら、そいつは何も考えていない、よほどの馬鹿だと秀吉は思っている。たとえ周囲の人間には好かれても、馬鹿には大局を見据えた政治力を必要とする調略など、出来るはずもない。長い目で見れば、大した立身も出来ない。

だから、本来の自分は密かに温存しつつも、この織田家に仕えてから二十数年というもの、常に人当たりのいい自分を演じ続けてきた。

が、そろそろその擬態も、我慢の限界にきつつある。

――四年前に、信長から北近江半国の二十万石を与えられた。あの明智光秀から遅れること二年で、ようやく自分も念願だった大名並み待遇の部将となった。これほどの所領を与えられた者は、あの時点では、おれと光秀の二人だけだった。しかも譜代の家老を抜き去っての、自分の代から仕えた新参者同士の大抜擢《だいばってき》だ。

何よりも秀吉の自尊心を満足させたのは、秀吉が密かに家中で最も手強《てごわ》い競争相手と目していたあの金柑《きんかん》頭の美濃源氏より、二倍以上の所領を与えられたことだ。

光秀と自分には、ひとつの身体的共通点がある。

元々薄かった頭部が、何故かこの数年で一層禿《は》げてきたことだ。

ただし、その禿げ方は、かなり違う。光秀がまんべんなく頭髪が薄くなり、頭頂部の地肌が透けて、その鉢の形が金柑に似ているのに対し、秀吉は斑《まだら》に、かつ無残に禿げ散らかしている。

兜《かぶと》を被る機会が多いと、頭髪が蒸れて摩《す》れ、禿になりがちだ。つまり、二人はそれだけ信長に戦場から戦場へと激しく追い使われているということだが、それにしても信長はひどい。

この苛烈《かれつ》極まりない主君は、人の身体的特徴についても一切の容赦がない。時おり

二人に対して癇走《かんばし》ることがあると、光秀には、

「この、キンカ頭がっ」

と人前でも平気で怒鳴りつけ、秀吉に対してはさらに無作法極まりなく、

「おのれ、この禿鼠めが。いったい誰がぬしを人がましくしてやったと思うかっ」

などと罵倒しながら、足蹴《あしげ》にされたこともある。

最も恥ずかしく辛《つら》かったのは、この信長の発作的な暴力癖ではなく、その禿頭に因《ちな》む呼び方、あるいは綽名《あだな》が、当の秀吉にとっても光秀にとっても、実に言い得て妙だったことだ。

実際それは、家中の他の者が耳にしてもまったく同感だったらしく、一時期は織田家の雑兵の間で、こんな唄が流行《はや》ったことがある。

「上様の　お気に召すもの　一に金柑　二に鼠」

これでは、いくら織田家で有数の出頭人と羨《うらや》ましがられようと、将としての尊厳も誇りもへったくれもあったものではない。時として、本当にやりきれなくなる。

それでも信長は内心で、おれと光秀という二人の部将を、家中の誰よりも高く評価しているはずだ。先々で自分の両腕となって織田家を背負って立つのは、佐久間信盛でも柴田でもなく、ましてや丹羽でもなく、おれという禿鼠か、さもなくば、いつも頭頂部が血色良く光っているあの金柑頭だと見込んでいる。

だからこそ、我ら二人に対する風当たりもより強くなるのだし、並み居る諸将の誰よりも早く所領を貸与してくれたのだ。

この見立てには、秀吉はかなり自信がある。しかも北近江半国の二十万石という、光秀の倍の期待値をもって、このおれという人物を見ていた。

が、そんなことを考えて喜んでいられたのも束の間で、信長の人使いは、この時期を境にさらに荒くなった。

実は秀吉は、今より遡ること六年も前から、信長より毛利氏の取次ぎ役を任されている。

取次ぎ役——つまり平時は、該当する外部勢力との折衝役であり、いざ相手と戦となった時には、この取次ぎ役が合戦の主務者を担当することが暗黙の了解になっている。

けれど、長島一向一揆《いっき》の二度にわたる掃討戦や、長引く本願寺との戦い、長篠の戦いなど、多方面の戦に駆り出されて、とても本来の任務——山陽道方面の調略や懐柔策——に集中できていない。毛利どころか、その手前の備前《びぜん》はむろん播州《ばんしゅう》にさえ、まったくと言っていいほど手が着いていない。

二年前、柴田の持ち場である越前と加賀《かが》で、大規模な一向一揆が起こった時もそうだ。

秀吉は、光秀と共に織田軍の先発部隊を組み、越前府中へと乗り込んだ。

ここで完膚なきまでに一向宗徒を殲滅し、さらに余勢を駆って加賀まで進み、再び一向一揆宗徒の殺戮《さつりく》を散々に行った。そして、殺した敵のすべての鼻を削いで、その戦果を詳細に報告した。

正直、いくら信長の命令とはいえ、絶えず吐き気を催す戦いと虐殺の連続だった。

この二人の目覚ましい働きには、信長も京都所司代の村井貞勝に宛てて、

「府中町ハ死かい計にて一円あき所なく候」

と府中の町中が死骸《しがい》で溢《あふ》れて地面も見えない様子を、喜んで書き残している。

だが、秀吉は最初から最後まで、この残虐な一連の戦いには、うんざりしきっていた。

相方の光秀もそうだ。絶えず憂鬱《ゆううつ》そうな表情で、しかし戦いでは的確な指揮をし、その戦後の処置も始末も黙々と行っていた。思えば、延暦寺の焼き討ちの時も、光秀と二人で主務者を務めた。

そうやって他人の持ち場ばかりに駆り出されているうちに、丹羽長秀には若狭一国が与えられ、滝川一益にも北伊勢の五郡二十万石が与えられた。出世競争の相手である同僚のために、戦場働きをしていたようなものだった。

特に秀吉が複雑な気持ちになったのが、柴田にも越前国のうちの八郡、四十九万石

もの大封が与えられた時だ。

今では柴田は、すっかり自らが中心となって一向一揆宗徒の根切りを行ったように錯覚しているし、現に、そのような発言をすることもしばしばある。が、実際、あの時の現場で先陣を切って大いにその戦果を挙げたのは、このおれと光秀だったという事実を忘れてもらっては困る。

おれと光秀がその緒戦で敵方の勢いを大いに挫《くじ》いたからこそ、わずか二か月足らずで、越前と加賀の一向一揆勢を一掃することが出来たのだ。結果、越前と加賀は柴田の支配下となった。

いったい誰の骨折りのおかげで、そこまでの大領を与えられたと思っているのか。

秀吉も、今では六千ほどの軍を率いる立場で、朝廷から筑前守《ちくぜんのかみ》の官職と従五位下の位階をもらっている堂々たる部将である。諸国の大名とも対等に渡り合っている。

それなのに、あの傲岸極まりない二番家老は、いつまでも秀吉を信長の草履取りをしていた小者の時のように思っている。このおれに対し、まるで自分の下郎でも見遣《みや》るような目つきをすることがある。

それが、どうにも業腹で仕方がない。

光秀は、既に二年前から丹波攻略に乗り出している。だから、今回の越前遠征には来ていない。光秀には丹波から山陰道を、秀吉には播州から山陽道を攻めさせる、というのが信長の大まかな西方戦略だったが、自分はまだ播州にも兵を入れていないのに、こうしてまた他人――しかも大嫌いな柴田の手助けをさせられている。

そのことも、昨今の焦りと苛立《いらだ》ちをさらに増幅させる要因になっている。

そんな気分のまま、総大将の柴田に先導され、秀吉を始めとした四万の軍勢は越前から加賀へと入った。

その加賀の半ばまで来た時、再度の軍議が開かれた。七尾城まではゆっくりと行軍しても、もう四日とかからない距離である。その時点で、秀吉の嫌な予感はますます高まっていた。

今後の戦術論の違いから、秀吉と柴田の間で大激論になった。

柴田は、あれだけ騒ぎ散らして信長から三万の大軍を貸与されたにもかかわらず、ごく少数の斥候部隊しか上杉軍が居る北方へと繰り出していなかった。

敵に倍する味方の兵数に自信を持ち、ただ平押しに押してゆけば謙信を打ち破れるものだと楽観視している気配があった。

甘い、と秀吉は思う。

あの謙信は、稀代《きたい》の戦上手と言われた武田信玄と、川中島で五度にわたり死闘を繰り広げてきた人物である。しかも兵数では、武田軍に対して常に劣勢――平均して武田軍二万に対して上杉軍一万三千ほど――であった。それでも信玄と五分に戦い続けてきた。

　つまり、軍事の才能では信玄をも上回っていたと見るのが妥当であろう。織田家の急激な膨張により、今でこそ一地方勢力の地位に甘んじてはいるが、あの長篠の戦いでも、もし信玄が生きて指揮を執っていたら、どうなっていたか分かったものではないのだ。さらにその上をいく謙信を相手に、信長自らが陣頭指揮を執っているならまだしも、配下の一部将に過ぎぬ柴田が舐《な》めてかかったら、必ず手ひどい火傷《やけど》を負う。

　そのことを、柴田の面子《メンツ》を傷つけないような遠回しな言い方で伝え、だからこそ、この地よりは物見の数をさらに増やして、充分に敵の情勢を把握してから、初めて軍を動かすべきだと主張した。

「筑前、筑前よ。何を悠長なことを言っておる」柴田は、秀吉の主張を無用の怯懦《きょうだ》と取り、嘲笑うかのように反論した。「今こそ時をかけず、急襲すべき時である。されば敵は南方から迫りくる我ら四万と、七尾城の畠山一万五千の間で挟み撃ちになり、上杉軍二万が壊滅することは必定」

　が、秀吉は思いが先走るあまり、つい口が滑った。

「それは浅慮と言うもの。凡夫も分かるそれぐらいのことを、あの軍神にも喩えられる謙信が考えておらぬはずがないではありませぬか」

　言ってしまった後、しまったと思った。

案の定、相手は顔を思い切りしかめた。そして、

「浅慮？　それぐらいのこと？」と、怒りに声を震わせて問うてきた。「筑前よ、わしを、凡夫だとでも言いたいのか」

秀吉は、咄嗟《とっさ》に弁解が出来なかった。謙信に比べれば、この目の前の男も、確かに凡夫には違いないからだ。そして、その沈黙の意味だけは相手に確実に伝わった。

はたして柴田は、さらに烈火の如く怒り始めた。

「するとなにか。ぬしは、わしごときの采配では、謙信に勝てぬとでも言うのか」

その通りだ、と秀吉は叫びたかった。それを裏付ける件《くだん》の蟻の原理もある。しかし、この五十男の粗雑な脳味噌《のうみそ》では、言ったところでそれを理解できぬであろうし、また、自分でもその理由はよく分からないが、公に言うのは憚られた。

「とにかく、かの謙信には万全に万全を期しても、やりすぎということはありますまい」

「だから、そうして無駄に時を経る間にも、謙信が挟み撃ちになることを恐れて、この能登から逃げ出してしまうかも知れぬではないか」

「それは、あり得ませぬ」秀吉は反論した。「あの謙信は、信玄にさえ一度も背中を見せたことのない男。ましてや――」

言葉の勢いで、秀吉はまたもや失言をしかけた。そして、今度も後の祭りだった。

まったくこの時の秀吉はどうかしていた。完全に心の平衡を失くしていた。

柴田はますますいきり立ち、すかさずその言葉尻《じり》を捉《とら》えた。

「ましてや、おれ如きに背中を見せるはずがないと、こうほざきたいか、筑前っ」

もう、半ばやけくそになりながら、秀吉はなおも説得を続けた。

「とにかく、謙信が我らを恐れて逃げ出すことはあり得ませぬ」

「お、お、おのれは、こ、このわしをいったい何だと思うておるのだ」興奮し切った時に出る、柴田の吃音《きつおん》がついに出た。「かか、か、仮にも総大将たるこのわ、わしを馬鹿にし腐って――」

その挙句、柴田は今の秀吉には絶対に言ってはならぬ一言を吐いた。

「この禿鼠っ。おのれでは戦働きひとつ満足に出来ぬ下郎上がりのくせに、累代の織田家家老のこのわしに向かい、高々と指図をするかっ」

この暴言には、さすがに秀吉もかっときた。

やはり、こいつは今でもそんなふうにおれのことを見ていたのだ。さらには、ここまで諸将の面前で侮辱されては、秀吉も黙ってはいられない。もう我慢も限界だった。

「なにを申されるかっ。その下郎上がりにも分かる道理を一向にお分かりにならぬのは、いったいどこのどなたでござるか。そもそもお手前も、自軍の兵だけでは勝てぬと思うたから、上様に泣きついたのではないかっ。挙句、われらもとんだ骨折りをさせられておるっ」

「骨折りじゃと？　このわしの指図を、上様の下知を、骨折りというかっ」さらに柴田は喚き散らした。「そんなに謙信が怖ければ、ここより去れっ。さっさとおのれ一人で尻《けつ》をまくり、近江へと帰ればよかろう」

　その瞬間、秀吉は妙に冷静になった。

　くそ――こうなれば売り言葉に買い言葉だ。どうせこの織田軍の体たらくでは、十中八九、上杉軍には敗れるのだ……ならば、最初から戦線になどいないほうがましだ。

「言われましたな。今、帰れと、しかと申されましたな」念を押しながら、軍議の場を立ち上がった。「ならば、そうさせて頂く。我ら羽柴軍は、これより近江へと兵を引く」

　とたん、それまで息を潜めて二人の応酬を聞いていた諸将が騒然となった。

　が、秀吉は構わず軍議の広間から出ていこうと足を進めた。

「筑前、筑前っ」と、丹羽長秀などは、顔を真っ青にして必死に秀吉の袖《そで》を取った。

「おぬしの腹立ちもよう分かる。が、今からでも遅うはない。修理亮と和解せよ。さもなくばおぬし、上様から殺されるぞ」

　そう、人の好い顔に赤心を露《あら》わにして諫《いさ》めてきた。

　また、日頃はろくに口も利かない間柄の滝川も、この時ばかりは口を開いた。

「筑前、うろたえるな。一時の怒りで、己のこれまでを台無しにする迂闊《うかつ》な真似はしでかすな」

こんな場合ながら、つい秀吉は両名に微笑んだ。

二人とも家中では心の余裕なく信長に追い使われてはいるが、その性根までは奉公人根性に染まっておらず、まだ充分に人間らしい心を失っていないと見える。

「それがしは、充分に冷静なつもりでおります。が、ご両名のお心遣い、いたく感謝しまする」

そう言い残し、五千の遠征軍を率いて勝手に離陣し、近江まで戻った。

そして単身岐阜城まで赴き、信長に謁を請うた。

既に越前からの報告を受けていた信長は、当然のように激怒していた。目通りは叶《かな》わず、側近から信長の憤怒《ふんぬ》に塗《まみ》れた言葉を伝えられた。

「能登のことが片付き次第、おのれを煮殺してやる。逃げようと思うな。逃げれば、草の根を掻《か》き分けても、ぬしの眷族《けんぞく》もろとも皆殺しにする。その時まで、長浜で首を洗って待っておれ」

との激烈な謹慎命令が下った。秀吉は、仕方なく苦笑した。信長の怒りも当然だろう。主君の許可も得ず勝手に戦線を離脱するなど、前代未聞の重大な軍規違反だ。

いや……前代未聞ではない。過去に、今は岐阜城の家宰を務めている林秀貞が勝手に離陣をしたことがある。が、あの時は織田家もまだまだ小さな勢力だった。だから秀貞は不問に付されたが、膨張した織田家の現状ではどうだろう。

現に、織田家の有力被官であった水野信元が、武田氏に内通したという微弱な疑いをかけられて殺害されたばかりだ。

秀吉が思うに、あれも元はと言えば、十七年前の勝手な戦線離脱が影響している。

となると、やはり額面通りにこのおれも殺されるのか――。

しかし信長も、純然たる家臣に対しては、そこまでの過酷な処罰はするまいと思う。

それにあの時の水野は、誰がどう見ても今川氏への微妙な寝返り行為だった。

自分はそうではない。少なくともそんな性根で離陣したつもりは、毛頭ない。

けれど、それなりの処分は覚悟をしておく必要があるかも知れない。降格はむろん、最悪は所領の没収など、だ。

まあ、それでもいい、とどこかで捨て鉢になっていた。

織田家に仕官して以来、二十数年もの間、身を粉にして必死に働いてきたが、正直、もう家中での激烈な出世競争には、いささか疲れ始めてもいた。

十の仕事を完璧《かんぺき》にこなせば、次に十二の仕事を要求される。その十二の仕事を何とかやり遂げると、今度は十五の仕事を背負わされる。どこまでも終わることのない無間地獄に等しい。

やがて、いつかは能力の限界が来る。

……水野信元の処分の後、秀吉は色々と思うところがあった。

ざっくりと言えば、今の信長にとって、水野は不用な人間になったのだ。そこが、あの殺害の本質だ。だから、その大領を取り上げて、織田家のものにしようと決めた。そしてその考え方は、いつか能力が他の諸将と比べて相対的に落ち、不用になった家臣たちにも適用されるかも知れない。むろん、自分とて例外ではない――いくら信長に気に入られているからと言って、その現状に胡坐《あぐら》をかいていられるほど、秀吉はお目出たい生い立ちではない。

むろん、その対策も既に打ってあった。

実は、自分とおねという夫婦の間には、この歳になっても子が生まれなかった。元来が極端に女好きな秀吉は、北近江二十万石を貰ってからというもの、少しでも時間に余裕があると、知り合った様々な女に盛んに手を出した。その財力もあった。それでもなかなか子供は生まれなかった。

その側室のうちの一人から、三年前にようやく男子が生まれたが、それも去年の秋に死んだ。

おそらく自分の生殖能力は、恐ろしく低い。そしてその子種も、自分の体と同じく矮小そのものである――そう、考えざるを得なかった。

時に秀吉も四十を過ぎていた。そろそろ子を持つにも、体力的には限界の年齢だった。

おねと話し合い、自分たち夫婦の親族から、養子を貰うことも考えた。

しかし昨年の末、その頭の良さを常々好ましく思っているこの古女房が、ひょんなことを言い出した。

「いっそのこと、上様のお子を一人貰い受けて、養子とさせていただくのは如何《いかが》でありましょう」

その一言で、秀吉にはおねが何を考えているかをすべて理解した。

「おねよ、でかした」

そう大きく膝《ひざ》を叩《たた》いて同意した。

信長の子を養子としてもらい、我が子として扶育する。それでも実父が信長という事実は変わらない。仮にこれより先、秀吉がさらに出世して大いにその身代を太らせようと、また秀吉という存在が、いつか信長にとって無用の存在となった時も、信長にとっては最終的には実子が秀吉の所領を引き継ぐという先々は変わらない。だから、羽柴の家は潰れることはないし、秀吉に仕えている両家の係累や数多《あまた》の郎党も憂き目を見ることはない。

早速、織田家の四男で、まだ十歳ほどだった於《お》次丸《つぎまる》を養子に貰い受けたい旨を、信長に申し出た。

その時の信長は、異常ともいえるほどの上機嫌になり、願い出を直ちに了承した。

秀吉は、そこに信長の心底をありありと見た。

やはりこの殿には、やがて織田家がこの日ノ本で完全に安泰になった暁には、あの水野のように不用になった人間を次々と始末していく可能性がある……。

ともかくもこの一件は、今年の初めの一時期、家中では相当な噂話になった。

むろん、そのほとんどは良い評判ではない。特に以前から秀吉を忌み嫌っていた柴田などは、

「そこまでして、主君に媚《こ》びたいのか。まったく年明け早々から、胸糞《むなくそ》の悪い話を聞くものだ」

と、吐き捨てたという。

が、言いたい奴には言わせておけ、と秀吉は腹の中で笑っていた。

おれは、あのお気楽な佐久間信盛や、鈍牛のように主君を疑わぬ柴田とは、そもそもこの憂世を生き抜く覚悟が違うのだ。単純な武家育ちの人間とは、人や世間に対する認識の辛さも違う。

信長のことは好きだ。好きだが、それでも大きく損得が絡んだ時の人間の心の動きや恐ろしさというものを、自分は骨の髄まで知っている。

そして、その機微を知っている者だけが、この乱世では最後まで生き残ることが出来るのだ。

＊　＊

しばらく長浜にて蟄居《ちっきょ》しているうちに、加賀での織田軍大敗の報せが聞こえてきた。

ややあって、その経緯も詳細に知った。

そもそも、秀吉が柴田と大喧嘩《おおげんか》をして加賀を離れる直前に、能登の七尾城は、既に上杉軍の手に落ちていたらしい。それを知らずに、柴田を総大将とする織田軍は、まだ北上を続けていた。

そこまで聞いた時点で、秀吉は早くも呆《あき》れ果てていた。あれだけ口を酸っぱくして主張したにもかかわらず、まだ柴田は物見の数を増やしていなかったのだ。

一方、織田軍が加賀まで迫っていることを知った謙信は、攻略した七尾城をすぐに出撃し、騎馬隊を率いて一気に南下した。その時点でも、柴田は七尾城が落城したことに気づいておらず、織田軍はさらに北上して、能登の手《て》取《どり》川を渡河し始めていた。

やはり、何たる怠慢かと秀吉は思う。

謙信は既に、手取川のすぐ北部に位置する松任《まっとう》城まで来ており、この織田軍の動きを窺いつつも、歩兵軍団の到着を待っていたらしい。

九月二十三日の夜、ついに柴田率いる織田兵は、その全軍が手取川を渡河し終えた。

ここで、柴田は敵地から帰ってきた物見からの報で、七尾城の落城と、すぐ北部にある松任城に謙信の馬印が見えていることを初めて知り、愕然《がくぜん》とする。

ここからの判断は、さすがに素早かった。ただちに手取川を逆戻りして、翌朝までに元の対岸に、全軍を布陣し直そうとした。

が、謙信の動きはそれ以上に迅速だった。

この夜は、折りしも夕方から雨が降り続いていた。手取川の水嵩《みずかさ》は時を経るにつれて増し、その流れも次第に激しくなっていた。

秀吉は、さらに想像する。

織田軍自慢の鉄砲隊が雨中で使えないと見た謙信は、歩兵部隊の到着を待たず、手持ちの騎馬隊のみで突撃することを即決したはずだ。そしてそれを、間を置かずに実行に移した。真っ暗な手取川を恐々と渡河しかけていた織田軍を、その背後から一気に急襲した。むろん、上杉軍の戦い方の慣例通り、大将の謙信自らが先陣を切って突撃した。

この晩は、一間先も見えない闇夜だったという。織田軍から見た敵数の印象は、とても小兵力には思えなかっただろう。

織田軍は、たちまち恐慌状態に陥った。前に逃げようにも、増水しきった川に闇雲に飛び込めば、甲冑《かっちゅう》の重みで押し流されつつ溺死《できし》するのは必至だ。かと言って、毘沙《びしゃ》門天《もんてん》とも称される謙信に立ち向かっていけば、さらに確実な死が待ち受けている。

もう、誰にもどうしていいか分からず、それぞれが勝手に逃げ惑い、統制も何もあったものではなかったに違いない。

結局、織田軍は翌朝までに千人余の戦死者を出し、さらにそれ以上の膨大な溺死者を生むという、無様極まりない大惨敗を喫した。

謙信は喜びのあまり、

「わしの手にかかれば、織田軍がいかに大軍を擁して来ようとも、常にかくの如きである」

と、各方面にそんな意味の手紙を書いた。

この風聞を耳にした秀吉は、こういう部分、謙信はいかにも軍事の天才らしく、その感情の表現に陰影がないと感じた。つまりは子供っぽい。

が、事実その子供に負けたのだから、そう言われても仕方がない。さらには、

上杉に　逢《お》うては織田も手取川　跳ねる謙信　逃げる信長

との落首が流布し、あたかも信長自らが出陣して負けたかのような印象を、世間に与えた。

と同時に、信長はこの戦いの前後の詳細を知るにつれ、秀吉の度重なる忠告に従わなかったがために、総大将の柴田がここまでの大敗北を喫してしまったことを、ようやく理解した。

少なくとも、秀吉がその配下の中でも全幅の信頼を置く竹中半兵衛《たけなかはんべえ》の報告によれば、そういった態度を示しているらしかった。

そこまでの事情を信長が知ってさえくれれば、おそらくおれは、少なくとも今回は大丈夫だ、とやや安堵《あんど》した。

ちなみにこの能登騒乱に呼応して、信長から公然と離反を表明した者がいる。

松永弾正久秀だ。これで、信玄の時に続いて二度目の裏切りだった。

松永は、それまで本願寺攻略のために詰めていた四天王寺砦を焼き払い、河内と大和の国境にある信貴山城に立て籠《こ》もり、織田家に対して再びの反旗を翻した。

秀吉は長浜でやることもなく閑だったので、この前後の信長の反応を、しきりと家中の人脈を使って探った。

こと松永に関する限り、またしても信長は懐柔策に出た。

むろん謙信が完勝したまま加賀に留《とど》まっているという戦況の弱みもあるのだろうが、

それにしても今度も続けて赦《ゆる》そうとするのは、常の信長からはおよそ考えられぬ寛容さだった。

ちなみに使者が伝えようとした信長の口上は

　何用の仔細《しさい》か、存分申し上げ候へ、委細聞届られ、御裁許あるべきの由

というものであった。

離反したのはどういう訳か。不満があるならその理由は存分に聞いてやろう。そのあとで、それなりの判断をしてやろう——

というほどの意味である。敵対する者には容赦なく奸計《かんけい》を多用する信長であるが、その口上から伝わってくるほのかな温もりから、これは主君の本心であると感じた。

が、松永は完全なる拒絶の姿勢を示し、その使者にも会おうとはしなかった。

秀吉は思う。

何故、信長はあの松永にだけはこうも甘い態度に出るのか。また、松永もどうしてここまで、頑《かたく》なな拒否の態度を取るのか。

その両者の関係が、どうしても理解不能だった。

一方、謙信は手取川であれだけの大勝を収めたにもかかわらず、七尾城周辺に戻っ

て陣を留めたままだった。越前に向けて本格的に攻め込んでくる気配は、一向にない。

信長はその間にも、二度、三度と松永への説得の使者を執拗《しつよう》に送った。しかし松永は相変わらず、その話し合いにすら応じぬ断固とした拒絶を続けた。

信長は、この松永の態度には相当に憤慨したらしい。

そして秀吉が思うに、憤慨すること自体が、信長がそもそも松永を赦そうと思っていた明白な証拠だった。ますますこの両者の関係を面妖に感じた。いったいこの二人の間には、どういう心の繋がりがあるというのか……。

謙信は、依然として七尾城に居座り続けている。やがて信長は、上杉軍がこれ以上は動かないと最終的に判断した。そして、ついに松永の討伐を決める。

まず畿内にいた明智光秀、筒井順慶《つついじゅんけい》、細川藤孝の五千の軍を、信貴山城攻略の先発隊として送り込んだ。

次に、越前に居た丹羽長秀などの二万の兵に撤退を命じ、岐阜で織田信忠を総大将とした軍を編制し始めた。

その時点で、秀吉は信長に呼び出された。

「おれは、まだぬしを許してはおらぬ」信長は、這《は》い蹲《つくば》る秀吉を前にして言った。

「これから信忠と共に、信貴山城の攻略に参加せよ。華々しい功績を上げれば、今回だけは不問に付してやる」

はっ、とさらに秀吉は額を畳の上に擦り付けた。「まことにありがたき仕儀でございます。この秀吉、いくら感謝しても感謝し足りませぬっ」

信長は、単に顎を動かした。

「行け」

岐阜から大和へと派遣された軍容は三万五千である。総大将の織田信忠を筆頭に、それを補佐する佐久間信盛、さらに丹羽長秀、羽柴秀吉というのが主な部将の陣容だった。

十月初旬に大和に着き、この大軍に光秀を始めとした先発隊が合流して四万となった。

一堂に会した部将の顔ぶれを見て、これは戦がやりやすい面子だと、秀吉は嬉《うれ》しくなった。

総大将の信忠は、父親とは違って家臣の意見をよく聞く人物だし、佐久間は人柄としては凡庸だが、戦ぶりは誰よりも手堅い。さらには丹羽も光秀も細川も、そして筒井も、戦術論などの道理はすぐに理解できる聡《さと》い男たちで、諸将が協調して城攻めをするには、まさにうってつけの人選だ。

対して、織田軍が包囲した信貴山城は、当時、築城の天才とも謳《うた》われた松永弾正が、長年にわたって心血を注いで築き上げてきた天下の名城である。河内と大和を結ぶ要衝の山上にあり、その城郭は南北七町（約七百六十三メートル）、東西五町（約五百四十五メートル）に及ぶという広大なものだ。この国で、初めての天守という構造を持った城としても、畿内の武将にはあまねく知られていた。

むろん、その天守の発案者も、松永である。

しかし、信貴山城がいかに名を知られた難攻不落の要塞《ようさい》といえども、四万もの織田軍の包囲網の前では、落城は時間の問題だった。

当然、信忠の代理として攻城の主務者を務める佐久間もその前提で、戦いが始まる前に松永に最後の使者を送った。

最後の降伏勧告をし、天下の名器である平蜘蛛《ひらぐも》茶釜《ちゃがま》を差し出せば、命だけは助けてやる、という信長の言葉を伝えた。

この使者に対する松永の答えはふるっていた。

「平蜘蛛の釜とわしの首二つは、信長公にお目にかけようとは思わぬ。粉々に打ち砕く所存にて候」

と、けんもほろろの返事をしてきた。

秀吉は、決して松永など好きではない。この乱世でも最も始末に負えぬ、札付きの極悪人と言ってもいい。

が、この信長に対する凄《すさ》まじい敵愾《てきがい》心には、思わず笑ってしまった。

そこに、松永の奇妙な愛嬌《あいきょう》を感じた。

しかし、なぜそこまで信長を嫌うのか。そして信長は、どうしてここまで松永の助命に拘《こだわ》るのか……そんなことを考えながら夕暮れの陣中を歩いている時、たまたま桔《き》梗《きょう》紋の陣屋の前を通りかかった。

ちょうど、明智光秀が表に出てきていた。その横顔が、妙に疲れて見えた。

思えばこの男も、自分と同じように雑賀《さいか》攻めに駆り出されたり、天王寺砦では死にかかったり、越前で共に働いたりと、なかなか自分の任務である丹波攻略を進められずにいる。

つい先日も、信貴山城の支城である片岡城を激戦の末に落としたばかりだが、これまた自分の持ち場の仕事ではない。下手にその能力があるせいで、信長からいいように多方面の作戦に従事させられ続けている。

挙句には先年、とうとう過労で倒れ、二か月ほど生死の境をさまよっていた。武人としての才能は溢れるほどにあっても、肝心の体力が心もとないのだ、と感じた。

さらにこの男には去年、もうひとつ個人的な不幸もあった。

貧窮の時代から長年連れ添ってきた糟糠《そうこう》の妻を亡くしたのだ。

その時の光秀の落ち込みようは、はた目にも気の毒なくらいだった。そしてその悲しみの影を、今も時おり引き摺っているように見える。

秀吉も自分の女房のことは好きだが、かといって他の側室のことも嫌いではない。しかし、この有能な同僚は、側室を作るどころかろくに浮気もせず、古女房一本やりだったという家中の噂だった。

一人の女にそこまで長年入れ込めるとは、なにやら羨ましくもあり、半面では馬鹿馬鹿しい気もした。さらには一年も経って人前でもその悲しみの感情をつい滲《にじ》ませてしまうなど、いい年をした一人前の武将のやることにしては、やや軟弱なような気もする。

が、これもまた、松永とは違った意味での人間味だろう。

ともかく秀吉も、人並みには同情した。そもそもが人に優しい男なのだろうとも感じた。

光秀に対する競争心がやや薄らいだのは、そんな一連の経緯もある。

「これは惟任殿、いよいよ明日から総攻撃ですな」

そう、気軽に話しかけた。

「あ、これは筑前殿——」

と、光秀も軽い笑顔を返してきた。織田家に仕官したのは秀吉のほうが十五年も先だが、年は光秀が十ばかり上だった。お互いに敬称を付け合うのは、そんな微妙な立場の違いもある。光秀は秀吉の立ち姿を少し眺めて、こう口を開いた。

「相変わらずご健勝のようで、なによりですな」

なんの、そうでもありませぬよ、と秀吉は苦笑した。「つい先日まではそれがしも、いよいよこの首がなくなるものと、すっかり覚悟しておりました」

そう、自分の越前での勝手な離陣を、笑い種《ぐさ》のようにして語った。

これには光秀も、やや破顔した。

「やはり、相当に大変でござったのか」

その反応を見て、相手もまた自分に悪い印象は持っていないと感じた。

「惟任殿、もし時間があるようなら、息抜きにそこらあたりを少しぶらついてはみませぬか」

光秀も、まんざらではない様子でうなずいた。

「よろしいですな。ちょうどそれがしも明日の配置を終え、一息つきたいと思っておりました」

そのまま二人でしばらく歩を進め、近くの川べりに、なんとなく腰を下ろした。

「ともかくも、上様の勘気が解けてなによりでしたな」

「左様」秀吉も軽く応じた。「当初は『能登のことが片付き次第、おのれを煮殺してやる』とまで、凄まじいお怒りようでした」

「ほう」

「で、いつその時が来るのやらと、長浜で首を洗って謹慎しておりました」

「覚悟は、しておられたのか」

「半ばは。しかし残る半ばのわしは、正直、命未練に泣きそうでござった」

光秀は、また少し笑った。

ややあって川向こうにある信貴山に視線を移し、こう口を開いた。

「が、どうやらその上様を少しも恐れておらぬ極悪人が、あの山の上におりまするな」

「そう。まさに、それでござる」釣り込まれるように秀吉は言った。「弾正殿は、ここまでくれば負けると分かり切っているのに、何故あのように無用の意地を張るのでござろうか」

「さあ……それはわしにも、しかとは見当が付きませぬ」

「では、上様はあの弾正殿を、何ゆえ二度にもわたって許そうとなさるのでござろう」

今度の問いかけには、光秀は束の間、迷ったような表情を浮かべた。

お、と秀吉は思う。この男には、何か思い当たる節がありそうだ。

「惟任殿、幸いにもこの川べりには我ら二人しかおりませぬ」秀吉はせがむようにして言った。「そして拙者は、こうは見えても、意外に口が堅うござる」

「…………」

「何か、ご存じなのですな?」

光秀はなおもしばらく黙っていたが、やがて口を開いた。

「このこと、あくまでもそれがしの私見でござる。まず、そのことを申し上げておく」

「はい」

「それと、これからのわしの言葉は、この場を限りになかったことにして頂きたい。よろしいか」

「……承った」

相手はどう言おうか、なおも考えている様子だったが、

「まず結論から申し上げる。上様と弾正殿は、このわしが見るに、非常によく似ておわす」

「は？」

「じゃから、似ておわす」と、光秀は繰り返した。「年齢や出自、気性、世評と、この浮世での立ち位置はすべてがあまりにもかけ離れてはいるが、それでも似ておわす」

しばし考えて、秀吉も口を開いた。

「つまり、それは人としての奥底の部分で似通ったものがある、と？」

光秀は、はっきりとうなずいた。

「そして上様は、そのことが分かっておられる。十年ほど前の上洛の折から、既にそうだった。当時幕臣だったわしと公方《くぼう》様は、弾正殿の赦免に激しく抵抗した。前将軍

の義輝公を膾《なます》に切り刻んだ男だ。当然であろう。それでも上様は、頑として首を縦に振られなかった」

「うむ……」

「さらにこの二人が、京で初めて対面した時のことだ」

さらに続いた光秀の詳しい説明によれば、こうだった。

将軍殺しや奈良の大仏殿の焼き討ちなど、松永が過去に起こした神仏を恐れぬ数々の所業に対し、信長は単刀直入に尋ねた。おそらくは相手への、単純な好奇心からだ。

――そちはいったい、この世に神や仏など、おらぬとでも思うておるのか。

これに対する松永の答えは、こうだったと言う。

――おそらくは、いますまい。もしいたとしても、人間のことなど、ことさらに興味も持たぬかと思われます。

何故じゃ、と信長は問うた。すると松永はこう答えた。

――人間といえども、しょせんは流転する万物のひとつ。その一点においては、牛馬や蟻と変わりませぬ。あまたを照らす彼らも、それほど暇ではありますまい。

「直後であった。当時の上様は、いかにも愉快そうに高笑いに笑われた。あそこまで面白そうに笑っておられる上様を見たことは、わしは今まで一度もない」

　これには、秀吉も思わず絶句した。

「さらにこの後、上様は依然上機嫌のまま、大和一国を切り取り次第に与えることを、弾正殿に直ちに約束された。この一事をもってしても、上様があの時にはっきりと弾正殿のことを気に入られたのは、まず間違いない」

「…………」

「この神仏問答には、そもそも両者の利害などは関係ない。上様は、純粋に松永殿の言葉の何か――おそらく精神の傾斜のようなものが、心の奥底に強く響いたのだ。その好意の表れとして、大和一国を与えられた。そして弾正殿も、上様の心の動きは肌身ではっきりと感じていた。蠍《さそり》は蠍なりに嬉しかったはずだ。だから、七年前の金ヶ崎崩れの折は、あの悪漢も上様の気持ちに損得抜きで報いようとした。我が命の危険も顧みず、朽木氏に捨て身の説得に赴いた」

　秀吉は、ますますもって言葉もない。

「腹を打ち割って言えば、わしらとて、上様に無条件で仕えているわけではない。その働きなりの立身と封土を期待しているからこそ、仕事に励み、上様に尽くしている。また、それだけ尽くし甲斐《がい》のある主君でもあられる。とは言え、根を洗えば所詮は利害の絡む関係には相違ない。が、あの時の弾正殿は違った。損得を度外視して、上様を助けた」

　さらに光秀はこう、結論付けた。

「上様は、武門の棟梁《とうりょう》としてお生まれになられた。それまでの人生で、立場や利害に関係なく誰かから好かれ、命を助けられたことなど、生まれて初めてのことだったろう。だからこそ、話に聞く三ッ石の暗い岩窟《がんくつ》で味わった上様の感動は、このわしにも分かるような気がする」

「……なるほど」

「おそらく」

　光秀は、言葉少なにうなずいた。

　それっきり、二人は黙り込んだ。

＊　＊

　秀吉は自分の陣屋に戻っている間中、光秀の語った内容を反芻《はんすう》していた。

　そして、なるほどと改めて納得した。信長は、常に孤独の中にいるのだ……。だからこそ、たった一度の松永の厚意を、そこまで恩義に感じているのだ……。

　しかしその途中で、ふとあることを思い出し、再び愕然とした。

もう、六年も前のことだ。

たまたま京に滞在していた時、松永と二人になる機会があった。そして松永は、札付きの悪党の割には、意外に人好きがする。またその話も非常に知的で、おそろしく聞き上手でもあった。

秀吉はつい愉快になり、かつて信長が執拗《しつよう》に試行した蟻の件を、うっかりと話題に出した。それまでこの蟻の話は、織田家の同僚の誰にも話したことがなかった。この原理は、家中の競争相手には迂闊に伝えられないと感じていた。

が、松永は織田家の純然たる家臣ではなく、その傘下に入っている一被官に過ぎない。織田家中の出世争いの枠外にいる。そんな気安さもあったのだと思う。

だから、つい口にした。

しかし、その話を終えた直後、松永の顔色が一瞬変わった。

そのことをたった今、鮮明に思い出した。

そして翌年の元亀三（一五七二）年、松永は信玄と義昭に呼応して、信長に最初の反旗を翻した。

第六章　崩落

1

抜かった――。

松永弾正久秀は心中、舌打ちする思いだった。

このわしともあろう者が、最後の最後で、人を見る目を誤った。

時に天正五（一五七七）年、十月十日のことである。弾正以下八千の兵が籠もる信貴山城への、織田軍四万の総攻撃が始まってから、既に五日が経っていた。

世間ではなにかと悪名高い弾正ではあるが、意外にもその配下の主だった将には、海老名《えびな》勝正《かつまさ》や飯田《いいだ》基次《もとつぐ》、森好久《もりよしひさ》や息子の松永久通《ひさみち》など、歴戦の強者《つわもの》が多い。

現に戦いが始まった初日には、飯田基次が率いる兵二百あまりが城郭を出て、織田軍の先鋒《せんぽう》を散々に打ち負かした。

が、なにせ敵の織田軍は、味方に対して五倍もの兵力である。一時は優勢でも、このまま持久戦が続けば、結局はこちらの負けとなる。

　そこで弾正は一計を案じた。子飼いの部将のうちで最も弁が立ち、交渉力もある森好久を、摂津の石山本願寺宗主・顕如《けんにょ》の許《もと》へと夜陰に紛れて派遣した。むろん援軍を乞《こ》うためである。

　十月八日、その森好久が、雑賀《さいか》衆と思《おぼ》しき二百名の鉄砲隊を引き連れて戻ってきた。そして言うには、

「あと三日で、毛利軍も石山本願寺へと到着いたしまする。さすれば、更なる援軍をすぐにでも送ることが出来るとのことでございました」

　弾正は、その答えに大いに満足し、

「ようやった。さればおのれらは、この信貴山に登ってくる織田勢に向け、散々に打ちかけるのだ」

と、三の丸より外郭への配置を命じた。

　よし――これであの信長めを、まだまだ少しは手こずらせてやることが出来る。

　むろん、だからといって弾正も、この国の中央部を完全に掌握した今の織田軍には、最終的に勝てるとは思っていない。

　思えば、五年前の武田軍西上の時も、半ばはそう感じていた。いくら信玄が戦上手

でも、あの時でさえ武田軍と織田軍とでは、その兵力の差は歴然としていた。

それでもわずかな希望を胸に、反旗を翻した。

挙句、信玄は志半ばにして三河で没し、武田軍は甲斐へと帰陣した。

あの信長は、おれを助けた。

多聞山城と大和の領地の大半を取り上げることを条件に、おれを赦免した……。

今回もそうだった。上杉謙信の能登侵攻に合わせて、弾正はこの信貴山城に籠もった。

世間の馬鹿どもは、すわ越後兵の上洛《じょうらく》ぞ、と言い騒いでいたが、あの謙信が——たとえ対外的にはそう喧伝《けんでん》していたにせよ——本気で上洛など目指すものかと、腹では嗤《わら》っていた。

あの越後の大酒呑《の》みは、己の武名を何よりも大切にする。自分が誰よりも強く、情《じょう》誼《ぎ》に厚い武将だという評判が世に立っていなければ、常に我慢がならない。

ひっきりなしに関東に兵を入れていたことも、信玄と何度も戦ったこともそうだ。

その行動の本質は、矜持《きょうじ》や虚栄心に、実利がない交ぜになった結果だ。自分の軍才と越後兵の精強さを世間に強く印象付けることによって、越後周辺の諸勢力をごく自然に従わせ、北陸一帯と北関東までを完全に掌握したいと思っていただけだ。少なくとも、弾正の見立てはそうだ。

馬鹿馬鹿しい。謙信に、天下への野心などない。

もしその気があれば、そもそも十八年前の上洛の折に、自分を始めとした畿内の大名をとっくに攻め滅ぼしている。あの時も、将軍家に顔見せをし、わずかな期間滞在しただけで越後へと舞い戻っていった。まるで物見遊山の上洛だった。

さらに言えば、甲斐の信玄が死んだ時か、息子の勝頼が信長に長篠で大敗した直後にでも、すぐに甲斐へと侵攻している。甲斐を制圧して駿河へと抜け、冬でも東海道を抜けて京へと至る経路を、なんとか確保しておく。おれが謙信なら、絶対にそうしている。

だから、あの越後の虎が、自ら大汗をかいてまで天下を欲しがるということはない。

信貴山城に籠もる間に、間諜《かんちょう》からも聞いた。

謙信は能登の七尾城を陥落させる直前、現にこんな漢詩を詠んだそうだ。

霜ハ軍営ニ満チテ秋気清シ
数行ノ過雁　月三更
越山　併セ得タリ能州ノ景
遮莫　家郷　遠征ヲ憶フ

という七言絶句だ。正直、詩に滲む精神の格調はさすがだと感じ入る反面、もし西上の途中なら、なんともまあ悠長なものよと弾正は呆れたものだ。

この一事をもってしても、かの軍神に上洛する気が希薄なのは明らかだ。でなければ、これから遠路の上洛を前に、こんな呑気《のんき》な漢詩を詠めるはずもない。謙信は、此《こ》度《たび》の遠征を今の能登か、せいぜいは加賀までで切り上げるつもりだ。

それでも弾正は、信長に二度目の反旗を翻した。

謙信の動きに釣られて、本願寺や西の毛利、播州の別所《べっしょ》や丹波の波多野《はたの》などが大いに活気づいてくれればいい。そのぶん、信長の天下統一は確実に遅れる。

弾正自身も及ばずながら、その対抗勢力の一つとして命懸けの抵抗を試みようと腹を括っている。

他の誰でも構わない。構わないが、あの男にだけは天下を取らせてはならない。

かと言って、信長のことが元々嫌いだったのかと問われれば、決してそうではない。

嫌いなら、あの金ヶ崎崩れの折に、一つしかない自分の命を懸け物にしてまで救ったりはしない。

それどころか、あの男と初めての対面をした折には、恥ずかしながら弾正は齢《よわい》六十間際にして、およそ人というものを仔細に観察して、生まれて初めて人という生き物に感動を覚えた。

こいつは、本物だ――。

考え方も言動も、その一切が誰かからの借り物ではない。すべて自前で作り上げてきたものだ。確固たるその世界観があり、しかもその道理は理に適《かな》っている。

やはり、只者《ただもの》ではない。

おそらくは信長も、自分を見てそう感じただろう。

こいつだけは、今わしの言ったこの浮世への料簡《りょうけん》、つまりは原理が分かる男だと、肌に沁《し》み込むようにはっきりと感じた。

思い返してみれば、それまで弾正が仕えた相手は、三好長慶にしろ、その主君の細川晴元《はるもと》にしろ、あるいは公方の足利義輝にしろ、弾正に言わせれば、みな度し難い馬鹿揃いだった。

どいつもこいつも、およそ自分なりに突き詰めた独自の考え方や、感覚の冴《さ》えというものがない。

弾正の理屈では、いくら血筋が良かろうと、頭の回転が速かろうと、博学で有職《ゆうそく》故実に詳しかろうとも、世のしきたりに囚《とら》われている者、従来からある観念の奴隷となっている者は、すべてがどうしようもない愚物だった。

そして、そんな阿《あ》呆《ほう》の代わりなら、世の中にいくらでもいる。

だから、邪魔になれば平然と殺したり、罠《わな》に嵌《は》め自滅に追い込んだりした。東大寺も合戦の挙句に焼き落とした。どんなに卑怯で残虐だと巷《ちまた》で謗《そし》られようが、一向に平気だった。良心の呵責《かしゃく》さえ粟粒《あわつぶ》ほどにも感じなかった。生きていようが死んでいようが、所詮《しょせん》はどうでもいい奴らだ。

だが、あいつだけは違う。

あの男は、自分の足元からこの世の根本を疑うことを知っている。そこから独自の物の見方を完全に発酵させている。そこに、惚《ほ》れた。

だからこそ、あの三ッ石では命を賭《と》して救ってやった。

逆に今は、この命を捨ててでも、やつに天下など渡してなるものかと思っている。

きっかけは、五、六年前のあのおしゃべりな下郎上がりの小男との会話だった。

蟻だ。蟻の話だった。その時に、ようやく信長の本質に気づき、愕然とした。

そして聞いたあと、この秀吉も存外に馬鹿な男だと感じた。あの蟻の話の本質的な危うさに、欠片《かけら》も気づいていない。

が、弾正には分かった。

人は、この世の摂理に反することをしてはならぬのだ。

しかし信長は、そこをごり押しする。あの男の支配する世界では、すべてが膨張し、人と物と金が旋回し続け、そしてゆっくりと疲弊していく。手にしたものすべてがやがて色褪せ、崩れ落ちていく。

危険だ。あまりに剣呑である。

やつに、この宇内を支配させるわけにはいかない……。

おそらくは、それやこれやを思うあまり、信長の野望を挫こうとする一念があまりにも強くなったのだろう。数日前の人選が疎漏になった。目が曇った。森好久のことだ。

森はもともと筒井家の郎党だったが、牢人《ろうにん》していたところを弾正がその才覚を見込んで家中へと招いた。弾正の想像していた通り、森は戦いでも有能だった。

昨日の夕暮れのことだ。森の引き連れてきた鉄砲隊の頭が、三の丸の外側にある曲《くる》輪《わ》から、

「我らは本願寺の雑賀衆にあらず。筒井家の手の者でござる。されば、この城の陥落は必至」

と、弾正のいる天守に向かって大音声を上げた。森もこれに続けた。

「弾正殿、まだ右府（信長）殿の情けに縋《すが》ることも出来まする。潔く天守を明け渡されよ」

あっ、と弾正は愕然とした。すべてを悟った。

森は、裏切った。摂津の本願寺には行かず、織田軍の中にいる筒井家に駆け込み、順慶の鉄砲隊を借り受けてきたのだ。道理で、森の報告が出来すぎていたはずだ。

そう悟った直後には、おのれの愚かさ加減に、腹の底から怒りが湧いてきた。

「馬鹿めっ」弾正は天守から唾《つば》を吐きかけるようにして喚き返した。「このわしが、二度もあの信長に降伏するとでも思うかっ。おのれらこそ地獄に落ちよっ」

そして天守に詰めていた指揮官たちを振り返り、こう命じた。

「二の丸よりあれに矢を射かけよ。弾の尽きるまで鉄砲も撃ち込め」

たちまち攻守の間で矢弾が飛び交い始めた。

翌日の未明から、織田軍四万が再び総攻撃を開始した。案の定、伏兵を仕込んできた筒井軍が先陣だった。

しかし、弾正が率いる松永軍も弓矢と鉄砲で散々に応戦し、同時に二の丸から三の丸へと果敢に打って出た。一時的には筒井軍を、三の丸から外郭へと押し返した。

その光景を天守から見ていて、弾正はからからと笑った。痛快だった。

筒井順慶とは、信長の上洛以前から大和の支配権を巡り、二十年近くにわたって飽くことなく攻防戦を繰り返してきた。筒井家は元々、武門の家柄でも何でもない。興《こう》福寺《ふくじ》の僧官だった家が、順慶の父の代に急激に力を付け、戦国大名の如きものに成り上がった。

そんな小癪《こしやく》な坊主上がりの順慶を、たとえ一時的にせよ、圧倒してやった。

が、敵四万の総攻撃の前には、やがて弾正の手持ちの戦力も限界にきた。味方は再び三の丸から二の丸へと押し返され、三の丸より火の手が上がった。

　ここまでだ、と観念して、息子の久通を呼んだ。

「おのれは今からこの城を抜け出し、どこへなりとも落ち延びよ」

「し、しかし」と久通は戸惑うように言った。「この私が抜けた後、父上は、どうなさるのです」

「おれか」弾正は笑った。「まあ、ここらあたりが潮時じゃろう。平蜘蛛を散々に砕き、天守に火をかけて死ぬるわい」

「ならば、私も御供致しまする」

　以前、信長が自分に投げかけた言葉を不意に思い出した。あの三ッ石での夜のことだ。

「弾正よ、ぬしはいつも、元気じゃの」

　弾正がどういう意味かと訝《いぶか》っていると、

「その歳にまでなって羨ましい、という意味じゃ」

と、あの男は苦笑交じりに補足した。

　そのことが記憶によみがえり、弾正は再び笑った。何故か、不思議と懐かしく感じられた。

「よかろう。後世にも残るような見事な死に様を、共に信長に見せつけてやろうぞ」

信長が欲しくてたまらなかった平蜘蛛を桐箱から取り出し、槍の石突で散々に打ち砕いた。

その行為も、これまた痛快に感じられた。わしの一生もまた、この天下の名器と謳われた茶釜のように粉々に砕け散る。その後、小姓に灸《きゅう》の用意を命じた。

弾正は中風予防のために、毎日百会《ひゃくえ》という脳天の部分に灸を据えることを日課としていた。

「この期に及んで、何故にそのような養生をなさるのです」

と、最後まで自分に付き従っていた小姓が聞いてきた。

うむ、と弾正は優しく答えた。「腹を切り、死ぬるその時まで、身にも心にも今一度しっかりと働いてもらおうと思うてな」

死にゆく直前まで鮮明な頭を保ったまま、もう一度じっくりと考えたいことがある。

懐から砂金の入った袋を小姓に投げ渡し、言った。

「灸を百会に据え、わしの首を打ち終わったら、そちはこの天守に火をかけて去れ。信長の勢力の及ばぬところまで逃げ延びよ」

天守櫓《やぐら》の外では、雄叫《おたけ》びや銃弾、剣戟《けんげき》の音などがさらに激しさを増している。

ややあって、弾正の脳天を、じりじりと熱が焦がし始めた。その痺《しび》れるような痛みと刺激に、ますます五感がはっきりと覚醒《かくせい》してくる。

松永弾正、この時六十八歳である。

「…………」

昔から、弾正は暇に飽かして実に様々な書物を読んできた。そこで得た学識と、ものの考え方が、結果として三好家の祐筆として取り立てられて以降の弁舌を支え、公家や幕臣との交渉事でも互角に渡り合えるようになった。三好家での擡頭《たいとう》のもととなった。仏典も乱読した。特に禅宗の書籍の類《たぐい》は、貪《むさぼ》るほどに読んだ。

禅宗とは、弾正に言わせれば固有神を崇《あが》める宗教ではなく、生きるとは何か、この浮世の正体とは何かを突き詰めた思想体系のようなものである。

そして、自分なりの野狐禅《やこぜん》の境地に至った。

……人が生きていく上で、最もやりきれなく、そして始末に負えないことは、その生が、本来は無意味なものだということに、皆どこかで気づいていることだ。

物心が付いた頃から既に気づき始めており、さらに大人になって、その影をはっきりと意識するようになる。そして死ぬまで、その漠然とした虚無感を引き摺《ず》っていく。

つまりはその無意味さのみが、生きることの証《あかし》だ。

だから人々は、琵琶《びわ》法師が唄《うた》う平家物語に昔から感動し、方丈記の厭世観《えんせいかん》に今も共感を覚えるのだ。

いつか、信長に答えた通りだ。

神などおらぬ。万が一いたとしても、人間のことになど、ことさら興味を持つはずもない。

何故なら、人間といえども、所詮は流転する万物のひとつであり、その一点においては、牛馬や、信長が躍起になって試した蟻と、なんら変わることはないからだ。

弾正は、もう一度はっきりと思う。

神などは、おらぬ。

されど、この世は神に似た何事かの原理で回っている。

そしてその原理の前では、生きとし生ける者、人も、所詮は虫——弾正が以前に懸命に飼い続けた鈴虫と同じなのだ。

だから、領内で年貢を隠した百姓などには、蓑《みの》を着けさせ、そこに火を放ち、その烈火の苦痛から逃れようと激しくもがき苦しんで焼け死ぬ様子を、『蓑踊り』と称して楽しんだ。

虫が、何を姑息《こそく》なことをやっておるか——。

と同時に、おれも所詮は虫だ、と感じた。

信長よ、おまえも所詮は人ではないか。虫けらと同じだ。

が、その虫けらがこの宇内の原理を根底から変えようとするなど、その原則を覆そうとする人事を常に試みるなど、何を思い上がっている。いったい何様のつもりだ。

あの男は、ありとあらゆるものに効率を重視しすぎる。そして効率をとことんまで極めていけば、人も草木も、およそ生きとし生ける者は、すべてが息を出来なくなる……。

だからこそ、あの男の世界ではすべてが膨張し、次に疲弊していく。ゆっくりと色褪せ、崩れ落ち、やがてはその内部から、個々と組織の自壊が始まる。

むろん、その自壊する者には、弾正自身も含まれる。

おそらくは正気で生き残るのは、信長一人だ。

最後にはその終末の世界で一人だけ突っ立っている、寂しい限りの存在だ。すべての者から畏怖されるだけで、誰からも愛されぬ男だ。

噂によれば、今回総大将として来ているあの嫡男の信忠でさえ、信長を敬いつつも、密《ひそ》かに恐れているという。

弾正は思う。

人間、生まれ落ちる場所は選べない。しかし死に様は選べる。どういう死に方をするかだけが、およそ万物の中で人という生き物にのみ許された、末期の希望だ。

少なくとも弾正は、疲弊していく世界の中で、それと知らずにゆっくりと窒息死していくより、自らはっきりと意識して死を摑《つか》み取るほうが好みだった。

――やはり、これでいい。

そう納得した直後、腹部の左に脇差を突き立てた。そのまま、ぎりぎりと横に切り裂いていく。臓物が裂け目からべろりと飛び出てくる。

くっ。

弾正はつい笑い出しそうになる。これは、痛い。凄まじく痛い。

それでも切先をいったんは引き抜き、再び鳩尾《みぞおち》の下に突き立てる。臍《へそ》を目掛け、ゆっくりと斬り下ろしていく。苦痛は格段に激しさを増す。痛い。痛くて堪《たま》らぬ。

俗に言う十文字腹の切腹作法だ。が、ある程度覚悟はしていたものの、これほどの激痛を伴うとは想像以上だった。一瞬気を失いかけたが、完全に焼け爛《ただ》れ始めた脳天からの刺激で、辛うじて正気を保つことが出来た。やはり、灸を据えていてよかった。

……笑え、と自分に命じる。

あの信長の孤独を、笑ってやるのだ。天道に背く者は、やがてすべての人間から見放される。

「これ、何をしておる――」弾正は最後の気力を振り絞って、太刀を構えている小姓にかろうじて声をかけた。「わしが笑っている間に、早う、首を落とさんか」

「はっ」

その返事が聞こえた直後、首の後ろに衝撃が来た。

視界が、急激に自分の足元へと迫ってくる。板間の木目にある微《かす》かな埃《ほこり》までがはっきりと見て取れた直後、意識が途絶えた。闇が訪れた。

2

天正七（一五七九）年の夏、落成したばかりの安土城で、信長は密かに腹を立て、そして煩悶《はんもん》していた。

去年の三月のことだ。それまでの数年間、北陸から織田家を圧迫し続けてきた越後の上杉謙信が、あっけなく死んだ。

その風聞を聞いた時、信長も最初は信じられなかった。

しかし、乱波《らっぱ》を使って越後の春日山《かすがやま》城下を仔細に探らせたところ、その風聞は事実であった。

雪解けを待って関東へようやく出兵するというその矢先に、不意に城内で倒れ、昏《こん》睡《すい》状態に陥った。二刻後にはそのまま急死したと言う。

これで、信長に必死の抵抗を続ける畿内の諸勢力は、六年前の信玄の死に引き続いて、完全にその希望を絶たれた。

なのに、何故だ。

今の織田家には、どうあがいても最後には勝てぬと分かり切っているのに、何故どいつもこいつも、こうも執拗におれを裏切り続ける。

九年前、最初に裏切ったのは浅井だ。これは朝倉氏との関係上、仕方がない部分もある。

が、その二年後の元亀三（一五七二）年、あれだけ自分に懐いていた松永弾正が、突如として最初の謀反を起こした。

さらに二年後の天正二年には、以前に織田家の傘下に入るために、わざわざ上洛してきた備前の宇喜多《うきた》直家《なおいえ》も、反旗を翻した。信長より五歳年上であるこの梟雄《きょうゆう》は、今もまだ備前と美作《みまさか》で反旗を翻し続けている。播磨《はりま》国境の信長方の勢力と、盛んに矛を交えている。

信長の上洛直後から従身してきた丹波の大豪族、波多野秀治《ひではる》もまたそうだ。当初は、丹波一国の攻略を任せた明智光秀と協力して働いていたが、天正四年、これも突如として織田家を裏切った。赤井《あかい》氏など丹波の有力豪族らと共に、光秀の軍を四方八方から攻撃し、一時的に丹波から撃退させた。

これにより、一時はすんなりと進むかと思えた丹波侵攻は、以降、数年にわたり泥沼の様相を呈してきた。

その翌年、一度はせっかく赦免してやった松永が、またしても謀反を起こした。しかも今度ばかりは、何度降伏を勧めてみても無駄だった。自ら破滅への道を突き進んだ。

信長はもう一度、心中で確認する。

この松永の自滅の五か月後に、謙信が死ぬ。

しかしその後も、備前の宇喜多や丹波の赤井や波多野も、さらには紀伊の雑賀衆も、むろん本願寺も、なおも抗戦を続けている。

さらに去年の、天正六年十月のことだ。

荒木村重という織田家中ではまだ新参者がいる。信長がその器量を見込んで摂津の旗頭に取り立ててやった。この俄《にわ》か重臣までもが織田家を裏切った。劣勢続きだった本願寺と毛利方に味方した。

この荒木と前後して、東播磨の別所もまた、信長に反旗を翻した。宇喜多直家と同時期に、いったんは織田家に従身を決めたのにもかかわらず、だ。

現在でも荒木は摂津の有岡《ありおか》城に、別所は東播磨の三木《みき》城にそれぞれ籠城《ろうじょう》して、織田家に対して絶望的な抗戦を続けている。

正直、信長はこれらの者どもの神経を疑う。

これだけ織田家が膨張した今、このおれに勝てるとでも思っているのか。やつらは、自ら滅びたいのか――。

しかも松永といい、備前の宇喜多といい、去年からの荒木といい、元々が計算高い奴に限って、このおれに反旗を翻して必死に戦おうとする。その頭の中の筋道が、どうにも理解できない。

どうしてだ。どうしてみんな、このおれに背こうとする。

ともかくも信長は、この今も織田家に対して抗戦中の諸勢力に、打てるだけの手は打った。

備前の宇喜多はまだ元気に抗戦を続けているが、これはかなり遠方ゆえ、当座は放っておくしかない。一方、三木城に籠もった別所氏には、羽柴軍を使って敵城を包囲し、徹底した兵糧攻めに出た。現在、徐々に弱り始めている。あと一年もすれば、熟した柿が落ちるように、自然に陥落するだろう。

有岡城に籠もった荒木も同様だ。常時四、五万の織田軍で城を包囲攻撃し、籠城する荒木勢一万を、搾《し》め木《ぎ》にかけるようにして圧《お》し潰《つぶ》そうとしている。この有岡城も、そろそろ兵糧が尽きかけているはずだ。

丹波の波多野や赤井らの諸豪族に対しては、明智軍に新たな援軍を付与して、気の長い掃討作戦をやらせている。

丹波は、福知《ふくち》山《やま》周辺を除き、そのほとんどの地域が深い山塊で覆われている。鎌倉以来の家柄を誇る大小の土豪が山裾《やますそ》や谷間や峰に、無数に棲《す》み着いている。

それらが互いに連携しながら織田軍に抵抗している以上、短期決戦で勝敗を決めるのは無理だと信長は判断した。

以来、三年以上にわたり、光秀は丹波各地で粘り強く戦いを続けてきた。山裾を掻《か》き分け、谷を這《は》い、険阻な山城を攻め、それら一つ一つの勢力を虱《しらみ》潰しに滅ぼしていった。

そして今年の六月、丹波の二大豪族のひとつだった波多野氏を壊滅させ、つい先の八月上旬には、もう一方の勢力であった赤井氏を降伏させた。

丹波統一は、ようやく成った。

これで、畿内から播磨にかけての再度の平定にも、ようやく目途がついてきた。

しかし、これらほぼ解決しかかった問題に加えて、信長は家中にも多少の悩みを抱えていた。

具体的には、織田家中の若干の規律の緩みだ。

つい二年前、それまでは犬のように忠実だった秀吉が、一時は捨て鉢のようになって、越前の戦線から勝手に離脱をした。

が、これはもう済んだことだ。あの禿《はげ》鼠は光秀と同様、今は播州で懸命に働いている。同時に北方の但馬《たじま》にまで兵を入れ、山岳地帯の要害である竹田城を落とし、既に二郡を掌握している。

気になっているのが、筆頭家老の佐久間信盛の動き方だ。

最近は、どうもその働きようが気に入らない。

なるほど信長のほうも、畿内での度重なる反乱のたびに佐久間軍を追い使い、松永や六角の残党などを叩いてきた。

が、その佐久間の主務である肝心の本願寺攻めが、一向に捗々《はかばか》しくないのだ。

去年、二度目の木《き》津《づ》川《がわ》口の戦いにおいて、信長は新たに造った鉄甲船六隻やその他の大船を用い、石山本願寺への補給のために押し寄せてきた毛利水軍の六百隻を、完膚なきまでに打ち破った。

当然、石山本願寺の補給路は大幅に断たれた。

本願寺は、三年前の天王寺砦の敗戦から滅多に兵を繰りださなくなっていたが、この木津川の毛利水軍敗北を契機に、さらにその対外戦は極めて鈍くなった。

かといって石山本願寺は、その縄張りや城下の規模も含めて、天下でも有数の規模を誇る建造物である。迂闊《うかつ》にこちらから手を出せば、どのような罠《わな》が仕掛けられているか知れたものではない。その事情は、分かる。

信長は元々、この海洋貿易に向く摂津石山の地と、その巨大な建造物を是が非でも手に入れたかった。手に入れた上で、本願寺の一大伽《が》藍《らん》を改築して新たな城郭へと発展させ、瀬戸内のこの奥座敷を拠点にして、明や朝鮮、果ては南方の呂宋《ルソン》、暹羅《シャム》、越《ベト》南《ナム》などとも盛んに海上交易を行い、巨万の富を得たかった。

現に、西国の大名——肥前《ひぜん》の松浦《まつら》や豊後《ぶんご》の大友《おおとも》などは、そうやって莫大《ばくだい》な利を上げている伴天連《バテレン》たちから聞いていた。

そして、その財貨を元手に軍事力をさらに強化し、日ノ本を早い時期に完全に制圧する。それが、上洛した当初からの目標だった。

しかし本願寺側は、この石山の地と建造物の引き渡しを断固として拒否した。それでも信長は、代替地を与える代わりに引き渡しを何度も迫った。

挙句、現在のような膠着《こうちゃく》状態に陥っている。この状態が長引けば長引くほど、より多くの財貨を得る時期は遠のき、自分の天下統一はそのぶん遅れる。

だから、なるべく早く石山本願寺を降参させてしまうのだ、と佐久間には以前から口を酸っぱくして言って聞かせていた。

が、この信長より七歳年長の筆頭家老は、どうやら軍人として以外の感覚や発想がほぼ皆無らしく、信長の海洋戦略という経済構想そのものが、いまいち呑み込めていない様子であった。

しかし、それを措《お》いたところでも、佐久間には織田家では最大の軍団を与えているのだ。四、五万という圧倒的な兵力を常時擁しているにもかかわらず、佐久間は一向に積極的な攻城戦に出ようとしない。ここ数年、ただ徒《いたずら》に石山本願寺を包囲し続けているだけだ。

正直、この戦況の鈍さにはうんざりする。ただでさえ有岡城に籠もる荒木村重を一刻も早く潰したいと思っているのに、それと連携している本願寺勢を一向に叩こうとはしない。いったいどういう頭の出来なのかと、密かに苛立つことがしばしばだ。

おまけに佐久間は、戦線が完全な膠着状態に陥っているのをいいことに、津田宗及《つだそうきゅう》ら堺の豪商たちと盛んに茶会を催している。

筆頭家老がこの有様で、今も必死に戦場を駆けずり回っている柴田や滝川、そして光秀や秀吉らの諸将に示しがつくとでも思っているのか……。

さらに佐久間に対しては、もうひとつの重大な不満がある。

四年前、水野信元の旧領二十四万石を配下ごと与えたというのに、どうもその新しい家来を大事に扱っていない。それどころか、水野の旧臣たちが佐久間の許から三河の徳川へと次第に離反するにつれ、その空いた領土を自らの直轄地にしている始末だ。

本人に悪気はないにせよ、これは、まさに私腹を肥やす横領行為そのものではないかと、信長は密かに憤慨することしきりだ。

いっそ、佐久間を今の筆頭家老の地位から更迭してやろうかと決断しかかったことも、一度や二度ではない。

けれど、その度に信長は躊躇《ためら》った。

現に、まだ畿内では荒木も本願寺も抵抗を続けている。光秀と細川藤孝に攻略させている丹後《たんご》でも、地元の一色《いっしき》氏などが激しく抗戦している。播州でも、秀吉が絶えず援軍を欲しいと喚いている。さらには紀伊にも、雑賀衆がほぼ無傷の勢力で居座っている。

そのような中で、筆頭家老を解任することは、結果として織田軍全体に大幅な組織の組み替えをもたらす結果となる。その再編で新たに組み合わせた指揮系列がしっくりと来ず、しばらくはうまく機能しないおそれがある。

個々の部将が各地で懸命に戦っている中でそれを断行すれば、思わぬ混乱を招くことになりかねない。だから、今すぐは出来ない。

それに、と感じる……。弟との家督相続争いの頃から、このおれに一貫して味方してきた者は、佐久間一族だけだった。あの大学介への恩義も、まだわずかながら感じ続けている。

だから、もう一度だけは辛抱して、佐久間の今後の様子を見てやろう――。

一方で、信長は少し前に気づいた。武門の棟梁として、家中でこの種の悩みを抱えているのは、なにも自分一人だけではないことに――。

二か月前のことだ。三河からの意外な使者がやって来た。

徳川家康の筆頭家老、酒井忠次であった。従来、織田家への使いは、もう一人の筆頭家老である石川数正《いしかわかずまさ》が常に務めていたからだ。

「実は右府様に、折り入ってご相談いたしたき儀がござりまする」

信長は、長女の五徳《ごとく》を家康の嫡男である信康に嫁がせていたが、聞けば、その信康のことについてであると言う。

天守へと移動し、そこでじっくりと話を聞いた。聞きつつも、内心では密かに驚いた。

現在、徳川家は遠江と三河に領土を持ち、浜松城と岡崎城の二つを活動拠点としている。浜松城は父の家康が、岡崎城は子の信康が取り仕切っている。

酒井の話によれば、その親子を頂点とする二つの派閥が以前から出来ており、近年ではそれら二派の対立が、修復不可能に近いところまで悪化してきているという。

その理由を、聞いていた信長はこう理解した。

家康と酒井が率いる浜松衆は、天竜川を挟んで武田勢と今なお断続的に矛を交えており、危険も多いが、そのぶん武功を立てて立身する機会にも恵まれている。

他方、子の信康と、酒井と並び称される石川数正が率いる岡崎衆は、その浜松衆の後方支援と、織田家を主とする外交問題の処理をもっぱらとしていた。

この岡崎衆の活動は日の目を見ることが少なく、当然の如く出世も遅れた。さらには岡崎城の有能な者は次々と浜松へと引き抜かれ、それら鬱屈した思いが積もりに積もっていた。

自然、岡崎衆の中で、いっそ嫡男の信康を徳川家の新棟梁として担ぎ、家康と酒井が率いる浜松衆を排除して、家中の体制を一新しようという気運が生まれた。信長の見るところ、信康は勇猛かつ有能な武将ではあるものの、諸事につけ自信過剰なところがある。その配下の意見に、次第に乗り気になったらしい。さらには生母である築山殿《つきやまどの》も、その我が子の動きに賛同して、岡崎衆の動きがいよいよ不穏になっているという。

「ふむ……」信長はそこまで聞いて、慎重に言葉を選んだ。「して、わしに折り入って相談とは、いかなることか」

「されば、右府様は徳姫様を通じまして、岡崎三郎《さぶろう》（信康）殿の義父に当たられまする」酒井は答えた。「そして我が殿は、事ここに至った以上、やむなく岡崎衆の旗頭である三郎殿の処分まで視野に入れて検討しておられまする。このこと、ご了承いただけまするでしょうか」

これは、ますます容易ならぬ問いかけだった。さらに用心深く聞いた。

「処分とは、どういうことか」

すると、徳川家の老臣は、やや躊躇いつつも、こう口にした。

「憚《はばか》りながら、三郎殿をどこぞに幽閉するか、あるいは右府様の許にお預かりいただくか、あるいは……」

「あるいは、なんだ？」

　酒井は、ここでさすがに言葉を濁した。

「家臣の立場では、これ以上のことを口にするのは、穏当ではございませぬ。何卒《なにとぞ》、お察しくださりませ」

　なるほど、とさらに愕然《がくぜん》としながらも、信長は確信した。

　あの家康は最悪の場合、嫡男である信康を殺すことまで視野に入れている。

　と同時に、これは徳川家の二大家老である酒井忠次と石川数正の、勢力争いでもあると直感した。

　さすがに信長は二の句が継げず、しばらく黙り込んだ。

　さて、どうしたものか……。

　そう戸惑っている間も、頭の中は激しく回転し続けていた。

　確かに信康はやや傲岸な若者ではあるものの、信長との関係は、その娘を通じて悪くない。それに物心が付いた頃から、織田家との同盟関係が当然だという環境の中で育ってきている。彼我の軍事力の差も、常日頃から肌身で感じているはずだ。

　自然、徳川家の棟梁の座を継いでも、織田家に従い続けてくれる。万が一、このおれに何かがあったとしても、その後の織田家に弓を引くことはまずあり得ないだろう。

しかし、家康はそうではない。駿府《すんぷ》で生まれ育った。やがて元服を迎え、あの今川義《よし》元《もと》がおれに殺されるまでは、三河と尾張の国境地帯を巡り、この織田家と攻防戦を絶えず繰り広げてきた。実際、あの田楽狭間の時も、今川家の先鋒として織田軍に対峙《たいじ》していたのだ。

だから、自立への道もあることを、その同盟相手を鞍替《くらが》え出来ることも、その生きてきた実感を通して充分に知っている。

現に、あの三方ヶ原の戦いの折には、このおれの方針を蹴ってまで、武田軍に絶望的な戦いを挑んだではないか。

過日、いみじくも光秀が言っていたように、あの男はそこまでしてでも、今後の天下への徳川家の聞こえを買ったのだ。

まだわずかに残っているかも知れぬ天下への前途を、密かに、だが飽くことなく模索し続けている……。

今回の件には、あるいはその織田家にまつわる両者の温度差も、微妙に絡んでいるかもしれない。

いや……まず絡んでいる。現に今までは、目の前の酒井より石川のほうが圧倒的に親織田派で、この酒井が自分を訪ねてくることなど、滅多になかったのだ。

かつて、あの武田信玄の親子関係もそうだった。信玄が今川家と手を切って駿河への侵攻を決断した時に、嫡男の義信《よしのぶ》は強硬に反対した。義信の嫁は、今川家から来ていた。家中も親今川派と反今川派に分かれ、その派閥抗争に武田家は真っ二つに割れそうになっていた。

そして信玄は、義信を二年間幽閉した挙句に、殺した。

家康は、かつてはその敵であり続けながらも、今でも信玄を神のように崇めることが厚いという。だから、信玄のその先例まで真似て、信康を殺す可能性は大いにある。

どうするか……。

織田家の今後のことを考えれば、信康にこのまま生きて家督を継いでもらったほうが、何かとやりやすい。

しかし、その希望を伝えたとしても、家康は、信康を殺す時は殺すだろう。

あの男は、このおれを懼《おそ》れながらも、最後には結局、自分のやりたいようにしかやらない。

それこそ、三方ヶ原の時のように。

ふむ――そう思った直後に、ようやく口を開いた。

「その件は、わしに遠慮は要らぬ。浜松殿が、思われた通りに計らればよろしい」

すると酒井は、ほっとしたような表情を浮かべた。

この男は、と信長は改めて感じる。もし自分が反対した場合は、おそらくは家康からなんとか説得するようにと、命じられて来ていた……。

酒井忠次が急ぎ浜松へ向けて帰った後、信長はもう一度、一人で考えをまとめた。

むしろ今回は、あの家康の心底を再びはっきりとさせる良い機会だ。このおれが生きている限り、あの男が何を考えていようとも、織田家には絶対に手出しは出来ない。

それともうひとつ。

家康には、跡を継ぐ次男もいるにはいるが、まだ六歳にしかならない。しかもその次男にはまったく興味も示さず、滅多に会いもしない。おそらくはその生母との関係から、家督を継ぐ資格なしと見ている。

逆に、二月前に生まれたばかりの三男には、長丸《ちょうまる》という幼名を与えて溺愛しているという噂だ。その長丸という名に、家康の密かな意図を感じる。普通は、長子にしか付けない幼名だ。つまりは信康など、その時点で見限っていた……。

が、その三男が一人前になるまでには、少なくともあと十五年やそこいらはかかる。その間に、織田家はこの日ノ本で盤石な政権を固め終わっている。よって、あの男がどう決断を下そうと、どのみち大局に影響はない。

そうだ。だからおれは、あの浜松の男が娘婿をどう扱うかで、その心底をもう一度見極めるだけの話だ。

八月に入ると、家康は信康を、信長が聞いたこともない小城に幽閉した。さらに次々と城を移させ、翌九月十五日には信康に切腹を命じた。同日、この娘婿は、見事に腹を掻っ捌《さば》いて死んだ。

ちなみにこれより少し前の九月二日、一年以上にわたって籠城戦に耐えていた荒木村重は、ほぼ単身で有岡城を抜け出し、息子の守る尼崎城へと移った。少なくとも信長には、村重が我が身可愛さのためだけに逃げ出したかのように感じられた。城主のいなくなった有岡城は、なおも二か月以上持ち堪えていたが、十一月十九日、ついに全面降伏する。

ふう——この時点で、信長はようやく一息をついた。

それから、ふと気づいた。

おれの嫡男、信忠は元服してからこのかた、あの佐久間信盛が常に守役となって面倒を見ている……。

3

天正七（一五七九）年から翌八年にかけては、明智光秀にとって織田家に仕えてから約十年の間で、結果として最も栄光に満ちた時となった。

だからと言って、それまでの十年がまったくの順風満帆で来たかと言えば、そうでもない。

百歩譲って、家中の面々から見れば、あるいはそう見えたかもしれない。

しかし、その内実を仔細に辿《たど》れば、信長から与え続けられる激務の連続に、体力と神経を絶えず擦り減らし、さらにある時期までは、幕臣と織田家臣としての板挟みの立場に苦悩しながらの十年であった。

そしてこの途中で、目覚ましい出世の代償として、個人的に失ったものも大きかった。

そう、と光秀は時おり我が身を振り返り、身に染みて思う。

とても、おれの中では大きかった。

そしてもうひとつ——。

ここ一、二年、どうしても解せない現象が、織田家の中で起こりつつあった……。

光秀は織田家に仕えたそののっけから、信長には大いにその才幹を期待されていた。

実際、織田家中でも並み居る重臣を差し置いて、近江滋賀郡にて最初に城持ち大名に抜擢《ばってき》された。

むろん光秀は、この滋賀郡の支配を城まで新たに普請して任された自分の位置づけを、充分に自覚していた。

当時、信長にとっての光秀とは、京の公家・将軍家と、織田家の紐帯《ちゅうたい》を図るため、また京周辺の治安を強化維持するための、文官兼武官としての意味付けが大きい。

そして、当時の織田家中でその両面での役割が果たせる人材は、まだ幕臣としての籍もあった光秀だけであった。

ただし、純粋な軍事面においては、重だった部将のうちで最後発ということもあり、古参の佐久間や柴田、丹羽ら第一線の部将に比べれば、当初の六年ほどは付与される兵の数も少なく、二線級の軍事指揮官としての立場に甘んじていた。

しかし天正三（一五七五）年、信長からついに丹波国攻略の主務者を任される。その任に応じて、明智軍の他に大量の与力も付与された。

当然、光秀は奮起した。同年の十月に坂本城から出陣し、丹波有数の豪族・波多野氏の協力もあって、瞬く間に丹波の大半を席巻《せっけん》する。そして国内随一の豪族・赤井氏を、ついにその居城である黒井城へと追い詰め、その山裾一帯を、蟻のはい出る隙間もないほどに包囲した。

が、越年した一月には、波多野氏が突如として織田家を裏切り、それに呼応するように、光秀に付き従っていた丹波衆も軒並み反旗を翻した。

結果、光秀は丹波からの撤退を余儀なくされた。

翌年の二月、再度の丹波攻略を試みるも、いったん反旗を翻した丹波衆の結束は固く、再び丹波から早々に撤退することになった。

これで、短期での丹波攻略は、ほぼ絶望的となった。

信長もそう見たが、それでも光秀の軍事的な才幹を疑うことはなかった。元来、この主君自身が、開豁《かいかつ》な平野での合戦を得意とし、山岳地帯での戦いは不得手だったこともある。

実際に、こう言われた。

「日州（光秀）よ、おのれの力量不足のせいではない。あの山国自体を、わしは甘く見ていた。鎌倉以来の家柄を誇る亡霊どもの、魑魅魍魎《ちみもうりょう》の巣窟だ。一筋縄ではいかぬ」

さらには丹波のほぼ全域が深い山塊で覆われているため、地理的に見ても短期で攻略すること自体が、そもそも不可能だったと結論づけた。

光秀は、この時点で信長に深く感謝した。およそ人に仕える身として、その大将の大局への見切りが的確なことほど、幸せなことはない。

が、その反面で、信長は部下を一刻たりとも遊ばせない。

この時点から光秀は、丹波国攻略の主務者としての任務は帯びたまま、同時に、遊撃軍としても畿内を転戦することになる。正直、この激務は辛かった。

石山本願寺攻めに始まり、紀州雑賀討伐に有岡城攻め、あるいは信貴山城の攻城戦など、坂本城で腰を温める暇もなく、各地を転戦することになる。

特に石山本願寺との戦いでは、天王寺砦に籠もる光秀以下二千五百の寡兵に対し、敵の本願寺が一万五千もの大軍で攻めてきたことがある。

この時ばかりは光秀も、死を覚悟したものだ。

しかし、その絶体絶命の窮地を率先して救いに来たのは、なんと信長その人であった。わずか三千の兵を率い、一万五千もの敵に向かっておよそ無謀ともいえる突撃を試みた。

実際に命を懸け物にした突撃で、信長はさかんに狙い撃ちをされ、挙句は太腿《ふともも》に被弾した。それでも怯《ひる》まずに声を上げ続けた。

「惟任を、十兵衛を救えっ」

信長特有の甲高い声が、砦《とりで》の外から響いてきたのを光秀は聞いた。

窮地を救い出された光秀は後日、この救出劇の前の信長の言動を知り、さらに激しく心を揺さぶられることになる。

「この兵数では、敵の五分の一……とても本願寺側には太刀打ちできませぬ。さればこそ、今しばらく味方が集まるのを待ちましょうぞ」

そう、配下が必死に押し留めようとするのを振り切って、

「今こうして我らが話している間にも、惟任は討ち死にしてしまうかも知れぬ。もう待てぬわっ」

と、癇《かん》を募らせて喚《わめ》き散らし、三千の兵で突撃を強行したのだという。

やはり光秀は、感動せざるを得ない。

光秀は、元々が心身ともに頑健なほうではなかった上に、この時期には既に齢《よわい》も五十間際になっていた。さらにはこの籠城戦での過労心労も祟《たた》って、ついに倒れた。

信長は、当代随一の名医と世評の高い曲直瀬《まなせ》道三《どうさん》を坂本城にまで派遣してくれたが、それでも二か月ほど、生死の境をさまようほどの危篤状態に陥った。

光秀には、若い頃から貧苦を共にし、時に彼を励まし、時に包み込むように温かく接してくれた糟糠《そうこう》の妻・熙子《ひろこ》という存在が、いつも傍らにあった。

連歌を催す金もない光秀のために、熙子は光秀に黙って髪を売ったこともある。幕臣としての大事な社交とはいえ、所詮は男同士の付き合い――いわば見栄《みえ》である。妻は、その光秀の男の見栄のために、女にとって命の次に大事とまで言われている髪を売ってくれた。その愛情に、思わず落涙した。

光秀はいついかなる時も、家中であったことや仕事の悩みを、女房に合切相談していた。

織田家では随一の才幹と謳われている光秀ではあるが、平衡感覚を伴った人としての本来の賢さでは、自分などより妻のほうがはるかに上だと思っていた。

そして、光秀が織田家に仕えるや否や瞬く間に立身したのは、この妻の熙子が大事な局面では常に適切な助言を与えてくれたことが大きい。

時に凄まじい貧窮の中にあっても、織田家中では絶えず激務の中にあっても、家庭人としての光秀は、常に安らいでいた。

むろん、滅んだ桔梗紋――美濃源氏明智家の再興のためもあるが、この妻の気持ちに報いるためにも、いつかは大いに世に出て何不自由のない暮らしをさせてやるのだと、誓いを新たにしたものだ。

事実、織田家で立身してからも、他の部将のように側室を作ることもなく、熙子一人だけに変わらぬ愛情を注いだ。

そんな熙子の献身的な看護もあって、一時は危篤に陥った光秀も、七月初めにはなんとか快復し、再び畿内の戦線に復帰する。

しかし同月、光秀はそれまで生きてきた中で、最大の不幸に見舞われる。

熙子も光秀と同様、あまり体が丈夫なほうではなかったが、光秀への昼夜を問わぬ看護疲れから、光秀が快復した直後から床に就き、その月のうちにあっけなく亡くなってしまったのだ。

その訃報《ふほう》を戦場で知った時、光秀はその足元からすぐ下の地面に、自分がずぶずぶと呑み込まれていくような絶望を覚えた。肛門《こうもん》から臓腑《ぞうふ》のすべてが抜け落ちて、自分がその中身から溶け出していくような、激しい虚脱感だった。

直後には陣屋の奥に駆け込み、声を殺して一晩中泣いた。

この先おれは、何をよすがにして生きていけばよいのか――。

翌日すぐに、目元を腫《は》らしたまま信長の許に行き、妻の死に顔を是非にも見たいので、数日、坂本城へ戻してもらえるよう懇願した。

戦場にいる将にあるまじきこの戯《たわ》けた申し出に、信長は、当初は呆れ返り、次いで怒り出し、それでも光秀が半泣きになりながらしつこく頭を下げていると、ついに根負けした。苦笑して許した。

「三日じゃ。三日のうちには必ず戻って来い」

この逸話も、家中ではかなりの評判になった。

その後も光秀の悲しみは長く癒《い》えることがなく、これまた家中での恰好《かっこう》の噂話となった。

現に光秀も、家臣を通じてその評判を耳にした。

同僚の部将たちの半ばは、この光秀の存外な女々しさに呆れ、残りの半ばは、有能ではあるが、それまでは謹厳実直一点張りで、人としての可笑《おか》しみが特に感じられなかったこの五十男が、古女房にそこまで惚れ抜いていたという事実に、妙な滑稽《こっけい》味と愛嬌を感じているという。

後者の典型が羽柴秀吉であり、その頃から秀吉とはしばしば言葉を交わすようになった。

特に翌年の信貴山城の攻城戦の辺りから、会えば頻繁に話をした。

光秀は当時、ようやく妻の死の痛手から立ち直りつつあった。

そして同月から、それまでの一年半、ほぼ手つかずだった丹波攻略へと再び乗り出す。

京からすぐの南丹・亀山に、大規模な城の縄張りを行いつつそこを拠点とし、今度は長期戦覚悟で臨んだ。波多野氏の八《や》上《かみ》城を包囲し、丹波の山塊や山裾に虱のように蠢《うごめ》く土豪たちを、根気強くひとつひとつ潰していった。

その間も、信長は必要に応じて明智軍を他の戦場へと容赦なく駆り出した。

天正六年四月には、播磨攻略の主務者である秀吉の援軍部隊として、神吉《かんき》城の攻城に加わった。

信長は、基本的に物量作戦を採用する。

織田軍三万、籠城軍二千という、圧倒的な兵力差の戦いであったが、それでもこの時の羽柴軍の活発な戦いようには、目を瞠《みは》らされた。

光秀が織田家に仕えた当時の羽柴軍はと言えば、そのほとんどが浮浪上がりか百姓の次男、三男といった食い詰め者の集まりで、筋目を持った武士などは皆無に等しい状況だった。

むろん秀吉自身の出自を考えれば、まともな郎党など元からいないのが当然ではあったが、それにしてもその兵団の質は、世間で弱兵揃いと揶揄《やゆ》される織田軍の中でも、極めて劣悪であった。

それが、十年経った今では、この時の攻城戦に参加していた佐久間軍や荒木軍、そして光秀が率いる明智軍と比べても、遜色《そんしょく》のない戦いぶりを見せるようになってきていた。

ふと興味が湧き、攻城戦の最中に秀吉に聞いてみた。

「それにしても筑前殿の配下は、よく槍働きをなされておられる」

あは、と秀吉は、まんざらでもなさそうに笑った。「織田家でも武勇で鳴る桔梗紋の棟梁に褒められるとは、身に余る栄光でござる」

非礼にならぬよう、言葉を選びながらさらに光秀は尋ねた。

「やはり、筑前殿の統率力の賜物《たまもの》か。あるいは日頃から調練など、厳しくなされておられるのか」

「いやいや、そういうわけではござらぬ」さらに得意そうな表情で、秀吉は答えた。「往時がひど過ぎただけで、月日が経つにつれて、ごく自然とまともになっただけでござる」

それでも光秀には、いまひとつ納得がいかなかった。

「なにか、兵団をまとめ上げる秘訣《ひけつ》でもおありなのか」

すると秀吉は再び意味ありげに笑った。

「秘訣などはありませぬが、人の集団というのは、不思議なものでございましてな。まあ、人だけには限りませぬが」

ほう、と光秀は感じ入った。この男、何かを掴んでいる。

「なるほど。人だけに限らぬ、と？」

そう念押しするように反応して、相手のさらなる反応を促したつもりだった。

が、常なら鬱陶しいほどに多弁なこの小男は、その時ばかりは予想に反して、ますますぼやかした態度を示した。

「そう言えば昨年、話に出たことがありましたな」

「話？」

「上様と今は亡き弾正殿の、神仏問答でござる」秀吉は言った。「神仏などおらぬ、という一点で、お二人は意見を共にされ、互いにいたく共感された」

「うむ」

「憚りながらそれがしも、この浮世に神仏などはおらぬ、と思うております。されど、神仏に似た何物かで、この現世《うつせみ》は回っている……」

思わぬ展開に、光秀はやや戸惑った。

「そして、その天の御加護が、それがしにもほんの少し回ってきたと、つまりはこういうわけでござる」

そう、秀吉は話を締め括《くく》った。

ふむ――この男、やはり何かを摑んでいる。

しかし、今言った相手の言葉に嘘はないと感じる。

秀吉の茫洋《ぼうよう》とした言い方が、そもそも形而上の思考を好む光秀の感覚をますます刺激した。

そして、あれこれと考えた挙句に、確かにそうかも知れないと思った。

おそらくだが、この小男の言う通り神仏などはおらぬ。おらぬが、それに似た何事かの原理で、この世は動いている。

その年の十月、驚愕する事件が出来《しゅったい》した。

五年前に織田軍の旗下に入るや否や、信長から抜擢に次ぐ抜擢を受け、瞬く間に摂津の実質的な国主に取り立てられた荒木村重が、突如として織田家に反旗を翻したのだ。

その風聞を聞いた時、光秀も俄かには信じられなかった。

村重は、その立身の早さで言えば、光秀以上に凄まじかった。あまりの凄まじさに、光秀の時には頻繁にあった家中でのやっかみも、この村重の折は、諸将も毒気を抜かれたように黙り込む始末だった。

ともかくもこの村重の謀反と有岡城への籠城は、光秀にとって二重の意味で驚きだった。

村重は武将として有能なだけではなく、成り上がり者にしては珍しく風雅の道も心得ており、和漢の教養もある。

光秀にとって村重の存在とは、この一、二年ほどで秀吉と親しく話すようになるまでは、細川藤孝を除けば、家中では最も話しやすい同僚だった。

さらには主君の信長の仲介で、光秀の長女は村重の嫡男に嫁いでいる。いわば親類同士でもある。

当然、信長もそこに目を付けた。堺の市政官である松井友閑らと共に、光秀に村重の説得に行くように命じた。むろん光秀にも異存はなく、すぐに摂津の有岡城へと赴いた。

実際に会った村重は、自ら気負って謀反を決断したとはとても思えぬ、冴えない顔つきをしていた。

現にこの時、村重が光秀たちに向かって掻き口説くように訴えた籠城の理由も、そうだった。

曰く、荒木軍の足軽が、自分の知らぬ間に本願寺に兵糧を横流ししていて、その件を、あの容赦のない右府殿（信長）が許してくれるはずもない由。

曰く、摂津の地侍には一向宗の信徒が多く、右府殿に味方し続けてこれ以上本願寺を弱らせるなら、自分たちは村重を排し、新しい国主を立てると突き上げを食らっていること。

曰く、村重の出世を快く思わぬ織田家の諸将が、右府殿に最近盛んに讒言《ざんげん》しており、自分としては家中での立場がないこと、などだ。

けれど光秀に言わせれば、そのひとつひとつの言い訳は、愚にもつかぬ些末《さまつ》な理由の羅列で、驚いたことに村重は、これといった明確な動機もなく反乱を起こしていた。

光秀は正直、この目の前の、四十も半ば近い男の頭の出来を疑いたくなった。かつ呆然《ぼうぜん》とした。

なんなのだ、これは――荒木村重という人物は、もっと明晰《めいせき》な思考の持ち主ではなかったか。

少なくとも以前の村重なら、この程度の諸々《もろもろ》の問題ぐらい、難なく処理できるくらいの度量は、余裕で持ち合わせていたはずだ。

足軽が兵糧を横流ししたとしても、即刻その兵を処罰し、安土に居る信長へその旨を報告に行けば許される話だし、一向宗の信徒が多いのは、諸将のどこの封土でも同じことだ。それら被官たちを宥《なだ》めすかしながら兵団をまとめていくのも、織田家の部将としての大事な役割ではないか。

さらには、確かにここ最近の村重には、播磨の別所氏や本願寺との戦いでは怠業しているという陰口や、果ては、裏では毛利氏と繫《つな》がっているという根拠のない風聞も多かった。

しかし、仮にそれら不安材料の集合体が今回の謀反のきっかけになったとしても、信長に直接会い、身の潔白を命懸けで説明すれば――さらには誠意の証として、村重の母や息子を人質として連れて行けば――信長はすぐに村重を赦《ゆる》すだろう。

その旨、光秀は必死に説得を試み、最後には村重に、安土城へと赴かせる旨を確約させた。

そこまでの処置を済ませた後、光秀はすぐに安土城へと取って返し、信長に報告した。

「――そうか。このわしの疑念を、恐れての故か」

「はっ」

「……それ以外、他意はないのか」

光秀はもう一度村重の顔を思い出しながら、自分の受けた印象を正直に答えた。

「ございませぬ。少なくとも、それがしはそう受け取りました」

信長は小首をかしげ、結論を下した。

「摂津守（村重）がここに来て我が身の潔白を証明するというなら、こたびは赦す」

信長も、本心を言っているように見受けられた。

光秀は、ほっと胸を撫《な》で下ろした。

しかし、織田家への帰参をいったんは承諾した村重だったが、その心は依然として躊躇いと不安という薄闇の中をさ迷っていたらしい。人質となる息子を連れて安土へと向かいかけたが、その途中で茨木《いばらき》城に寄った際、そこの中川清秀《きよひで》という家臣に激しく諫言《かんげん》されて、再び変心した。有岡城に戻り、引き続き籠城戦を続けた。

この時から、信長との関係には完全に亀裂《きれつ》が生じた。

光秀が思うに、ここより信長は、摂津で村重と本願寺を同時に敵に回す不利を改めて感じ、意図的に調略を行うようになる。

「ともかくも、村重を説得せよ」

さらに筆頭家老の佐久間信盛や万見《まんみ》重元《しげもと》、福富直勝《ふくとみなおかつ》などの使者を有岡城に派遣した。

が、結局はこの度重なる説得も無駄に終わった。

この直後、村重は、嫡男の妻になっていた光秀の長女を、実父である彼の許に送り返してきた。

家内ではごく篤実な家庭人で、子煩悩であり続けた光秀は、その心遣いに深く感謝した。

と同時に、いよいよ村重が本願寺と毛利側に付くと決意したことを、はっきりと悟った。

十一月に入り、信長は最後の詰問使を、村重の許に送った。

光秀と松井は引き続きだったが、今度はそこに新しく羽柴秀吉も加わった。

この時に会った村重は、もはや反旗を翻した言い訳はせず、逆に自分の決意は変わらないことを、光秀を始めとした三人に伝えた。

「織田家は、わしにとって息苦しい。これからもあの心底の読めぬ右府殿に仕え続け、神経を擦り減らすような日々を死ぬまで送るかと思うと、考えただけでも気が滅入《めい》る」

光秀は、ようやく悟った。

たぶんこれが、村重の偽らざる気持ちなのだ。ようは、信長のことをひどく恐れ、それが今では生理的な嫌悪感にまでなっている。

ここで、光秀の隣にいた秀吉が口を開いた。

「ですが、今の織田家に勝てるとでも思うておいでか」

「楽観はしておらぬ」村重は率直に答えた。「去る木津川口の戦いでも、毛利船団は木っ端微塵《みじん》に粉砕された。本願寺もますます弱ってきている」

「で、ござろう」

「しかし、毛利と本願寺は勝てぬまでも、このまま織田軍相手に徒に滅びるとも思えぬ。されば、彼らと共にこの世をなんとか生き抜く道を模索するほうが、わしにとってはまだしも気楽である」さらに続けた。「一度裏切った者を、あのお方は決して赦されぬであろう。挙句にはその時の気分次第で、水野信元のように十年以上も経ってから殺され、領地を没収されぬとも限らぬ。そのようなお方に今後もお仕えすることなど、わしには空恐ろしゅうて、やはり出来かねる」

これにはさすがに、光秀も秀吉も返す言葉がなかった。

最後の説得も不調に終わった帰路、不意に秀吉が呟《つぶや》いた。

「摂津殿は、降りられたのじゃな」

「え？」

すると、秀吉は実に奇妙な表情をして、光秀の顔をまじまじと見た。

「……なにか？」

つい光秀がそう問いかけると、秀吉は言った。

「拙者、日州（光秀）殿には借りがある。あの金ヶ崎崩れの折、もし日州殿が共に采配を振っておらなんだら、わしはあの時に、とうに土に還《かえ》っていたやも知れぬ。であるからに、今ここで、その借りを返そうと存ずる」

唐突に何を言い出すのか、と感じたが、敢《あ》えて黙っていた。

「我らは、上様がこの日ノ本を統一されるその日まで、炮烙《ほうろく》で炒《い》られる豆の如く、じりじりとその身を焦がされ続けるようにして追い使われる。また、ある段階で使い物にならなくなれば、あの水野殿のように、いとも簡単に見捨てられる。それまでの武功など、関係ない」

「…………」

「おそらくはその危うさを、摂津殿もどこかで感じられていた。だから、この家中での激烈な出世競争から自ら降りられたのだと、それがしは見ており申す」

「――なるほど」

「我慢比べでござる」秀吉は言った。「摂津殿が抜けた今、右衛門尉（佐久間）殿、修理亮（柴田）殿、惟住《これすみ》（丹羽）殿、左近将監《さこんのしょうげん》（滝川）殿、そして憚りながらそれがしと、日州殿――今では実質この六人が、織田家を旋回させておりまする。されど、皆が皆、踏ん張り続けるには、まだ六人でも多すぎる。おそらくこの六人のうちから、さらに自ら落ちる者、あるいは上様から落とされる者が出てき申す。一人は確実に。あるいは二人」

光秀には、ますます言葉もない。

「個の才幹とは、永遠に続くもののようで、実はそうでもないようでござる。根気もまた然《しか》り。その時その時の在りようによっては、儚《はかな》いものでござる。拙者、かなり出過ぎたことを申していることは、充分に自覚しておりまする。おりまするが、その一人か二人にならぬよう、お互いに、しかと自分なりの料簡を持ち続けましょうぞ」

そう言って、秀吉は足早に去っていった。

ややあって、光秀は気づいた。

そして、自分の迂闊さに、危うく舌打ちしそうになった。

秀吉は何故、今の六人では多すぎると思うのか。また、その落ちる人数まで、どうして明確に割り出せているのか。その根拠を聞き忘れた。

そして、その後は互いに持ち場の戦いに専念し始めたために、尋ねる機会は永遠に失われてしまった――。

翌天正七（一五七九）年には、光秀の粘り強い丹波攻略がようやく実を結び始めた。六月には波多野氏の本拠である八上城をついに陥落させる。あとは、赤井氏の本拠である黒井城と、その支城を落とすのみだった。

信長も、ここが決め時と見たのか、明智軍に対して盛んに援軍を送り込み始めた。羽柴軍からの増援部隊もやってきた。そして、この派遣された援軍の指揮は、秀吉の弟である秀長《ひでなが》が執っていた。

一年ぶりに見る羽柴軍は、さらにその戦い方が活発になっていた。

例えば、黒井城が難攻不落の要塞であり続けたのも、その支城である岩屋城や栗住《くりす》野《の》城などが本城にもまして堅固であり、光秀自慢の明智軍をもってしても容易に抜けなかったからだ。

しかし、それら支城を——いくら長期にわたる明智軍の攻撃により弱っていたとはいえ——秀長率いる羽柴軍は、あっさりと一撃で落としていった。

「…………」

光秀は、この意外な戦果の連続に半ば喜びつつも、半ばは戸惑い、しまいには呆然とした。

——何故だ。どうしてこうなる。

大人になるまで百姓をしていた秀長に、そして秀長と似たような出自の兵たちに、どうしてここまでの戦いぶりが出来る……過日、彼ら秀長部隊は、一時期より播州の秀吉軍とは別に、北方の但馬へと攻め入り、険阻な竹田城などを落として、既に二郡を掌握したとの風聞を耳にしていた。

が、それは単純に但馬の土豪たちが弱いだけだと思っていた。

しかし、事ここに至っては、光秀もその認識を改めざるを得ない。

純粋に、彼らは合戦に強くなっているのだ。しかも、美濃源氏や幕臣揃いの生粋の侍で構成した明智軍と比べても遜色がないどころか、この時に限っては明智軍より勢いがあったかもしれない。

いや、実際に勢いはあった。でなければ、いくら長期の籠城で弱っているとはいえ、あのように他人の持ち場でいとも簡単に敵城を抜けるはずがない。

しかし、どうしてそんな不可解なことが起こりうるのか。

こればかりは、いくら考えてもさっぱり分からなかった。

八月、光秀はついに黒井城を攻め落とし、足掛け五年越しの念願だった丹波の平定は、ようやく成った。

けれど、そう無邪気にも喜べなかった。

その勝利に至るまでの詳細な過程は、光秀からはむろん、友軍の羽柴軍からも当然、信長に報告がいっているはずだ。信長は、部下の懈怠《けたい》や無能を最も嫌う。そして、両者の戦況の報告を聞き比べれば、結果としての羽柴軍に比する明智軍の不甲斐なさを、自分と同じように信長も感じるのではないかと、密かに危惧《きぐ》していた。

信長に会えば丹波平定を祝賀されつつも、その明智軍の働きように多少は叱咤《しった》を受けるのではと、やや不安だった。

しかし、安土に行って実際に拝謁した信長は終始、この上なく上機嫌であった。

そして、最後にはこう口を開いて激賞した。

「日州よ、此度のこと、多年にわたり、実に粘り強く骨折りをした。あの攻め難き山国での桔梗紋の働きようは、我が織田家の模範である」

そこまで褒められ、光秀は逆に、やや居心地が悪くなった。

つい、正直な感想を洩《も》らした。

「ですが、ある意味では我ら以上に、羽柴軍もよく働いておりました」

「知っておる」信長は答えた。「彼らもまた、ようやってくれた。将も兵も、しかと育っている」

そして、しばらくの間、何故か感慨深そうな顔をして、天主の外の景色を眺めていた。

その横顔は、明智軍と同様に、羽柴軍の活躍もまた当然の事と受け止めているかのように思えた。

少なくとも光秀には、あの百姓上がりの羽柴秀長軍が何故そこまで活躍できたのかという、そもそもの疑問を、信長が持っているようには見えなかった。

羽柴軍の主力は、なおも播州で活発に動いていた。三木城を包囲し続けて干乾しにしつつも、播磨西部では毛利氏と互角に渡り合った後、備前の宇喜多直家を再び織田軍に服従させることに成功していた。

光秀の見るところ、三木城の陥落はもはや時間の問題である。さらに北方では、弟の秀長が再び但馬全体の攻略を着々と進めている。

このままうまくいけば、秀吉は来年あたりには、播磨はむろんのこと、但馬と備前までその勢力下に置いてしまうだろう。つまりは、三国の実質的な支配者になる。

光秀も、もう若くはない。既に五十の坂を越している。

元来、体も丈夫ではなかったし、三年前に生死の境をさ迷ってからは、雪深い丹波の山中での長い野営生活も祟り、ずっと本調子ではない状態が続いている。

正直、この頃から光秀は、丹波一国を平定した直後にもかかわらず、自分に残された織田家での活躍の時を思うと、徐々に焦りを感じるようになってきていた。気力体力がまだ残っているうちに、さらにもうひと働き、踏ん張らねばならぬと思う。気を抜いてはならぬ。秀吉の言う、今の地位から転げ落ちるような一人か二人にはなりたくなかった。もし自分がそうなれば、明智軍の主力を成す桔梗紋——美濃源氏は、解体の憂き目に遭う。

今でこそ世間では、織田家の本貫は尾張と美濃の二国だと思っているし、事実、織田家の家督を継いだ嫡男の信忠は、岐阜城を居城としている。

が、そもそも美濃は、織田家が他国を征服した初めての土地なのだ。つまり、被征服者である美濃者は、尾張者からはごく自然に一段下に見られている。そういう口惜しさもあって、光秀率いる明智軍は、合戦に出ればむしろ尾張者以上に奮戦してきた。そんな彼らの気持ちを、元が同根である光秀は、常に肌身で感じていた。

そう……だからおれは、そしてこれからも頑張り続けるしかない。

丹波平定を済ませたあと、信長から与力として付けられた細川藤孝と共に、今度は丹後の平定に乗り出した。そしてこの天正七年のうちに、地場の土豪を次々と片付けていき、さらには丹後一国の守護だった鎌倉以来の名門・一色氏をも丹後北端に追い詰めて、降伏させた。

これにより、丹波に引き続き丹後一国の平定も成った。

十一月になった。

摂津では、荒木軍の有岡城が織田軍に対して、ついに開城を決意する。実に一年四か月という、長きにわたる籠城の末の降伏だった。

その前後で荒木村重とその重臣らの見苦しい逃亡劇があり、そのことが、信長の逆《げき》鱗《りん》に触れた。

信長は、自らは権謀術策を盛んに弄《ろう》するにもかかわらず、臣下には常に潔い振る舞いを厳しく要求する。光秀が想像するに、おそらくは武門の棟梁としての倫理観と、その臣下としての規範は、また自《おの》ずと別のものであるとしているのであろう。

そして、臣下が自分の望む規範に外れた行いをした場合には、その眷族《けんぞく》を含めて容赦ない処分を下す。

特にこの時は、そのやり方がひどかった。村重の妻子親族はむろん、その重臣の一族も含めて、およそ七百名を磔刑《たっけい》にするか、生きたまま農家に詰め込んで火を付け、焼死させた。

信長は当然、村重の妻や子供を以前から見知っている。多少の言葉を交わしたこともある。それでも、ここまでの残虐性を平然と発揮する。

おそらく村重が恐れていたのは、これだったのだと感じた。

正直、この信長の残忍さには、光秀もかなり辟易《へきえき》し、かつ怖気《おぞけ》を催した。

なにも、人の命をそこまで無残に扱わずともよいではないか——。


天正八（一五八〇）年が明けた。

この年はその始まりから、織田家にとってまた一段階、天下へと近づく機運が高まった。

一月、羽柴秀吉が主務者となって攻城していた東播磨の別所氏が、ついに降伏した。三木城の主・別所長治《ながはる》は籠城兵の助命を条件に、腹を切って自決した。羽柴軍の主力は間を置かず但馬へと侵攻し、数か月でその全土を制圧して、播磨と但馬の二か国を勢力下に置いた。

これと相前後して、光秀も大いに立身した。

信長から丹波一国を正式に拝領し、さらには先の天王寺合戦で討ち死にした塙直政の遺領である山城の南部も加増された。以前からある西近江の領地も含めれば、四十万石ほどの大名に取り立てられたことになる。

この信長の大抜擢には、光秀も我が身の栄光を大いに感じた。

しかも、佐久間や柴田や丹羽、あるいは滝川のように、辺鄙《へんぴ》な場所での領国ではない。この日ノ本の中心である京洛を、ぐるりと取り巻く封土での四十万石だ。

これは、元が幕臣であった光秀には、京から離れた他国で百万石を貰うよりも、はるかに価値のある四十万石だった。

現に、光秀が持つ城は、京洛の東には坂本城が、北には周山《しゅうざん》城が、そしてすぐ西には亀山城がある。この三城によって、光秀がこの王城の地を軍事的に掌握しようと思えば、それはすぐに可能になる。

考えようによっては、松永弾正の主君でもあり、往年の京の支配者であった三好長慶のような権勢を持つ立場になったと、言えなくもない。

そして、これら三城の築城は、そもそもすべてが信長の指示によるものだった。

つまり、あの容易に人を容《い》れない信長から、自分はここまで信を置かれている——。

そこまで考えてくると、光秀はこの自分への厚遇振りに、むしろ呆然とさえした。

「殿、殿、でかしましたな」

と、常なら謹直な家臣たちも、この時ばかりは我がことのように喜び、盛んに言いはやした。

「もはや殿が、織田家では第一等の出世頭でございますな」

「いやいや、そのような滅多なことを申すものではないぞ。特に、家中の外では無用とせよ」

そう答えつつも、ともすれば頬が緩んでくる自分をどうすることも出来ない。

閏《うるう》三月、信長は朝廷を動かし、本願寺の第十一代宗主である顕如と和議を結んだ。石山本願寺という城郭都市を信長に引き渡すことが条件の、和睦であった。

光秀は思う。

つまり、こんな一方的な条件を相手に呑ませることが出来るほど、織田家は強大になったのだ。

そして四月になると、その和議の条件通り、顕如を始めとした一向宗の高僧たちは、紀州の鷺森《さぎのもり》別院へと続々と動座し始めた。和睦に反対する顕如の後嗣である教如《きょうにょ》や雑賀衆などは、なおもしばらく城郭内に居座っていたが、これもまた織田軍へのこれ以上の抵抗が無駄なことを悟り、八月初頭には、そのほぼすべてが紀州へと移った。

石山本願寺は、別名「大坂本願寺」、あるいはその城郭に因んで「大坂城」とも呼ばれていた。

本願寺教団がこの大坂湾に面した高台に本拠を移したのが、天文二（一五三三）年のことである。以来、約五十年にわたり、伽藍とその周囲を取り巻く城郭、門前町は増改築と発展を続け、十数年前に織田家が上洛した時には、この要塞都市は、日ノ本で最も巨大な一大建造物となっていた。

そんな「大坂城」も、ついにその巨大城郭だけを残して、もぬけの殻となった。

光秀はこの一事を、我がことのように感慨深く思う。

そもそも織田軍が本願寺と十年の長きにわたり激しく戦い続けたのも、越前や加賀、伊勢長島の各地で一向宗徒と泥沼のような戦いに陥ったのも、信長に教義上の趣旨があってのことではない。

信長は、その個人としては、宗教そのものにはまったく興味がない。

他人がどのような宗派を信じていようが、あるいは耶蘇《やそ》教を奉じていようが、この光秀の主君にとってはどうでもいいことであった。現にその配下には、高山右近《たかやまうこん》などの耶蘇教に熱心な信徒もいたし、同盟者の家康に至っては、徳川家を挙げての熱心な浄土宗徒であった。

それでも信長は、個人の信奉する宗教に関して、一度も容喙《ようかい》したことがない。石山本願寺と激しく対立し、長きにわたる戦に及んだきっかけは、ひとえに信長が、この巨大な城郭都市を織田家に譲れと迫り、相手が拒否したからに過ぎない。

過日に、本人から聞いたことがあった。

信長の今後の構想には、瀬戸内の奥座敷に鎮座する巨大な城郭都市が、どうしても必要だった。

この一大城郭を拠点にして、西国攻略の本拠とすると同時に、南蛮人を相手に大きく交易をして巨利を稼ぐ。そしてその莫大な銭を、今後の日本統一の原資としてすべて回し、国内の統一を早める。さらにはその後の、朝鮮への討ち入りまで視野に入れていた。

この信長の構想が、ようやく十年越しに現実になったのだ。

八月に入ると、石山本願寺攻略の主務者であった佐久間信盛が、空になったこの巨大城郭を引き継いだ。

不幸は、その直後に起こった。

あるいは講和反対派による放火とも噂されたが、その真相は未だに明らかではない。火は、堂舎と寺内町から発生した。たちまちのうちに周辺の密集した建物に飛び火し、佐久間軍の必死の消火活動にもかかわらず、烈火は二昼夜にわたって建造物すべてを舐め尽くした。門前町はむろん、その広大な城郭も伽藍も灰燼《かいじん》に帰した。

この不始末に、信長は激怒した。

その気持ちは、むろん光秀にも充分に分かった。

あれほどの城郭都市を再び一から建造するには、織田家の富裕をもってしても手に余るような途方もない巨費と、五年から十年という、気が遠くなるような期間が必要になる。

だからこそ、信長は「大坂城」を譲れと、本願寺に強談し続けてきたのだ。

が、信長の怒り狂いようは、光秀が想像していた以上に凄まじかった。

直後には、この不手際を起こした佐久間信盛に対して、十九か条の折檻《せっかん》状を叩きつけた。

後日、その内容を光秀も披見した。大意をまとめると、このようであった。

曰く。おぬしら親子は、五年の長きにわたり本願寺攻略の主務者を務めていたにもかかわらず、たかが長袖《ちょうしゅう》（僧侶）を相手に、一向に捗々しい戦功も挙げず、さらには調略を行う頭も働かせず、また、その知恵が出ぬのなら、このわしに相談しに来れば、いくらでもそのやり方を教えてやるというのに、それも一度としてないのは、およそ信じられぬほどの怠慢である。

曰く。丹波国での明智光秀の働きは目覚ましく、天下に面目を施した。羽柴秀吉の数か国における働きも比類がない。次席家老の柴田勝家もこれに奮起し、既に越前一国を領しているにもかかわらず、今春に加賀へと侵攻して平定した。しかし、肝心の筆頭家老であるおまえの、この体たらくは何なのだ。

曰く。佐久間家は昔から、織田家においては常に格別な扱いを受けさせてきたではないか。現に本願寺戦でも、三河、尾張、近江、大和、河内、和泉、それに根来衆を加えれば七か国もの与力を与えていた。加えて、おぬし直属の兵団もある。これほどの一大兵団を擁しながらも、確たる信念もなく持久戦に固執し続けた思慮の浅さには、呆れ返るばかりである。城の守りを固めてさえおれば、やがてはこの信長の威光により、本願寺が降参するとでも思っていたのか。

曰く。水野信元の遺領を与えたが、家臣を増やしたかと思えばそうでもなく、逆に水野の旧臣たちを追放してしまう始末である。また、その空いた跡目を家臣に与えることもなく、自分の直轄地として金銀を懐に入れたこと、言語道断である。山崎の封地を与えた時も同様の仕儀であった。その破廉恥さ、節度のなさは、まったくもって救いようがない。

以前からの家臣に加増してやり、良き者を新規に召し抱えるなどして、有能な人材を手元に集めてさえいれば、此度の一連の顚末《てんまつ》に見られるような落ち度はなかっただろう。けち臭く貯め込むことばかりを考えているから、このような天下に面目を失う羽目となるのだ。

他にも色々とあったが、おおよそはこのような内容であった。

非常にきつい罵倒《ばとう》のされ方をしているが、本質は確かにその通りだ、と光秀も感じる。

佐久間信盛は、何故か三、四年前から、急激に働きぶりが鈍くなった。

そして、その働きぶり以上に、織田家の筆頭家老としての人格や節度も、箍《たが》が外れたように緩んできた。折檻状に書かれている通り、変に吝嗇《けち》にもなった。

光秀は、丹波二十九万石を与えられても、そのほとんどの封土を家臣たちに分け与え、自分に残した直轄地は、ほんの一部しかない。

当然である。加増され、それを謹んで受けるということは、兵団の長としてその加増分の武功を、主君に対して先々で請け負うという黙契に他ならない。

加増分の土地は、その先々の武功のためにも、自分の兵団をさらに強化増員することに率先して分けられるべきものだ。

だから光秀も、当然の如くそうした。有能な家臣をさらに厚遇し、見込みのある人材を探してきては大量に召し抱えた。

現に、明智家の侍大将である斎藤利三には氷《ひ》上《かみ》郡一万石と黒井城を与え、次席家老で二女の娘婿である明智光忠《みつただ》には多紀《たき》郡と八上城を、同家老で、長女の娘婿である明智秀満《ひでみつ》には、丹波統治の拠点である福知山城と、福知山盆地の一部を領地として分け与えている。

他の二家老——藤田《ふじた》行政《ゆきまさ》には南山城の地の一部と静原城を与え、溝尾《みぞお》庄兵衛《しょうべえ》にも持ち城と、それ相応の大幅な加増を行った。

さらには、織田家に服従した丹波の土豪の中から、これはという人物を盛んに明智家へと招聘《しょうへい》した。並河《なみかわ》易家《やすいえ》や四王天《しおうてん》又兵衛《またべえ》、荒木《あらき》行重《ゆきしげ》、野々口《ののぐち》清親《きよちか》など、主だった豪の者だけでもその数は二十七名に及んだ。これら新しく加わった丹波衆にも、その知行地は以前のままか、あるいは器量を見込んで、それ以上を保証してやった。

これでは、自分の直轄地がほとんど残らないのも無理はない。

しかし、むしろそれで良いのだ。主君からもらった加増分は、自らの懐に入れるためのものではない。それを原資として、さらに兵団を強くするために与えられているのだ。

その一事をいつの間にか置き忘れただけでも、信盛には、既に筆頭家老としての資格はない。

それにしても、と光秀は不思議に思う。

あの佐久間は、なぜこうも中身が劣化してしまったのか。十二年前に光秀が織田家に仕えた当時は、もっとその才幹が光り輝いていたはずではなかったか……。

ふと思い出した。もう六年も前のことだ。

あの天正二年の祝賀会の折、佐久間は徳川家康に対して、こういった意味のことを零《こぼ》した。

「拙者、あの三河殿の性根があのように嘴《くちばし》が黄色く、きつく片意地を張る男だとは思いもよりませんでした」

その時に、光秀は思ったものだ。違う。そうではない。三河殿は到底そんな青臭い漢《タマ》ではない。織田家の筆頭家老ともあろうものが、この程度の人間認識の浅さ、物事の見通しの甘さでは、先々どうにもなるまい、と……。

今にして思えば、あの頃から佐久間の精神の箍は緩み始めていたのだ。そしてその後の六年をかけて、佐久間は武将としての実務の冴えも、次第になくしていった。挙句、今回の石山本願寺の焼失という、取り返しのつかない不始末を引き起こした。

しばらく佐久間についてあれこれと考えているうちに、秀吉の言葉を、改めて思い出した。

「個の才幹とは、永遠に続くもののようで、実はそうでもないようでござる。根気もまた然り。その時その時の在りようによっては、儚いものでござる」

かも知れぬと思う。

それが証拠に、折檻状の最後には、こういった意味のことが書かれていた。

曰く。こうなれば、おぬしらもどこかの敵を新たにたいらげ、会稽の恥をすすいだうえで帰参するか、あるいは討ち死にするしかない。その覚悟がなくば、親子ともども頭を丸め、高野山にでも隠遁《いんとん》して、連綿と赦しを乞うのが当然であろう。

つまり信長は、激しく叱責しながらも最後には、心を入れ替えて死に物狂いで働くか、それとも隠遁するかの二択を提示している。

が、佐久間信盛と信栄親子は、後者を選択した。剃髪《ていはつ》して高野山に向かった。

信盛は、近々の三、四年がどうであれ、若年の信長が家中で四面楚歌《そか》の状態にあった頃から、もう三十年以上も織田家のために粉骨砕身してきた。年齢も五十代半ばになっていた。もはや、気力も体力も限界に来ていたのだろう。

後日に、聞いた。

佐久間親子が高野山に向かった折、供する小姓はわずかに三人だったと言う。その高野山にも居場所がなくなり、結局はさらに山深い奥熊野へと移った。

その時にはもはや従う者もなく、持っていた金子もわずかに十枚ばかりで、かつての織田家筆頭家老としての面影は跡形もなく、見るも無残な姿であったらしい。

さすがに光秀も、その哀れな末路には、同情の念を禁じえなかった。

しかし、信長の粛清は、これだけではなかった。

八月十二日に佐久間親子を追放してからすぐの十七日、今度は、文官の筆頭で岐阜城の家宰でもある林秀貞が、織田家から追放された。

理由は、二十四年前の稲生の戦いで、弟の信勝を担いで謀反をしたこと、それ以前の村木砦の戦いでも、信長の軍令を無視して勝手に戦線を離脱したことを挙げ、おのれは二度も自分を裏切っているのに、その後もこれら裏切りを挽回《ばんかい》するような目覚ましい活躍をしたことは一向になく、特にここ十年ほどは、岐阜城の家宰として惰眠を貪っていただけだと激しく弾劾した。

が、光秀はもう一つの意外な出来事を、人づてに聞いて知っている……。

かつての尾張時代、林秀貞と通具《みちとも》の兄弟がまだ信勝擁立派で、那古野《なごや》城の城代を務めていた頃の話だ。この那古野城に、突如として信長が現れたことがある。供は、信秀の四男である信時《のぶとき》たった一人だけだった。

これを好機と見た通具は、兄の秀貞に信長の謀殺を強硬に提案した。が、さすがに秀貞は、

「三代にわたりご恩を受けた主君を弑《しい》し奉るは、あまりにも憚りあり」

と言って、頑として首を縦に振らなかったという話だ。

つまり秀貞は、信長にとってかつての命の恩人でもある。

その恩は、いったいどこに行ってしまったのか。あまりにも月日が経って、消えてなくなったのか。

ならば、この謀反のことも同様に帳消しにすべきではないかと、光秀は思わざるを得ない。

織田家から追放された秀貞は、この信長の過酷な処置がよほど老体に応《こた》えたのか、わずか二か月後の十月十五日に死去する。

さらに信長の粛清は、堰《せき》を切ったように続いた。

秀貞とほぼ同時に、美濃三人衆の一人である安藤守就親子と、三番家老の丹羽とは別系列の一色丹羽氏である尾張からの家臣・丹羽氏勝《うじかつ》も、織田家から追放の憂き目を見る。

この二人に至っては、もはや確たる理由らしいものはなく、ただの言いがかりとしか思えぬような昨今の不手際や、過去の嫌疑を元に、信長は追放の処分を下していた。

事ここに至っては、さすがに光秀も、当初の佐久間信盛の時に感じた信長への認識を改めざるを得ない。

追放された四人に共通するのは、もはや織田家にとっては大禄《たいろく》を食《は》むだけで、その大禄のわりには役に立たなくなった人材だという現実だった。故に信長は、もう用済みとして次々と放り出した。

当然、この一連の粛清には、家中の諸将も一様に戦慄《せんりつ》した。明日は我が身かも知れぬと、皆が皆、首を竦《すく》めるようにして恐れ戦《おのの》いた。

むろん、光秀も例外ではない。が、しばらくあれこれと思案した結果、自分だけは当分は、信長の不要人材には当たらないだろうと予想した。

信長が今、家中で最もその才幹を買っている者が光秀なのは、あの折檻状を見ても明らかだった。直截《ちょくせつ》な性格の信長は、こういった場合、最もその働きを気に入っている者の名前を最初に出す。その点、羽柴や柴田の活躍よりもまず、光秀の名を第一に出して、その働きぶりを「天下に面目を施した」とまで激賞していた。

だから、自分がすぐ不要になる事はないと感じつつも、一面ではやはり先々に対して拭《ぬぐ》えぬ不安も残った。そして、この不安は、織田家に仕えている限り続くだろうとも感じた。

佐久間信盛は信長が激しく叱責した通り、この追放の瞬間まで、織田家では最大規模の兵団を統括していた。それが司令官の追放により、兵団は解体された。

この兵団の解体が、結果として光秀の立場に、さらに栄華をもたらした。

丹後を拝領した細川藤孝は、嫡男が光秀の娘婿ということもあり、以前から明智軍の与力という扱いを受けていたが、この丹波と丹後の統一を機に、正式に光秀の与力となった。

さらには今まで佐久間の与力であった大和の筒井順慶、光秀の四女の娘婿で北近江西部の津田信澄、摂津の高山右近や再び織田家に付いた中川清秀、そして河内、山城の諸将など、畿内の織田家系列の大名すべてが、光秀の与力として明智兵団の指揮下に再編されることとなった。

光秀自身とこれら与力すべての所領を併せると、およそ二百四十万石になり、ここに織田家中でも最大の兵団――畿内方面軍が出現した。

光秀は、それまでで最も晴れやかな栄光の時を迎えた。

4

なお、この時より約一年後の天正九年七月後半、佐久間信盛は、大和の最南部にある十津川《とつかわ》で、失意のうちに没した。

おそらくは誰も気づいていない――。

一連の追放劇を終え、しばらく経ってから信長はそう確信した。

家中の部将たちのほとんどは、佐久間信盛が失墜した理由は、折檻状の額面通りだと思っている。それは、柴田や丹羽、滝川といった家老級とて例外ではない。

事実そうだ。あの折檻状の内容が、佐久間を追放した最大の理由だ。

しかし、彼ら三人より聡い光秀と秀吉の二人だけは、さらに折檻状の理由の他に、本願寺の焼失を挙げるかもしれない。あの一大城郭を手に入れられなかったのは、今後の構想を考えればかなりの痛手だった。確かに、それもある。

けれど、あの聡い二人でさえ、さらにもう一つ理由があることには、よもや気が付いていないだろう。

そもそもは、嫡男の信忠だ。

既に信忠には織田家の家督を譲り、美濃と尾張の二国と岐阜城を与えている。その信忠の軍事面での後見役としてずっと付き添ってきたのが佐久間信盛であり、家政の面で信忠を看《み》てきたのが林秀貞だった。

そして尾張に広大な領土を持つ佐久間は、地生えの一色丹羽氏の氏勝と濃厚に繋がっており、美濃の国政を切り盛りしている林は、西美濃の雄である安藤守就と関係が深い。

信忠という神輿《みこし》に問題はない。むしろ家臣が担ぐには、温厚で、ほどよい判断力もある良い神輿に育っている。

二代目は、それで良い。おれのような過激な神輿は要らない。

問題は、その担ぎ手だ。佐久間と林だ。

佐久間は、事あるごとにこのおれに不遜な態度で口答えをしてきた。そのわりには、今後もさらに怠業していくであろうことは、本願寺の一連の不始末を見ても明らかだった。

林も、過去に二回自分を裏切っている。二度裏切った奴は、いくら老いぼれていようが、三度目も濃厚にありうる。むろん軍事能力は皆無だが、その林に、西美濃の雄であり、軍事にも優れた安藤親子が結託すれば、自ずと話は別になる。

安藤守就も、かつては主君である斎藤龍興を騙《だま》して、一時期は金華山《きんかざん》城（稲葉山《いなばやま》城）を乗っ取った履歴の持ち主だ。その金華山城を元手に斎藤氏からの鞍替えを持ち掛けてきた時から、信長とはそもそもの折り合いが良くなかった。

そう考えれば、彼ら四人は、考えようによっては危険極まりない神輿の担ぎ手だ。徳川家の岡崎派が娘婿である信康を担ぎ上げたように、もし彼らが信忠を焚《た》き付けて担ぎ上げたとする。信長は、その本貫である尾張と美濃の百万石以上を敵に回すことになる。

既に織田家は他に五百万石ほどの勢力を持つとは言え、元々は他家の占領地だ。今の膨大な家臣団も、所詮は滅んだ家の家臣や被官だった者たちで、彼らも風向きによってはどう動くか知れたものではない。挙句、織田家は二つに割れ、昔の三好家や細川京兆《けいちょう》家がそうであったように、空中分解するかもしれない。

だから、事前にその危険の芽を摘んでおく必要もあり、一連の追放劇を仕組んだ。

これで信忠が、第二の信康になる可能性はなくなった。

それにしても、と信長は改めて感慨に耽《ふけ》る。

やはり蟻の法則は、人にも当てはまる――。

当初は、あれだけ兵の質に開きのあった明智軍と羽柴軍の差が、ほとんどなくなってきている。

羽柴軍は播磨、但馬を織田家の勢力下に加えた今、因幡の攻略へと取り掛かり、光秀より大きな領土を確保しつつある。

そして蟻の法則に関しては、もうひとつ先々への懸念がある。

天正元（一五七三）年の時点で、織田家の重だった部将は八人いた。まず松永が裏切り、七人に減った。

つい数年前に、ようやくそれと気づいた。それでも働き蟻ばかりが、まだ七匹もいる。これでは終わらない。再び落ちる者が出る。その様子を、ずっと観察していた。

やはり出た。二年前に荒木村重が裏切った。これもまた、松永同様に滅んだ。武官の重臣は六人に減った。そして今回、佐久間信盛のあまりの不甲斐なさに、信長自らが首を切ってやった。織田家から追放した。

それでも、まだ五人が残っている。働き蟻ばかりを集めても、やがては二・六・二――つまり、一・三・一の割合になる。五人に一人は駄目蟻が出る。

あの法則がこのまま通用するのなら、あと一人は、自ら落ちていく者か、あるいはこのおれを裏切る者が、いずれ現れるはずだ。

しかしそれは、いったい誰だ。

柴田、丹羽、滝川、羽柴、明智……いずれの顔を思い浮かべても、このおれを裏切りそうもない面々ばかりだ。

柴田、丹羽は譜代の家臣だから、自ら進んでその出自である織田家を裏切りようもない。秀吉は子無しで信長の四男を喜んで養子にしているぐらいだから、これまた裏切るはずもない。

光秀……あの男は確かに才幹には恵まれているが、あまりにも謹厳実直、かつ小心に過ぎる。このおれを裏切って、自立できるような性質では到底ない。

だからこそ、最も重要な畿内の軍団を安心して任せている。

……滝川か。しかし、やはりぴんと来ない。あの男は典型的な武官で、そのような政治的な下拵《したごしら》えを必要とする謀略には向かない。やはり、裏切る奴は思いつかない。

では、自らその能力を落として、今の地位に誰かが居られなくなるのか……。

この五人のうち、今も以前からも、最もその軍事能力が劣るのは、丹羽長秀だ。

しかし、確信はない。

現に、松永や荒木や佐久間といった丹羽より明らかに能力のあった者が、先に落ちていった。これればかりは、その時が来るまで分からない。

5

天正九（一五八一）年の一月二十三日、明智光秀は京で行う馬揃えの準備を信長から命じられた。

「惟任よ。我が軍の威容を、日ノ本すべての者に見せつけてやるのだ」

観兵式のことである。

各地に散らばっている兵団のほぼ全軍を京に集めて軍事示威行進を行い、織田家にまだ恭順の意を示さない大名に、天下統一はもはや時間の問題であるということを知らしめる。朝廷にも圧倒的軍事力を見せつけ、暗黙裡《り》に威嚇することも目的としていた。

光秀は、近畿管領《かんれい》としてこれらの下準備に追われながらも思う。

やはりおれは、この主君に相当気に入られている。武官、文官としての両面で大いに信を置かれている。

でなければ、これほど大掛かりな観兵式を自分に仕切らせるはずがない。

最近になって、ようやく気づいたことがある。

信長に仕えるようになってから十三年、この主君が一見、粗暴で攻撃的な性格であるという印象は一貫して変わらないが、その実、それらの外面的特徴を形作っているのは、内面にある細心なほどの自己保存の感覚である。森の中で危険をすぐに察知する小動物さながらだ。

その防衛本能で、様々な事象や身の回りに起こる現象を、常に用心深く捉え尽くしている。

それを裏付ける証拠もある。例えば、明智軍を除いて、この京から最も近い地に大兵団を擁する司令官と言えば、北陸方面軍を指揮する柴田勝家だ。

が、今では織田家の筆頭家老になった勝家の旗下にさえ、信長直臣の佐々成政、前田利家、不破光治の府中三人衆を、目付け役としてがっちりと配置している。

また、これら三人の他にも、勝家の配下には、信長から目をかけられている家臣も配属されている。

おそらく信長は、勝家への監視の目を常に光らせている。話に聞く二十五年も前の稲生の戦いで、勝家が反旗を翻したことを、今も忘れていない……。羽柴や滝川といった司令官が指揮する他の方面軍でも、それは同様だ。常に、その司令官の近侍役や一手の将として、自らの直臣を配置している。

反面、光秀が率いる近畿方面軍に関しては、信長は一向に警戒している気配もない。光秀の兵団には、信長から派遣された直臣の目付け役は一人もいない。さらには旗下の部将の中にも、信長の直臣はほぼ皆無である。

桔梗紋の兵団は、その過半を占める美濃衆、西近江衆、かつての幕臣衆、そして一年前に新たに加わった丹波衆ですべてが占められている。他の方面軍とは違い、野放図なまでに兵団編制を光秀に任せきっている。

やはり、相当に信用されている。

以前にもふと思ったことだが、もしこのおれが近畿を軍事的に掌握しようと決断さえすれば、そんなに難しいことではなかろう……。

ともかくも二月二十八日、光秀の尽力もあり、織田家の馬揃えは盛大につつがなく行われた。

その後の年内いっぱい、光秀は新しく与えられた丹波の領国経営にほぼ専念する。

六月二日、光秀は福知山城にて、十八か条からなる明智兵団の軍規を定めた。

明智家法である。

先鋒部隊や協調部隊の行動規矩、軍中の連絡手順、軍役や兵糧米の支給基準、あるいはそれに違反した者への罰則などを、事細かに記した。

これらの軍法は、彼が所属している織田家にはそもそもなかったものである。というより、信長の存在そのものが法であった。織田家では、すべてこの主君一人の判断や気分で、簡単に家臣の首が飛んだり降格したりした。が、自分の身に照らし合わせても、これでは家臣たちも前途を思うとやりきれない場合が多く、かつ心労も甚だしかろうと思い、事細かに信賞必罰の明確な基準を設けたのだ。と同時に光秀は、信長への恩義も感じている。

特にあの天王寺砦の折は、信長がその身を懸け物にして救い出してくれなかったら、我が命は既になかったであろう。主君であると同時に、命の恩人でもある。

だから光秀は、家法の末尾にこう記した。

「我は、石ころの如く沈淪《ちんりん》したものから召し出され、莫大な兵と封土を与えられた。一族家臣は子々孫々に至るまで、信長様への御奉公を忘れてはならない」

さらに、昨年の一連の追放劇を思い出し、

「武勇無功の輩《やから》は、国家の費えである。しかるに粉骨砕身に忠節を尽くせ」

と付け足した。

そう明示してみて、一人でごく微かな苦笑いを洩らした。

なにやら、自分に対して懸命に言い聞かせているような気がしないでもない。

しかし、何故に自分がそう思うのかは、よく分からない……。

ともかくも、内政であった。光秀は丹波の民政に腐心した。

信長は、個別の対人関係には苛烈だが、その領国経営に関しては、一貫して民に優しい男であった。年貢の率もごく穏当で、治安の維持にも気を遣う。領国を豊かにするために、関銭や座の特権を廃止した楽市楽座を行い、豪商と提携して田畑を開拓し、道や橋梁の普請も盛んに行った。

光秀も、その先例を真似た。たびたび氾濫《はんらん》する福知山の由良《ゆら》川に大規模な治水工事を施し、検地を徹底する代わりに、地子《じし》銭《せん》の免除や年貢の率を低く抑えたりと、その基本政策は、商人や百姓の暮らしを豊かにすることを常に主眼に置いた。

光秀は、幕臣のある時期、極端な貧窮の中にあった。そのせいもあり、下々の生活の苦労は、充分に分かっているつもりだった。だから、百姓の隠し田が出てきた時も、

仏の嘘をば方便といい、武士の嘘をば武略という
これをみれば、土民百姓(の嘘)はかわゆきもの也

と光秀は臣下に諭し、あまり厳罰を下さぬよう命じた。

明けて天正十年の、一月のことである。

一見、依然として堅固に見えていた武田勝頼の領国に、綻《ほころ》びが出来た。美濃と接する信濃の木曾谷にいる豪族・木曾義昌《よしまさ》が、盟主と仰いでいた武田家から織田家に寝返ったのだ。

義昌は、信長に対して弟を人質として差し出し、二月一日には武田勝頼に対して明確な反旗を翻した。

その急報を受けた時、たまたま光秀は信長の許にいた。

信長は、核心を突いた問いかけをする時は、常に光秀を通称で呼ぶ。この時もそうだった。

「十兵衛よ、そろそろ、潮時か」

はっ、と光秀も同意を示した。「まさしく捥《も》ぐには、然るべき折かと存じます」

「何故そう思う。存念を述べよ」

少し考え、光秀は口を開いた。

「七年前の長篠での大敗より、武田家の綻びは徐々に始まり申しておりました。また、勝頼殿は信玄殿のように内政に配慮をなさらず、いたずらに外征を続けるのみにてございます。その戦費調達の重税に、甲斐と信濃の領国は疲弊し切っておりまする。民を疲弊させる盟主は当然、それら領民の上に基盤を持つ家臣や被官から反感を買いまする。おそらくはこの七年の月日のうちに、武田家の人心は、既に勝頼殿から離れておりまする」

信長は無言でうなずいた。そして顎を微かに動かし、光秀の更なる意見を促した。

「さらには昨年、徳川殿に囲まれた高天神城を救援に赴かれず、結果として家臣の岡《おか》部《べ》元信《もとのぶ》を見殺しになさいました。これにて被官たちの不信は極まり、もはや晩秋の柿の如く、熟れに熟れております」さらに一呼吸を置き、「であればこそ、武田という熟れ柿を木曾の亀裂からひと突きすれば、表皮は自然に大きくめくれ、その中身はすぐに地べたへと堕《お》ちるでありましょう」

と締めくくった。

ややえぐみのある表現を使ったのは、光秀は為政者としての勝頼が、どうにも好きになれなかったからだ。

「さもあろう」信長は満足そうにうなずき、光秀の気持ちを代弁するように言った。

「民を疲弊させる者は、必ずや滅びる」

　それから二日後には織田軍の先鋒部隊が岐阜城を発し、二月六日には、木曾口と伊《い》那《な》口の二方面から信濃に討ち入った。織田信忠と軍監として付けられた滝川一益が率いる三万の本隊も、その後を追うようにして武田領へと侵攻した。

　信長の動員命令は、甲斐と信濃を取り巻く織田系列の部将や同盟国にも及んだ。飛騨《ひだ》からは金森長近らの軍が、駿河からは徳川軍が、相模《さがみ》からは北条氏直《うじなお》の軍勢が、ほぼ時を同じくして武田領へと侵入した。その総数は、信忠軍も合わせれば十万に及んだ。

　織田本軍が進む先々で、信濃の武田勢は組織だった抗戦も出来ずに次々と降伏するか、あるいは逃亡していった。織田軍は、さながら無人の野を進むようであった。

　信濃を制圧した織田軍は、武田氏の本貫である甲斐に向けて、ただひたすらに東進した。その勢いに押し出されるかのように、勝頼率いる武田軍は甲斐の本拠である新府城をも捨て、自らに従う兵を急速に減らしながら、東へ東へと逃亡した。

　甲斐でも、勝頼を見限る部将が続出した。

　武田家は、勝手に自壊しているようなものだった。

　勝頼は進退窮まった挙句、北にある武田家ゆかりの天目山栖雲寺《てんもくざんせいうんじ》を目指した。既に従う兵は、わずかに四十三人でしかなかったという。その途中で織田軍の滝川一益率いる四千の軍に遭遇し、数少ない武田勢は奮戦の末に玉砕。勝頼は正室と嫡男と共に、自害して果てた。

三月十一日、清和源氏の新羅《しんら》三郎《さぶろう》義光《よしみつ》以来である格式と威勢を誇った甲斐武田氏宗家は、滅亡した。

この時、織田信長が自ら率いる軍は、まだ美濃の岩村城におり、信濃にさえ入っていなかった。その旗下には、光秀もいた。付き従う他の武将は、光秀の与力である細川藤孝や筒井順慶、高山右近らの畿内部将や、丹羽長秀らであった。

「此度の討ち入りは、わし自らが先陣を切らずともよかろう」

とは、出陣前に信長の言った言葉だったが、まさしくその通りになった。

つまり、そこまで武田家の弱体化を予見していた。この見切りの良さよ、と光秀も感心する。

信長は、武田氏が滅びた後でようやく信濃路へと入り、十四日に伊那郡の根羽《ねば》で、息子の信忠から送られてきた勝頼親子の首を検分する。

そこでようやく、信長の顔から笑みが漏れた。

実検のあと、不意に光秀に聞いてきた。

「此度は、内蔵助《くらのすけ》を連れて来ておらぬな」

明智家の侍大将、斎藤利三の通称である。悪い感じの聞きようではなかったし、少なくともこの時の信長は上機嫌だったが、この問いかけに、光秀はやや緊張した。言葉少なに答えた。

「現在は八上城にて、内政に腐心しております」

信長は、軽く顎を上げた。

「左様か」

「はっ。四国の件につきましても、また同様」

「ふむ」

信長は軽くうなずき、それっきり話題を変えた。

光秀は内心、ほっと胸を撫で下ろした。

というのも、明智家の筆頭家老でもある利三については、過日に、この主君とは結構ないざこざがあったからだ。

そもそも利三は、西美濃三人衆の一人である稲葉一鉄《いってつ》（良通《よしみち》）の重臣で、美濃の曽《そ》根《ね》城主であった。さらには一鉄の娘を嫁にもらっているから、岳父と婿の関係でもあった。

一鉄は、かなりの頑固者であった。

利三も織田家では随一とも評される剛勇の者で、信長お気に入りの蒲生《がもう》氏郷《うじさと》から請われて、その刀槍《とうそう》の手ほどきを付けてやったほどの戦上手でもある。

この利三が、舅《しゅうと》でもある一鉄の頑固さ、我の強さ、老人特有の融通の利かなさに辟易しているという噂は、光秀は以前から聞いていた。

案の定、元亀元（一五七〇）年に、この主君と利三が大喧嘩を起こし、利三は前々から昵懇《じっこん》であった光秀を頼ってきた。

むろん光秀に異存はなかった。それどころか、利三を諸手を挙げて招聘した。

それまで光秀が厳選して採用していた家臣たちには、勇もあり、実もある。さらには家老である明智秀満の物事を見通す怜悧《れいり》さや、溝尾庄兵衛の実務の篤実さにも満足を覚えている。

ただひとつ、統率していく重臣たちに、利三のようなからりとした磊落《らいらく》さがない。さらに利三には、その言動に、剛の者に特有な独特の滑稽味もある。率いる兵たちから愛着を持たれ、軍を意のままに統率する者には、いずれも必須《ひっす》な要素だ。

案の定、利三に軍の采配を取らせるようになってから、明智兵団はさらに合戦前に気負うようになり、一段と精強さを増した。光秀は利三を重用し、明智秀満と並んで明智家の筆頭家老とした。

ところが一鉄は、いったんは手放した利三という人材が惜しくなった。信長に、たびたび光秀から利三を返して欲しいと訴えるようになった。

信長もこの老人のあまりのくどさに、しまいには面倒くさくなったようだ。光秀を呼び、利三を返してやるように命じた。しかし、利三は光秀の許を離れるのを嫌がった。それを知った光秀は、その後の信長の数度にわたる差し戻し命令を拒み続けた。

信長という絶対権者の君臨する織田家では、たとえ譜代の重臣である柴田や丹羽も、いつ何時その機嫌を損じ、放逐されはしまいかと恐れて、どんな命令にも唯々諾々と従っている。

特に近年の織田家では、その傾向が甚だしい。

そんな家風の中で、光秀のこの差し戻し拒絶の態度は、最悪は自滅の道をも覚悟せざるを得ない越権行為と言ってもいい。

果たして信長も、しまいには怒り狂った。

「日州、おのれはっ」

と喚きながら、光秀を打擲《ちょうちゃく》し、足蹴《あしげ》にした。

光秀はその暴力に耐え続けながらも、やはりこの命令だけは頑として拒んだ。そして陣屋に戻り、不安の中にあった利三に、

「内蔵助よ、そこもとは今では兄弟も同然。その気持ちを裏切るような真似は、死んでも致さぬ」

と、部下に対する優しさと気遣いの裏返しである、矜持の言葉を伝えた。

利三は感動し、男泣きに泣いた。武辺だけではなく、外交や内政の面でもさらに光

秀に忠義を尽くすようになった。

例えば、信長は近年まで土佐《とさ》の長宗我部《ちょうそかべ》元親《もとちか》に対し、

「四国のことは、そのほうの切り取り次第」

という、お墨付きを与えていたが、いよいよ織田家の天下統一が具体的な段階に来ると、その前言を翻し、ほぼ四国全土を制圧しかけていた元親に対して、

「土佐と阿波《あわ》南部の領有は差し許す。が、他の占領地は返還し、織田家に臣従せよ」

と、理不尽そのものの朱印状を元親宛てに出した。

が、そもそも四国の切り取り次第は信長が認めた事でもあり、かつ、その征服した他国領は元親が独力で切り取ったもので、信長の援助は一切受けていない。

当然のように元親は、

「織田家に指図を受けるいわれはない。かの信長は、何をのぼせあがっているのか」

と激怒して、その命令をはねつけた。

ここで、利三が重要な役割を果たした。

斎藤利三の家系は美濃でも名流であり、ずいぶんと昔に実母が、足利義輝の外様詰衆であった石谷光政《いしがいみつまさ》と再婚していた。その折に石谷家に婿養子として入ったのが、利三の実兄だった。名を石谷頼辰《よりとき》といい、この男も今では明智家の重臣である。

さらには利三と石谷頼辰の妹が、長宗我部元親の正室として嫁いでいた。

つまり、斎藤家と石谷家は、長宗我部家とは姻戚《いんせき》関係になっていた。

その関係で、彼らの主君である光秀は、ごく自然に昔から四国と織田家の取次ぎ役（交渉役）を担ってきた。

斎藤利三と石谷頼辰の兄弟は現在も、時にわざわざ土佐にまで出向き、粘り強く長宗我部元親の説得を続けている。

現に、つい前々月の一月十一日付書状で、利三と頼辰の兄弟は元親に宛て、
「織田家の要求に従うのが、結果として長宗我部家のためにもなりまする。我が殿（光秀）も懸命に努力されておられる。ここはひとつ、何卒《なにとぞ》我慢でござる」

との書面も送っていた。

その事で、信長が不意に利三の名前を出したのかと光秀は感じた。

その後、信長は三月二十日に諏訪へと入って、織田家新付の二人の部将に会った。
木曾義昌には木曾領の安堵と、筑摩《ちくま》と安曇《あずみ》の信濃二郡を新たに与え、穴山梅雪《あなやまばいせつ》には甲斐南部の旧領を安堵した。

武田家との勝敗は決したとは言え、甲斐では信忠軍の掃討戦がまだ続いている。

それでも信長は、諏訪に腰を下ろし続けたまま、二十三日からは、今度は織田家の部将に対する論功行賞を行った。

佐久間の失脚後、三番家老に昇格した滝川一益には、上野《こうずけ》一国と信濃の小県《ちいさがた》、佐久《さく》の二郡を与え、関東八か国を警護統括するように命じた。三百万石ほどの勢力圏を持つ関東の雄、北条氏が織田家に恭順の態度を示しかけている今、実質的には関東管領への任命に等しい。

さらに滝川は、奥州の過半である陸奥《むつ》と出羽二国の取次ぎ役も新たに命じられた。

光秀は、それを脇で聞いていて思った。

これで一益は、織田家の方面軍司令官の中では、最も広大な地域を担当する師団長となった。その担当地域をすべて含めれば、どう少なく見積もっても六、七百万石はあろう。

光秀の思いは、さらに他の方面軍の司令官へと向かう。

織田家の筆頭家老に就任した北陸方面軍の柴田勝家は、既に越前と加賀を平定し、さらに飛驒一国と、能登と越中の半ばを管理下に置き、現在も東の上杉家と交戦中である。そして、謙信亡き後の上杉軍は、戦い方に精彩を欠いてしまっている。

やがて勝家は、越前から加賀、能登、飛驒、越中、そして越後の北陸全体の六か国をその手中に収めるだろう。すると、その支配下の封土は、四百万石は下らない。

次に、中国方面軍の秀吉である。既に播磨と但馬、因幡、淡路《あわじ》の四か国を平定し、備前と美作を領する宇喜多家も、その旗下に組み入れている。実質的には既に六か国を押さえている。

さらには備中を挟んで睨《にら》み合っている西の毛利氏を下せば――織田家の膨大な武力を後ろ盾に、おそらく早晩そうなるだろうが――中国一円の諸国を支配下に置くことになる。これまた四百万石は軽く超えてくる。

二番家老丹羽長秀は、既に信長の組織構想からは一段落ち、各方面軍を補佐する遊撃軍としての地位しか与えられていない。

となると、現在四人いる方面軍の司令官の中では、このおれが、その領国と統括する地域は最も小さな方面軍となる。

が、まあいい。この国の中心部を任せられているのは、我が明智家だ。四国の取次ぎ役も依然として自分が担当している。だから、領土の面でも、ゆくゆくは四国を管轄することで巻き返せばいい。

光秀がそう思案している間にも、信長の論功行賞は続いていく。

河尻秀隆《かわじりひでたか》には穴山領を除く甲斐一国を、森長可《ながよし》には高井《たかい》、水内《みのち》、更科《さらしな》、埴科《はにしな》の北信濃四郡を、対する南信濃の伊那郡は、毛利秀頼《ひでより》に与えられた。

最後に、昔からの同盟者である徳川家康には、その恩賞として駿河一国を与えた。

そこまでの論功行賞を行った後、信長はこの信濃と甲斐にも新たな国掟《くにおきて》を定めた。道や城の普請、関所の撤廃や座の廃止などで、さらには各部将に与えた所領の境目を明確に定めた。

　そこまでの仕置きが、三月三十日までに終わった。

　四月一日、信長はようやく甲斐国へと入った。

　武田氏歴代の本拠地であった甲斐府中の躑躅ヶ崎館《つつじがさきやかた》に向かって行軍している途中、台ヶ《だいが》原《はら》という場所で、この主君は、生まれて初めて富士山を見た。

「これが、そうか」

　緩やかな裾野を広げている日本一の山を眺めながら、感慨深そうに繰り返した。

「これが、富士であるか」

　実は、諏訪にて論功行賞を行っていた頃からしきりに口にしていた。

「わしは未だ、富士の山というものを見たことがない」

と、悠長にも物見遊山の話をしていた。

　光秀は改めて認識する。

　信長は、既にその頃から武田家の残党狩りなどまったく歯牙《しが》にもかけていなかったのだ。

　さらに遡れば、信玄亡き後の武田家など、たとえ勝頼が外的には威武を張っていたとしても、自分が率先して軍を率いるまでもないと感じていた。

それにしても、信長の富士へのこだわりようには、妙に執拗なものも感じた。

三日、甲斐府中に入った信長は、粗々ながらも甲斐の仕置きを終えた後、十日には駿河路へと南下した。今度は、駿河側からの表富士を眺めながらの復路であった。その途中途中で、駿河の新しい国主となった家康の手厚い接待を受けた。

光秀は思う。

家康は、これで駿河、遠江、三河の三国の太守になった。けれども、その全領土の石高は七十万石を少し出るくらいで、織田家の全版図とは、比べようもないくらいに小さい。さらには甲斐を河尻秀隆に与え、関東を滝川一益に統括させた今、これ以上その領土が広がる可能性もない。

おそらく、人々はこう思うだろう。

家康は、二十年にわたって信長の忠実な同盟者であり続けた。しかもほぼ同じ期間、東からの武田勢の圧迫に耐え続け、時には滅亡の危機に瀕《ひん》しながらも、織田家に節義を尽くしてきた。

その長年の恩賞が、わずかに駿河一国とはあまりにも少ないのではないかと。世間では信長の吝嗇《りんしょく》ぶりを不思議に思うだろう。

しかし、おれがこの主君でもそうする——。

そんなことを時に思案しながら、駿河の由比《ゆい》ヶ《が》浜《はま》という場所まで来た時だった。

海岸に立って、未だ富士を飽かずに眺めている信長に呼ばれた。

光秀は小姓の指示通り、すぐに信長の許に駆け付けた。

すると信長は、その周囲からすべての小姓を下がらせた。

波の打ち寄せる松林の前の砂浜で、信長と光秀は二人きりになった。

「見よ、十兵衛。あの富士を」

「はっ」

言われた通りに、北東に聳《そび》え立つ雄大な山容を眺めた。眺めつつも、内心では何故この風光明媚《めいび》な景色の中で、自分が十兵衛と呼ばれたのかを、多少訝しんでいた。

ややあって、信長は口を開いた。

「およそ武将として生まれて、この富士を我が物に出来ることほど、冥利《みょうり》なことはあるまい」

「はい……」

その真意を測りかねて言葉少なに反応すると、信長は初めて光秀のほうを見た。

「十兵衛よ、何故おぬしを、そしてそちの組下である藤孝や順慶、右近や瀬兵衛《せべえ》（中川清秀）を、さらには（蒲生）氏郷らを、此度の甲州征伐に同行させたか、分かるか」

「は――」

そう返事しつつも、さらに戸惑った。

光秀とその与力大名たちは、今回の甲州征伐では大兵団の最後尾を、信長に付き従って進んできただけだ。結果として単なる御供で、何の戦闘にも出ていないし、むろん武功もない……。

直後に、ある考えが閃《ひらめ》いた。

が、まさかと思う。

たぶん、おれの深読みだ。

思わず、目の前にある主君の顔をまじまじと見た。

けれど、まさか、そこまでやるのか——。

すると信長は、再び口を開いた。

「十兵衛よ、この帰路で、駿河から遠江、三河に至るまでの東海道の景色を、仔細に眺めよ。その山河や城、街道や町の様子などすべてを、しかとその目に焼き付けておくのだ」

そして、最後に言い切った。

「古来、この東海道を完全に制した者が、すべて天下の覇権を握っている。この街道の制圧なくして、天下の安泰は定まらぬ。分かるか」

「…………」

「分かるか。十兵衛」

そこまで念を押されて、ようやく光秀も反応できた。

「先々のこと、仕《つかまつ》りました」

少なくとも、この場ではそう答えるしかなかった。

信長は、無言でうなずいた。

光秀は信長の許を離れ、自分の陣屋に戻り始めた。戻りつつも、暗雲のようにどんよりと自分を覆ってくる重苦しい気分を、どうすることも出来ない。

しかし、それはむろん、家康に同情してのことではない。

信長と、光秀ら畿内の家臣の一行は、その後、駿河の中心部に位置する江尻《えじり》城に入り、さらに四月十四日、遠江の国境近くに位置する田中城へも泊まった。十六日には徳川家の本拠地である浜松城へと入城して連泊した。さらに三河の吉田城へと泊まり、十九日に尾張へと帰還した。

6

信長は、尾張の清洲《きよす》城へと帰還した翌朝、甲州遠征軍の編制を解いた。四月二十日のことである。

光秀ら畿内の部将たちは、それぞれの持ち場と城に戻っていった。

信長もむろん、本拠としている安土城へと戻り始めた。途中、大垣を経由しつつ、二十一日には安土城に着いた。その道々、二つほどの事案について、じっくりと考えることがあった。

ふむ——。

おれは、うっかり見逃していた。ようやく、分かった。

それに気づいたのは、あの諏訪での論功行賞でのことだ。

まず三月二十三日に、滝川一益に関東八か国の統括と、出羽と陸奥の取次ぎ役の任務を与えた。結果として滝川は、東日本の大部分の地域を担当する師団長となった。が、この滝川の配置はまず問題ない。あの男の本質は、主君の下知を忠実かつ確実に履行していく純然たる部将——軍人そのものだ。かつて自分を裏切った荒木村重や松永弾正のように、そもそもが独立独歩の志向を旺盛《おうせい》に持ち併せた武将ではない。生粋の軍人には自立の才能はない代わりに、戦での駆け引きや戦略を立てさせると、時に信長も驚くほどの軍事的な冴えを見せる。

だからこそ、尾張での創業期には、ほぼ同時期に仕えた秀吉よりも滝川のほうを重用し続けた。

しかし、織田家が美濃を併呑《へいどん》し、京に旗を立てた頃になると、その家臣にも、戦働きの能力の他に、他家との交渉力や調整力といった政治向きのことや、政略がらみの才幹が必要とされるようになった。その時期から、政略と戦略の二つの要素を使いこなせる藤吉郎——今の秀吉や、まだ織田家に仕えて間もない光秀が、家中で急速に存在感を増した。

けれど、残念なことに政略という感覚のない滝川には、日本の中央で活躍する舞台を与えることは出来なかった。だから、伊勢攻略の主務者とし続けた。

今度の関東管領への任命には、その意図もある。今の織田家の圧倒的武威を背景とすれば、特に政略など用いなくとも、関東の北条もふくめた諸氏は、草木がなびくように織田へ織田へと与《くみ》するだろう。その関東さえ併呑できれば、もはや奥州も問題ではない。

故に、滝川のことはいい。

問題は、徳川家康だ。

本来は、あの男に新規の領土など与えるべきではない。

与えたくなかったが、此度の甲州征伐では、他の部将との兼ね合い上、南方から甲斐を攻略した家康への報償には、せめて駿河一国だけでも与えないわけにはいかなかった。

けれど、あの三河者は危険だ。荒木や松永より、その個人としての政治力や、兵団の精強さははるかに上だ。さらにその性質は、彼ら滅んだ二人とは違って、おそろしく粘着質である。

いざとなれば息子を殺してでも自家を存続させようとする執拗さと、ひたすら織田家に恭順を示しつつも、やがては来るかも知れないその時をじっと待つ、ある種の驚くべき耐性がある。

あいつがこの二十年、織田家に与し続けたのは、それがあいつに都合が良かっただけの話だ。

おれとあいつの料簡が、たまたま添い寝し続けていた。そして、この戦国での大名同士の付き合いとは、いくらその時々で仲が良かろうとも、根本はそのように乾ききったものだ。

ようやく、分かった。

駄目な蟻は、今の柴田、明智、羽柴、滝川、丹羽の五部将から出るのではない。

信長が家康に駿河一国を与えた今、徳川家も織田家の同盟国から純然たる被官となった。つまり、今後の織田家の主要な部将は、これからは家康を含めた六人となる。

この六人から、先々で裏切る蟻が一人か二人、出るのだ。

そしてその一人は、間違いなく家康だ。

滝川が関東を完全に掌握するのは、今の状況では半年か一年後くらいになるだろう。さらにその後の一年以内には、畿内と中国から関東までを押さえた織田家に対して、奥州諸国もその旗下に次々と入る。

自己保存の感覚が、おれと同等か、それ以上に発達しているあの三河者の首領のことだ。

自領である駿河・遠江・三河の周囲をぐるりと織田の版図に囲まれれば、逃げ場がない。当然身の危険を感じる。家康の手にかかれば、基本的には軍人でしかない滝川を転がすのはさほど難しくないはずだ。やがては滝川を抱き込み、蜂起《ほうき》する可能性も濃厚に考えられる。

この駿河から三河までの東海道筋を押さえている家康が、ゆくゆく関東と奥州を併呑した滝川を引き込んで、もし織田家に反旗を翻したら、どうなるか。

この国は東と西に真っ二つに割れ、その昔、源氏に襲われた平家よりも深刻な事態になりかねない。奥州から三河までが、瞬く間に敵国になるからだ。

今後の状況によっては、あの家康が、滝川を引き込んで裏切り蟻になる可能性は非常に高い。

そして、六人中の二人が駄目蟻になり、他の四人が良き蟻として残る。

……いや、違う。

信長はまた、自分の考え方の間違いに気づく。

考えの順序も間違っている。なにも、滝川が引き込まれるまで待つ必要もない。既に現時点で、丹羽長秀は能力を落とした蟻になっている。だから、これは数に入れる必要がない。長秀自身も自分の能力の限界をわきまえている様子で、今の遊撃軍の地位のままでも、特に不満を持っていない様子だ。

そう考えれば、織田旗下の被官も含めた兵団の司令官は、北陸方面軍の柴田、近畿方面軍の明智、中国方面軍の羽柴、関東方面軍の滝川、そして東海道方面軍の徳川という五部将となる。

だから、裏切るのは家康一人だけだ。

家康という蟻が反旗を翻す前に、あの三河者の武門を実質的に無力化する。潰すか、京までやってくることなど想像も出来ない、はるかなる遠国へと追いやる。

奥州までの統一が成った暁に、国替えを命じる。

今の東海道に面する三国七十万石余を取り上げ、その代替地として北の最果ての地である陸奥と出羽北部の百万石程度を与えればいい。加増だと恩に着せて、この国の中原から追い払えばいい。

もし家康が国替えを断った場合は、それを口実に徳川家を滅ぼす。

家康の密かな野望を最も早くから見抜いていたのは、光秀であった。

この事実もまた、信長の今の考えを進める契機となった。だからこそ、甲州討伐に、光秀とその畿内の与力をわざわざ随行させた。来るべきその時のために、敵地の山河をよく視察させておくためである。

三河兵は、尾張兵より格段に強い。織田家の中で、その徳川軍の精強さに辛うじて匹敵しうるのは光秀の直属軍の一万三千だけだろう。しかもその兵団は現在、特に仕事もなく遊んでいる。天下の中央部を制してしまっている今後も、中国筋や北陸筋の援軍として使うぐらいしかない。

その光秀の与力も含めた六万ほどの軍勢を主力として、東からは北条氏に、北からは滝川軍に同時に攻めさせる。ちょうど今回、武田家を滅ぼしたようにだ。今後の憂いを徹底して無くすには、徳川家を遠国に追い払うより殲滅したほうがいい。そこを考えれば、むしろ家康が国替えを断ってくれたほうがいい。

そう考えれば、残った織田家の四人の司令官では、一・三・一と分離する五人には満たない。もはや、裏切り者も能力を低下させる者も出ない。

ともかくもこの国替えの件は、滝川率いる関東方面軍の奥州制覇が成った時点で、家康に突きつけてやる。

磨《す》り潰すといえば、土佐の長宗我部元親も同様だ。

そもそも、四国などは最初から長宗我部もろとも踏み潰してやるつもりだった。はるか以前に、

「四国は長宗我部の切り取り次第」

と答えたのも、遠交近攻の常套《じょうとう》手段で、いわば方便だ。元親も、まさか本気にはしていなかったはずだ。それも分かり切っていて、約束が違うと今になってごねている。

備前の宇喜多にしてもそうだ。三年前に秀吉が勝手な外交をやり、宇喜多を織田家に臣従させた。信長は、激怒した。

宇喜多家など、はなから磨り潰すつもりだったからだ。しかもあの直家は一度裏切っている。そんな奴を許すことなど、到底できない。

が、その頃から直家は死病に侵されていて、快復の見込みはないと聞いた。さらには織田家への臣従の証として、一人息子である嫡男の八郎《はちろう》を安土城へと送ってきた。

「なんと、涼やかな」

と周囲も思わず漏らしてしまうほどの美童であったが、それ以上に子柄も良かった。人にすぐ懐き、従順で、およそ他人を疑うということを知らない。人から愛され、大事にされて育ってきた子供に特有の、素直さと明るさだった。蒲生氏郷や森蘭丸《らんまる》に似ている。先々でも織田家の尖兵《せんぺい》として使える人間だと感じた。

だから、最終的に宇喜多家の臣従を許した。

けれど、家康は違うし、あの長宗我部も違う。独立心旺盛で、およそ煮ても焼いても食えぬ古狸どもだ。

光秀は、まだ自分が四国の取次ぎ役だと思っているらしく、長宗我部家とは姻戚関係の斎藤利三らを使って、しきりに元親の説得を続けている。

今までは、確かにそれで良かった。四国征伐が実現するまでは、あの元親の戦意をなるべく削《そ》いでおくに越したことはない。

だが、もう懐柔の時期は過ぎた。

信長は知っている。何故室町幕府が、ああも創業当時からその基盤が弱かったのか。

それは、他家の大名に領地を大盤振る舞いし過ぎたせいだ。

おれは、その轍《てつ》を踏まない。先々で少しでも危険そうな大名は徹底的に磨り潰して、今後の織田家の安泰を図る。それは今、抗戦している毛利や、一時的に同盟を結んでいる北条とて例外ではない。

ともかくも、四国だ。これもまた、信長が要求した土佐と阿波二郡への封じ込めを元親が了承しないほうがいい。

それを口実に、今こそ長宗我部を滅ぼし、四国全土を我が物にする。

それには、光秀が取次ぎ役では不適当だ。

今、秀吉に淡路一国を任せている。その秀吉か、あるいは今まで立身の面では不遇だった丹羽を、三男の信孝《のぶたか》の後見役として付け、四国征伐に乗り出す。

実際に信長は、五月の上旬になると、織田信孝を総大将とし、丹羽長秀を後見役とした四国遠征軍を組み始めた。

さらにその尖兵として、秀吉と昵懇の三好康長《やすなが》を四国へと送り込んだ。

そんな折のことだ。家康や長宗我部の件に比べればはるかに些細だが、考えようによっては信長にとって、かなり腹立たしい出来事が起こった。

美濃から稲葉一鉄が唐突にやってきて、信長に是が非でも訴え出たいことがあると言う。

あの頑固爺《じじい》がまた文句か愚痴を言いに来たか、と束の間うんざりしたが、それでもわざわざ美濃からやってきた老人を、すげなく追い返すことも出来ない。

仕方なく謁見を許して話を聞いてみると、こうであった。

稲葉家の有能な重臣である那波《なわ》和泉守《いずみのかみ》直治《なおはる》が、明智家に引き抜かれかかっているという。しかもその仲介者は、例の斎藤利三だった。

「あの明智めは、またしてもこんなことをしでかしております」一鉄は唾をさかんに飛ばしながら、信長に訴えた。「百歩譲って、以前の内蔵助のことは我慢すると致しましても、和泉守まで立て続けに引き抜かれては、稲葉家としても外聞が悪く、面目が立ち申しませぬ。この件、是非にも是非、差し戻しのほどお願い仕ります」

聞けば、なるほどこの頑固爺の言うことはもっともである。

一鉄が去った後、信長もまた、むらむらと腹が煮え返り始めた。

以前に、自分の差し戻し命令を拒否した光秀も光秀だが、その配下の利三も利三だ。

あやつの件では、過日にわしが光秀をあれだけ折檻したにもかかわらず、それでも那波直治をさらに稲葉家から引き抜こうなどとは、あの利三はいったいどういう了見をしているのか。

さらにはこの一件に関して、光秀からは事前の相談はおろか、一言の報告も来ていない。

二人とも、主君であるこのわしを、いったいなんだと思っているのか。もとはと言えば、その利三の城も領地も、那波直治を新規に召し抱える扶持《ふち》も、すべてはおれが光秀に与えた封土から出ているのではないか。

が、まあいい。

いずれこの件は、光秀と会った時にきっちりと詰めてやる。

そう考えていたが、結果としてその機会は、意外にも早く来ることになった。

家康が駿河一国を貰った礼に、この安土にやってくるという報《しら》せが届いたのだ。

むろんこの来訪は、過日に浜松城で信長が言った、

「武田の脅威も片付き、一息吐き申した。三河殿も、たまには京や堺などを見物されては如何か」

との、畿内への誘いを受けてのことでもあった。

家康の一行は五月十五日に、この安土城に着くという。信長は、すぐに決断した。十四日の朝には、たまたま安土に来ていた細川藤孝を通じて、坂本城にいる光秀に家康の饗応《きようおう》役を命じた。あの金柑頭は、家康の心底を見通している。適役だ。さらには、利三と那波直治の話もある。

光秀は、急な命令にもかかわらず、家康とその一行がいかにも珍しがるであろう珍物を京と堺から掻き集められるだけ集めて、十五日の陽が天中に達する前に、信長の許へと参上した。

信長は、その光秀の相変わらずの手際の良さと気配りに感じ入り、利三や那波の件は件としても、多少は機嫌を直した。

穴山梅雪を供に連れた徳川家の一行は、十五日の陽が傾き始めた頃に、安土城へと到着した。

信長は歓待した。光秀が取り寄せた茶器や南蛮渡来の珍物を、すべて家康と梅雪に与えた。

また、この日の夕方からの宴席の差配も、光秀の指示によるものだった。

京随一の料理人が、選《え》りすぐりの珍味や高級魚を素材に、腕を振るった。「おちつき膳《ぜん》」だ。一膳につき五、六皿の料理を盛り付け、それが初膳から五の膳まで続く。これら膳の終わりには、菓子類も五、六皿出る。三鳥五魚を主体とした三十二品からなる、豪勢極まりない献立であった。

当然、信長も宴席に主催者として出たが、信長自身は、美味珍味に別段の興味はない。

信長の関心は、その五つからなるそれぞれの膳に、家康が手を出す瞬間にあった。それと、家康の左右に居並んだ重臣たちが、傍らで刀を置いている位置だ。家康に話しかけながらも、さりげなく様子を観察する。

それぞれの膳に初めて箸《はし》を付ける時、家康の所作には、ほんの若干だが、躊躇いが見てとれたように感じた。また、家康の重臣たちが脇に置いている刀の位置も、通常のそれよりわずかに近い。

むろん、彼らの膳には、毒など一切盛っていない。

信長にはこの安土で家康一行を謀殺する気も、ましてや毒殺などの陰惨な手を使うつもりもさらさらない。それなのに、相手のこの微妙な態度だ。

うむ――。

宴席が終わった後、周囲の小姓を下がらせ、別室に光秀を呼んだ。

「惟任よ。ようやった」まずそう褒めて、改めて間を置き、問いかけた。「何か、気づいたことはあるか」

光秀は束の間迷った様子で、こう口を開いた。

「徳川殿の御一行は、多少緊張した面持ちのように思われました」

「どう、緊張していた」

「彼らにとりましては他家での宴席にてございます。万が一にも、不測の事態が出来した時のことを思われていたのでございましょう」

婉曲《えんきょく》な言い回しだが、あの三河者どもに関して、ほぼ自分と同じ印象を持っている。

そこで、次の指示を出した。

「夜食の宴席、それと明日朝の宴席には、わしは同席せぬ。おぬしがわしの代わりに、三河殿とその重臣を接待し、様子を仔細に見よ。このわしに成り代わって、しかと観察せよ」

翌十六日の夕刻からは、再び家康の一行と宴席を共にした。この日の夕膳はさらに豪華なものとなった。箸休めまで入れると、四十皿もの品から構成された献立だった。

それでも、三河者どもの食事をとる所作からは、最後までどこか硬さが取れなかった。その見え隠れする不信感——ここまでの饗応を用意した、このおれに対する侮辱に他ならない。

ようやく、この一行に対する認識を固めた。

この三河の田舎者どもが間を置かず安土に来たのは、信長の過日の誘いに仕方なく従ったまでだ。いつまで経っても封土を与えた礼に来ない、とおれに難癖をつけられるのを恐れたためだ。

つまり、おれが家康を密かに警戒している以上に、相手はこのおれを警戒し、恐れている。

その根本は、あわよくば、ゆくゆく織田家よりの自立を目指しているからに他ならない。駿河一国を与えてやり、被官同様になったというのに、だ。

そこまでを感じとった時、信長は改めて心を決めた。

やはり、徳川家は潰す。潰さざるを得ない。

問題は、それをいつ実行に移すかということだ。思っていた時期より、早いほうがいいかも知れない――徳川家との宴の最中に、ある方法を思いついた。

……ふむ。多少性急ではあるが、これならいけるかも知れない。

家康の一行が、この安土にあと四日ほど逗留《とうりゅう》した後、京と堺に向かう旨は、既に昨夜の話で聞いていた。

宴席の最後に、信長はさりげなく家康に尋ねた。

「三河殿は予定通り、京と堺を見物なされるのか」

「はい」言葉少なに、家康は答えた。「そうさせて頂くつもりでおりまする」

「されば、ここから京、そして堺までの案内役には、『竹』を付けて進ぜよう」

そう、信長お気に入りの小姓で、「竹」と呼んで可愛がっている長《は》谷《せ》川《がわ》秀一《ひでかず》の名前を出した。

はたして、家康はほっとしたような、次いで嬉しそうな笑みを漏らした。

「ああ、それはかたじけない次第です。長谷川殿なら、拙者も心強く存じます」

これで、相手はこの安土で殺されることはまずないと踏んだ。

「京には、いかほど滞在なさるおつもりか」

「まず、八日ほどを考えております」

「すると五月の末あたりから、堺へと参られるのか」

この答えは、一瞬遅れた。

「まずまず、そのようになるかと」

まず、が多い。やはり警戒している。

「では、堺の代官である松井友閑にも、その旨を通しておく。遠慮なく友閑めをお使いくだされ」

友閑は生粋の文官だ。荒事には到底向かない。もし信長がそんな相談を事前にすれば、あの小心な男は、それを必ず態度に出してしまう。秘事は露見する。

この男も、それを分かっている。

案の定、家康の笑みは再び深くなった。信長に向かって深々と頭を下げてきた。

「そこまでのご厚意、まことにかたじけなく存じまする」

その十六日の夜に、再び光秀を別室に呼んだ。

信長は自らの小姓の過半を隣室へと下がらせ、残りは引き戸の外に番として控えさせた。

この部屋にいるのは、おれと光秀の二人きりだ。

「わしのおらぬ間、かの三河殿の食事の様子は如何であった」

「はい——」

光秀は束の間考えた後、口を開いた。

「一貫して、そのご様子は変わりませぬ」

信長は少し苛立った。

「もそっと、はきと言え」

「……やはり、常に軽く構えておられるような気がいたしました」

ふむ、やはりそうか。あの三河者めが。

「惟任よ。おぬしには、折り入って三つ、四つほどの大事な話がある」信長は話し出した。「まずは、四国のことだ」

光秀の顔が、わずかに強張った。それでも信長は言葉を続けた。

「すまぬが、おぬしには長宗我部の取次ぎ役を降りてもらう」

そして、既に四国討伐の準備段階に入っていること、そして総大将には信孝を、後見役には丹羽長秀を据えることを説明した。

さらに光秀の表情が硬くなる。

「で、ですが内蔵助（斉藤利三）は、元親に土佐と阿波二郡に納まるよう、今も必死に説得を続けておりまする」

ちっ、利三。あの男――忌々しい。またしても苛立った。それに、こいつもだ。

「だから、もうその件は良いのだ」それでも光秀の立場を気遣い、優しく言葉をかけたつもりだった。「まずは、取次ぎ役を降りてもらう件、承諾してくれ」

「しかし、されば長宗我部家はどうなるのでございまするか」

「知れたこと。ここまで説得を続けても相手が納得せぬのなら、もはや討伐するまでじゃ」

光秀の表情はますます暗くなった。

「むしろ、それで良いのだ」つい信長は語気を強めた。「討伐すれば、わざわざ土佐と阿波二郡だけ残さずとも、四国は丸ごと織田家のものになるのだぞ」

「それは――」

そう言いかけ、光秀は絶句した。

長い沈黙だった。信長は、その沈黙に耐えた。

この場合、先に口を開いたほうが不利になる。負ける。やがて、光秀のほうから重い口を開いた。

「……それは、その通りにてござりまする」

「ならば、取次ぎ役の件は、良いな」

そう、念を押した。光秀は、無言でうなずいた。信長は繰り返した。

「良いな」

「よろしゅうございます」

よし――。

一つ目の問題が片付いた。次の件だ。

実は、この日の昼に、備中にいる秀吉から急使が来ていた。秀吉は今、宇喜多勢を含む三万の軍勢をもって、高松城を取り囲んでいる。

使者が持ってきた密書には、その高松城の救援に毛利軍四万が西から迫っており、至急に大幅な援軍を乞いたいと書かれていた。この内容は、まだ城内の誰にも言っていない。明日に知らしめる。

信長は、その密書を懐から取り出し、光秀の前に出した。

「筑前からの手紙じゃ。まずは、これを読め」

しばし一読し、光秀は顔を上げた。信長は言った。

「明日より、おぬしの饗応役を解く」

「されば、拙者がこの救援に？」

光秀はやや硬い声を上げた。信長はうなずきつつも、穏便に言葉を選んだ。

まだだ。まだこいつには、あと二つほど言うことがある。それまでは下手に事を荒立てたくない。こいつと秀吉が近年、激烈に武功を競い合っているのは知っている。

「三木城攻めのようなものじゃ。組下になるわけではない。あくまでも一時のものに過ぎぬ。それに、一万数千の軍をすぐに動かせる兵団は今、そちのところしかない」

事実であった。勝家は越後に、滝川は関東にかかり切っている。

すると光秀は、はたして愁眉《しゅうび》を開いた。

「では早速、坂本の兵を引き連れ、亀山に戻りまする」あとは、いつもの有能な部下に戻った。「明後日までには亀山にて軍容を整え、亀山から一路南下して三草山を越え、山陽道に出まする。さすれば今日より十日、いや、八日以内には備中に着きまする」

確かにそうだろう。この男なら、それくらいの早さの差配でも、おそらくは軽々と出来る。今月の二十四、五日には備中に到着するだろう。しかし、信長は言った。

「いや。それはまだよい」

「は？」

「備中の件は、そこまで急がずともよい。毛利はその家訓として、昔から受け身の戦いに徹する。救いを求められた戦しかせぬ。上月《こうづき》城然り、本願寺も然りじゃ。それに秀吉は、高松城攻城と防御のために、既に長大な堰堤《えんてい》を造りつつある」

さらに詳しく説明した。その水攻め用の堰堤は八日には着工して、急使によれば、備中を出た二日前の十四日には、もう半ばまで完成していたという。

さらに使者が言うには、毛利軍が高松城付近に到着するのは、どんなに早くとも今月の二十日は過ぎる。すると計算上、その堰堤はほぼ完成している。

「だから毛利は、今までより出方がさらに慎重になる。加えてその軍は四万とはいえ、ありったけの兵を掻き集めて来ている。後詰めはない。こちらの増援部隊がいつ派遣されるかも警戒するはずだ。だから、無謀な賭けには出ない。この状況ならば、秀吉は毛利軍が到着しても、二十日やそこらは持ち堪《こた》える」

光秀は、ますます訳が分からないという顔をしている。

「おぬしを、援軍には向かわせる」信長は念押しした。「が、備中に行ってもらう前に、ちと相談したきことがある」

「なんでございましょう」

「三河殿のことだ」

　すると光秀の顔がまた緊張した。構わずに信長は続けた。

「聞いておったはずだ。三河殿は、二十日より京に向かい、今月末からしばらくの間は、堺に滞在する」

　堺は、摂津と和泉の国境にある。

「ちょうどその頃、堺の周辺には四国討伐の我が軍が集結することになっておる。堺よりすぐ北の摂津大坂には信孝の軍が、すぐ南の和泉岸和田《きしわだ》には、五郎左（丹羽長秀）とぬしの娘婿の（津田）信澄の軍が集まり、それぞれが月末、四国に向けて同時に渡海する」

　光秀は黙って聞いている。さらに言葉を続ける。

「堺はむろん、その周辺の船は、すべて渡海のために借り切っている。三河殿は、海には出られぬ。堺より東の地を我が軍に塞《ふさ》がれれば、四方が開けている京と違って、逃れる術《すべ》はない」

　光秀の顔が極度に強張ってくる。

　ようやく、おれの言いたいことが分かりかけてきたようだ。

「そこで、おぬしに相談がある。信孝や五郎左では、この話を持ち掛けても、正直その器量に不安がある。万が一にも討ち洩らすやも知れぬ」

信長は束の間光秀を見つめて、問いかけた。

「そちなら、どうだ」さらに言葉を重ねた。「もしおぬしの軍が四国討伐の援軍という名目で堺に駆け付けたとして、我が軍の総勢は、三万近くにはなる。堺の周辺には蟻の這い出る隙もなくなる。おぬしであれば、その仕《し》置《おき》に間違いはないとわしは見ている」

「…………」

「堺での用は一日で終わる。それを済ませ、そちの兵団はすぐに備中へと向かう。信孝や五郎左らは、四国へと渡る。誰がやったかは、分からぬ」さらに矢継ぎ早に、その後の見通しを語った。「もし成功すれば、徳川家の世継ぎはまだ四つだ。すぐに家中は四分五裂する。織田家への報復どころではない。その領国へ、わしと信忠が討ち入る。家康がおらぬ三河、遠江、駿河など、すぐに片が付く。そう成った暁には、今の丹波と西近江、南山城と引き換えに、おぬしにはその三国を正式に与える」

この思い切った恩賞には、光秀もその表情をわずかに動かした。

「どうだ」

信長は再び問いかけ、相手を見た。

光秀は、事が事だけに、ずいぶんと長い間熟考していた。

しかし、再び上げた顔の表情は、相変わらず冴えなかった。

「かのお方と、その一行を討ち取るまでは、まず造作もありますまい」

さすがに光秀は、この点に関しては明瞭《めいりょう》に答えた。

「ですが、やはりその後が問題でございます」

「……どういうことだ」

「かのお方を今滅ぼしては、織田家は天下に信を失いまする。そうなれば、これまで付き従っている被官たちも、さらには恭順の意を示している北条や宇喜多なども、相当に動揺しましょう。特に北条は、残された徳川家臣団の後詰めに入り、反乱を起こすかもしれませぬ」

「北条など、なんのことがあろう」信長は吐き捨てるように言った。「過日の甲州征伐でも、なんら捗々しい戦果を上げておらぬ。腑抜《ふぬ》けどもの集まりよ。単なる独活《うど》の大木ではないか」

これも、事実であった。だから北条には、甲州征伐後に何の恩賞も与えなかった。

「されど、それでも徳川と北条の所領を併せれば、四百万石近くはございます。兵数にしてざっと九万から十万――」光秀は反論した。「これらの者が死ぬ気になって抗戦してきた場合、相当に厄介なことになりかねませぬ」

信長は、またしても苛立った。そもそも自分から持ち掛けた話にもかかわらず、家臣に反論されること自体が、非常に癇に障る質《たち》だった。

「だから、そうはならぬと言っておる。関東の北方には滝川の兵団もいる。甲斐には河尻もいる。北条と、当主を失った三河者どもがいくら結託しようとも、どうにもならぬと申しておろうがっ」

しまいには、つい声を荒らげた。

不意に扉の外から、ことり、と音がする。おそらくは見張りの小姓が自分の怒声に身構えた。

しかし、信長が語気荒く言い放ったにもかかわらず、光秀は氷のように冷静だった。

「ですが、備前の宇喜多はどうなりまするか。もしこの高松城攻城の最中に、宇喜多勢一万がそれと知れば、毛利家へと寝返るかも知れませぬ。さすれば敵は五万となり、こちらは拙者が駆け付けたとしても、三万ちょっとでござります。さらに毛利には、高松城の兵五千もおりまする。五万五千と三万では、彼我の差は明らか……慎重な毛利も、さすがに乾坤一擲《けんこんいってき》の勝負を仕掛けてくるのではありますまいか」

今度は、信長が言葉を失った。

「もうひとつ、重大な問題がございます。もしそうなった場合、上様と信忠様は三河と駿遠にて交戦中、さらに信孝様と丹羽殿も四国におられ、柴田殿も滝川殿もそれぞれが彼の地で対峙中。我らには毛利と同様、後詰めがありませぬ。さすれば羽柴殿とそれがしは、負けましょう。織田家は西方から崩れる危険もありまする」

「…………」

「恐れながら、今ではありませぬ。今は、徳川家を滅ぼす時期ではございませぬ」光秀の声音は、さらに静かになった。「今は織田家の徳と威武を示しつつ、四国と中国、そして関東を完全に切り靡《なび》かせた後、改めて徳川を倒すなら、そうすべきでございましょう」

……しばし考える。

あるいはそうかも知れぬ、と信長も一面では思った。そもそもこの謀殺の件自体、つい一刻ほど前に思いついたものだった。あるいは戦略上の穴があるかも知れぬ、とも危惧していた。だから光秀には命令ではなく、相談という形を取った。

そして、こうして光秀に指摘されてみれば、確かに穴らしきものはある。

しかし、それでも信長はやはり、なるべく早い時期に家康を始末してしまいたかった。

五人に一人は、裏切り蟻が必ず出る。そして、それは今の状況で考える限り、ほぼ間違いなく家康だからだ。だから、この三河の被官も含めた司令官級の部将を今の五人から、純粋な家臣だけの四人にまで早急に削っておきたかった。

四人なら、一・三・一の法則は通用しない。さすれば、もう裏切り者は出ない。怠ける者も出ようはずがない。けれど、それをこの目の前の男に説明することは出来ない。

光秀にその原理を説明すれば、自分もそのうちに信長から駄目蟻だと思われる時が来るかも知れぬと危惧する。

むろん先々を考えれば、その可能性は充分にある。信長に近侍する森蘭丸や長谷川秀一、堀秀政《ほりひでまさ》らの優秀な若手がさらに育ってくれば、少なくとも光秀の文官としての立場——京統治の役目を解任する時期は、むしろ数年後の現実として濃厚にありうる。光秀は、単なる武官と化す。元が幕臣の光秀には、かなり受け入れがたい現実だろう。

だからこそ先ほど、丹波と西近江、南山城と引き換えに、東海三国の封土を与えることを提案した。今の光秀の封土、四十万石弱から、七十万石余への大幅な加増である。おそらく光秀は内心、京へのこだわりとこの加増を秤《はかり》にかけた。そしていったんは、微かではあるが納得した。

しかしそれでも、この原理の本質的な問題は残る。

これからも有望な人材を次々と引き上げていくこの織田家では、さらに封土が拡大するにつれ、武官の重臣もまた五人以上に増える時が否応《いやおう》なしに来る。信長はその都度、駄目蟻になった者を落としていくしかない。その時に、この原理を知ってしまった光秀は、何を思うか。

だから、余計に言えない——。

「分かった」

そこまで考え終わった時、信長はようやく口を開いた。

「堺での件は、なかったこととする。そちも、聞かなかったこととせよ」

すると光秀は、明らかにほっとした表情を浮かべた。

こいつ——。

やはり自分が、謀殺の首謀者になりたくなかったのか。それが、断った本当の理由か。自分が世間に対して悪評を残したくなかっただけなのか。

ならば、このおれはどうなる。物心がついた時から、常に織田家を強く大きくしていくことしか念頭になかった。そのためにありとあらゆる犠牲を払ってきた。弟を謀殺し、叔父《おじ》を殺し、さらに伯父《おじ》を尾張から追放し、妹婿を攻め滅ぼし、果ては将軍とまで戦い、追放した。挙句には筆頭家老と岐阜城の家宰まで放逐した。織田家を生き残らせるために、可能な限りの策謀を弄してきた。結果として世間での——特にこの武士の世界でのおれの評判は、悪評塗れではないか。

事実、

「確かに強くはおわすが、あのような不徳の大将の下ではとても……」

と言って、織田家へ招聘される話が来ても、その出仕を尻込みする者が多数いることを、信長は風聞で知っている。

人間、誰しも出来れば良き人でいたいものだ。

このおれでも、時にそう思う。

しかし、この乱世をそんなやわな性根で渡っていこうとすること自体、光秀《こいつ》は有能だが、武士という「仕事」を舐めている。五十も半ばを過ぎているというのに、その渡世を甘く考えている。

くそ――。

一瞬、むかっ腹が立ちそうになったが、それでも相手が指摘した戦略上の欠陥には、確かに一理があった。それに、武門の棟梁と家臣の倫理観は、自ずと別なことも知っている。だから、その怒りは敢えて呑み込んだ。

「では、改めて下知を申し付ける。明日、饗応役を解く。兵団を備中へと向かわせよ。藤孝や順慶、右近ら、そちの与力にも西方に行くように命じる」

堺での隠密の用がなくなった以上、応援部隊はなにもこの男の兵団だけでなくともよい。むしろ、援軍は多ければ多いほどいいだろう。

「はっ」光秀は、今度は直ちに平伏した。「では早速に、明日から手配にかかりまする」

「だからそれは、ゆるりとでよい」

「は？」

「先ほどの通りじゃ。急がずともよい」

「し、しかし、万が一にも戦いが始まれば、備中では筑前殿が……」

このぅ。また腹が煮えそうになる。

それは、筑前の主であるおれが考えるべきことで、このわしから相談に与《あずか》らぬのなら、ただの家臣であるおまえが考えることではなかろうがっ。

そう怒鳴り散らしたい衝動を危ういところで留め、信長は答えた。

「仮にそうなっても、初手に毛利と戦うは、筑前めの兵ではない。宇喜多勢じゃ。他家の兵が互いに潰し合ってくれるぶんには、いくら擦り減ってくれても、わしは別に構わぬ」

これはまた、別の本音でもあった。

「……は」

光秀は、多少は戸惑いつつも、もう一度平伏した。

その付け髪をした薄い頭頂部を眺めながら、改めてやりきれなく思う。

――そう。この男にはもう一つ、気に入らない点がある。

自らの薄禿げをやたら気にしているわりには、このおれの家臣、つまりは使用人であるという意識が昔から希薄だ。その頭部に遣う気持ちの半分でも、おれの立場にも気を遣えと腹立たしく思う。家臣として気を遣っていないからこそ、あの斎藤利三と、それに付随する那波直治の問題にしても、また性懲りもなく起こって来るのだ。

そしてこれから、あの二人に関しての処分の話をする。

その命じる内容を考えれば、明智軍はすぐには動けなくなる。兵団の、多少の編制替えを必要とする。だから、

「ゆるりとでよい。急がずともよい」

と答えたのだ。

さらには、この話は二人しかいないこの場ではなく、これより謁見の間に戻ってから、切り出すしかない。

織田家の人の配置の決定権は、いったい誰が握っているのか。より正確に言えば、織田家の持ち主は誰であるのかを、いま一度、家臣の居並ぶ前ではっきりと知らしめておく必要がある。

人員配置の上意下達が緩まったままなら、これより先でさらに大所帯になるであろう織田家は、いつの日かまとまりがつかなくなる。皆が皆、てんで勝手に有能な人材

の引き抜き合戦をやり始める。

結果、ただでさえ出世競争の激しい部将間の関係は、さらに険悪になり、最悪の場合、彼らの間で争い事が生じる。織田家は、その内部から収拾がつかなくなる危険性がある。ちょうど、あの三好家や、かつての細川京兆家がそうであったようにだ。

それを事前に防ぐ手を、今ここで毅然《きぜん》と打っておく。

ともかくもこの件の前に、家康に関して、もう一度確認をしておきたいことがあった。

「中国筋、そして四国、関東の平定が成り次第、三河攻めを開始する。その時は、そちが先鋒を務めるのだ」

「かしこまりました」

「恩賞は先ほどの通りだ。今の封土と引き換えに、東海の七十万石余を与える」

光秀は、もう一度声を上げ、平伏した。

その顔は見えないが、信長はつい皮肉に思った。

ふん。謀殺の話なら頑として請け負えないが、この正面切っての合戦の話なら、喜んで請けるのか――。

＊　　＊

この夜、光秀は家康一行の饗応に追われ、ろくに飯を食っていなかった。それを宴席の上座から見ていた信長は、いったんは光秀を別室に下がらせ、近習に飯を食わせてやるように指示した。

満腹になった後なら、光秀の心も少しはくつろぎ、おれのさらなる命令を冷静に聞けるかとも考えていた。

ともかくも四《し》半刻《はんとき》の後、光秀がその姿を謁見の間に現した。

信長の左右には先ほどと違い、森蘭丸や長谷川秀一、光秀とは昵懇で、同じ美濃者である猪子兵助《いのこひょうすけ》や、これまた美濃者である堀秀政らの近習も居並んでいる。

「惟任よ、多少は疲れが取れたか」

まず信長は、そう気遣いの言葉をかけた。

はい、と光秀は予想通り、多少は心持ちが穏やかになった表情で頭を下げた。

「お気遣い、まことにかたじけなく存じまする」

ここだ、と感じる。信長は単刀直入に用件を切り出した。

「実は、一鉄から苦情が来ている。那波直治の件である」

一瞬、光秀の肩口が固まった。それでも信長は構わず、一気に言葉を続けた。和泉守は、
「二人も家臣を引き抜かれれば、一鉄としても家中での立場がなかろう。稲葉家へ差し戻してやれ」

が、光秀は依然として固まっている。

「おぬしなら、どうだ。重臣を二人も同じ相手に引き抜かれれば、腹が立たぬか」

「さ、されど、和泉守自身も、それを望んでおりました」

「だから、そこを聞いているのではないっ」

信長は、つい声を荒らげた。

「わしは、一鉄の立場を言っておる」

その語気に一瞬光秀は怯んだが、それでも弁明を続けようとした。

「ですが、あのまま稲葉殿の許で活躍の場を与えられずにいるよりも、我が軍に来たほうが、明らかに――」

「十兵衛っ、兵団をまたいだ人の差配は、このおれが決めるっ」

信長はその言い分をさえぎって、語気をさらに強めた。これが、織田家の今後を考えて、家臣たちの前で最も言いたかったことだ。

「家臣のぬしが勝手にやることではないわっ。差し戻せっ」

光秀はまたしても黙り込んだ。が、今度は主君の怒りを前に、明らかに迷っている。

それを見た信長は、やや口調を穏やかにした。

「和泉守は当面、このわしが扶持してやる。そしてわしからも稲葉家へ戻るよう、諭してやる。また一鉄にも、もそっと活躍の場を与えてやるように命じる。これで、どうだ」

束の間考え込んだ後、光秀はようやく口を開いた。

「畏《かしこ》まりました。では、それがしからもその旨、和泉守によくよく言い含めておきまする」

よし。

では……もう一人のことだ。これが、最も厄介な問題だ。

「次に、内蔵助の件である」

「はい？」

「だから、おぬしの侍大将、斎藤利三である」信長は繰り返した。「過日におぬしとは、あやつの差し戻しの件で、多少の事があった」

「……は」

「あの時、わしもおぬしもかなり不快な思いをしたことは、当然、陪臣である内蔵助も知っておろう。そして最後には、このわしが折れてやった。それを、感謝もせず当然と捉え、また性懲りもなく昔の同僚を引き抜こうとした。臣下の順を弁《わきま》えぬとはまさしくこのことで、言語道断の所業である」

「それは――」

「黙れっ」

信長はまたしても一喝した。

「もはや、内蔵助は許せぬ。此度のことも不問にすれば、我が織田家の規律は、早晩有耶無耶《うやむや》になる。他の兵団にも示しがつかぬ。よって、内蔵助には切腹を申し付ける」

光秀は、さすがにぎょっとした顔をして腰を浮かしかけた。

「お、お待ちくだされっ」

「ならぬっ」

「何卒、それだけは何卒、ご勘弁を」

「ならぬっ」

それでも光秀は縋りつくように、早口で言い募った。

「すべては畢竟《ひっきょう》、織田家のために良かれと思ってのことでございます。良き部下を持つことは拙者のためではなく、上様の御為であり、ひいては君公の恩に奉ぜんがためのことでございまするっ」

瞬間、信長はかっとした。おのれは――利三を庇《かば》うために、またそのような詭弁《きべん》を弄するか。

「じゃから、この織田家のことはわしが決めるっ。ぬしが決めることではないわっ」

「されど、内蔵助の意見を容れたのは、この拙者にてございますっ」

何故か一瞬、妙に冷静になった。

「そうか。では、おのれも同罪じゃな」

そう言った時には上座を立ち、ずかずかと光秀の前まで進んでいた。

「何故、おぬしはいつも、わしの言うことを聞かぬっ」

そう喚きつつ、右手に持っていた扇子で、つい光秀の頭を激しく打った。もう一度強く腕を振り下ろすと、さらに気持ちが高ぶった。あとは、歯止めが利かなくなった。三度、四度と、続けざまに打擲した。衝撃で、光秀の「付け髪」が畳の上に落ちた。

くそ。忌々しい。おれにもこの付け髪のようにせっせと気を遣わぬか――。

この愚劣極まりない状況に、さらに怒りがこみあげてくる。残った光秀のわずかな頭髪を鷲摑《わしづか》みにして、前後左右に激しく揺さぶった。

「先ほどは、このわしでさえぬしの言い分を聞いた。それが何故、ぬしには出来ぬっ」

信長は、完全に堪忍袋の緒が切れていた。さらに相手を足蹴にし、転がった光秀の頭部をもう一度摑み、

「言え。わしの沙汰《さた》に従うと、誓えっ」

そう喚きつつ、敷居に一度、二度と打ち付ける。信長の手のひらに、光秀の頭蓋《ずがい》を

通して鈍い振動が伝わってくる。

「誰がうぬをここまでにしてやった。ぬしの今後も内蔵助の首も、すべてこのわしの匙《さじ》加減ひとつであるぞ。その一事を、忘れるなっ」

直後、目の前に影が差した。

「上様っ、もうお止めくだされっ」

気がついた時には、猪子兵助が二人の間に割って入っていた。その武骨な武者顔が、今にも泣き出しそうになっている。

「何卒お願い致しまする。もう、お止めくだされ」

さらに気づく。信長が押さえつけている光秀も、無言のまま敷居に涙を零していた。

そこで、ようやく信長は冷静さを取り戻した。

「…………」

やり過ぎた、と感じる。また、おれの悪い癖が出た。

それでも謝るつもりはなかった。

当然だ。悪いのは越権行為を犯した光秀と利三だ。

だから、多少は気まずい思いを抱えながらも、黙って上座へと戻った。

「さ、惟任殿、こちらへ――」

兵助に抱きかかえられるようにして、光秀は謁見の間を出ていった。

翌十七日、家康の饗応役だった光秀の後釜には、細川藤孝と近習の堀秀政を据えた。

それから信長は、大広間に安土城の主だった家臣すべてを集めた。

居並ぶ家臣の前で、改めて秀吉からの密書を披露し、こう高らかに宣言した。

「毛利勢と備中で間近に接する今こそ、天が我らに与えたもうた好機である。これを機に、中国の歴々をすべて討ち果たす」

家臣らはほぼ一人を除いて、一斉にどよめきの声を上げた。

そこから信長は、四国討伐と中国侵攻の指示を重臣たちに矢継ぎ早に飛ばした。

それら諸将が三々五々に去った後、まだ大広間の隅に一人ぽつんと残っていた光秀を呼んだ。

「惟任よ。近う寄れ」

「はい」

光秀が静々と近づいてきて、平伏した。その頭には、付け髪が戻っていた。

「おぬしも早々に坂本へと戻り、遠征の準備をせよ」

そう直々に声をかけることにより、暗に昨夜の件を慰めているつもりだった。

「はっ」

そう返事をしてまた平伏はしたものの、光秀は依然として顔を上げず、信長を見ない。

　こいつ……まだ気にしている。確かに、昨夜はおれもやり過ぎた。しかし、あの沙汰だけは変えられない。

「内蔵助の件、今一度しかと申し付けるぞ」

「…………」

「その一件を片付けてから、改めて軍を編制し直し、亀山を出よ」

　言いつつ、さらに譲歩した。

「兵団の編制替えには、多少は時間もかかろう。そちの出陣は、六月の頭でもよい。わしもその頃には、京に出て来ておる」

　光秀は畳を見つめたまま、もう一度頭を下げた。そしてようやくその重い口を開いた。

「かたじけなく、存じ奉りまする」

　よし。ややほっとする。

　これでまず、こいつは大丈夫だ。あとはまた後日、那波直治と斎藤利三への沙汰を、正式に書面に起こして亀山へと送るだけでよい。

　信長は、それからも他の家臣にあれこれと戦の手配を命じ続けた。それっきり、光秀のこの件は忘れた。

7

光秀は、五月十七日の夕刻から二十六日の朝までを坂本城で過ごした。出陣の指示を封土の各地に出しながらも、この十日もの間、一人で懊悩《おうのう》し続けていた。

しかし、斎藤利三を救い出す解決策はなんら見いだせないまま、二十六日の朝に坂本城を発した。日中に京を西へと横切って、日が暮れる頃に、明智兵団の本拠である丹波の亀山城に戻った。

亀山城には既に各地から兵が集まりつつあったが、まだその数は多くない。月末の二十九日（天正十年の五月は、陰暦の小の月）までにこの亀山城へと集結するように触れを出していた。あと三日ある。

「…………」

一日、もう一日だけ考える猶予が欲しい。

それも、しばらく一人になることの出来る時が欲しかった。

中国出陣の大まかな差配を済ませ、二十七日の昼前に亀山城を出て、一里半ほど北東にある愛宕《あたご》山に向かった。高さ三百丈（約九百メートル）ほどの山で、その頂上には京童《きょうわらべ》の信仰と参詣《さんけい》の対象である愛宕神社の総本社がある。

光秀もまたこの本社を詣《もう》でに、一人でぽくぽくと馬を打たせながら山を登っている。常の参詣者が登る清滝口からの参道ではない。揖保《いぼ》川の谷間から水尾地区を上がって行く、急峻《きゅうしゅん》な山道だ。

この経路なら愛宕神社に行くまでに、まず人に出会うことはない。今後の自分の生き方や、信長のことを、改めてじっくりと考えたい。

登っていくにつれ、谷間からのせせらぎの音が遠くなり、右手の杉林の間から視界が開けていく。

「…………」

信長の四国征伐の決定と、その取次ぎ役解任を受け入れたことは、苦渋の選択ながら仕方がない。

先ほど、ちょうど光秀が亀山城を出ようとしていた矢先だった。

黒井城にいる斎藤利三から急使が来て、長宗我部元親から届いたばかりだという密書を手渡された。そこには利三宛てに、

「阿波国の諸城より退き申し候。この一事、織田殿に早急にお伝え頂きたく、何卒願い申し候也」

と、達筆で書かれていた。

花押の横の日付を見ると、五月二十一日だった。元親は遅まきながらも、自軍を阿

波から退かせることにより、織田家との全面戦争を回避しようとようやく決断したらしい。おそらくは船便を使い、相当に急いで報せてきた。さらに陸路では早馬も走らせたろう。

が、もう遅い。既に四国討伐の下知は下っている。

それでも光秀は、すぐにその手紙を急使に託し、安土城の信長の許に急ぎ送った。添え状には、自分の意見は書かずに、このような文が来ていることだけを報せる旨をしたためた。

むろん、今さら長宗我部家を救うためにやったことではない。いくら家臣が姻戚関係とはいえ、所詮は織田家と同様、長宗我部家も自主独立した大名だ。自分の尻は自分で拭うしかない。

そして四国征伐が決まった以上、その取次ぎ役の件も、もう仕方がない。

ひとえに、明智家の侍大将である斎藤利三のためだ。利三が、今も織田家のために尽力し続けていることを暗に報せ、その助命を願う気持ちを込めていた。

けれど、この願いもおそらくは無駄に終わるだろう。

改めて、我が主君の事を考える。

気性が荒く、すぐに癇癪《かんしゃく》を起こす。人使いも荒い。家臣に平然と拳《こぶし》を振るい、足蹴にし、さらに気に食わなければ時に手討ちにもする。人の気にしている身体的特徴の綽名をつけ、面白がる。

他家はむろん、気に食わない被官や、果ては肉親に対しても権謀術数を弄し、滅亡に追いやる。数万単位の虐殺もしばしば平然と行う。不用になれば、累代の重臣であろうとも家中から容赦なく追放する。およそ人として見れば、欠陥だらけの不徳の主君である。

それでも光秀は、信長のことを心の一部ではいつも崇め続けてきた。

なんと言えばいいのか……この主君の精神の中には、それらの欠陥をすべて掻き集めてもまだ見劣りしないほどの玉《ぎょく》のような煌《きら》めきが、時に見え隠れしていた。そのおのれ一個の理念や信条、まだ見果てぬ宇《う》内《だい》への憧憬《しょうけい》といった魂魄《こんぱく》をもって、この有象無象の人の世と、常にぎりぎりのところで激しく屹立《きつりつ》していた。

おれには、そこまでの知力、気力、体力を振り絞ってまで、この広い世間と対峙する性根を据えることが出来るだろうか。

——とうてい、出来ない。

だからこそ、常人とは次元の違う事象の捉え方やモノの見方や感じ方、あるいは言動には、時としてはっと胸を衝かれ、さらにごくまれには、信長のその心の窓の高みにまで、自らの心奥も激しく共振して引き上げられる瞬間があった。

時にやりきれなく、時に頭に来ながらも、心のどこかでは常にこの主君に対して、尊敬の念を抱き続けてきた。

だが、事ここに至っては、光秀も不本意ながら、その認識を改めざるを得ない。

そもそものきっかけは、あの四月の甲州征伐の帰路でのことだ。

由比ヶ浜で富士を眺めながら、信長が言った言葉だ。

その一言一句を、今でも光秀は鮮明に思い出すことが出来る。

「十兵衛よ、この帰路で、駿河から遠江、三河に至るまでの東海道の景色を、仔細に眺めよ。その山河や城、街道や町の様子などすべてを、しかとその目に焼き付けておくのだ」

そして、こうも付け加えた。

「古来、この東海道を制した者が、すべて天下の覇権を握っている。この街道の制圧なくして、天下の安泰は定まらぬ。分かるか」

思い出しながらも、またしても憂鬱になってくる自分を、光秀はどうにも抑えることが出来ない。

あの徳川家でさえ、不用になれば始末される。むろん、片付けられるだけの動機も、家康の中には濃厚にある。

それでも、二十年もの長きにわたって武田氏の圧迫に耐え続けてくれた徳川家のおかげで、結果として織田家がどれほど助かってきたか……。

家康が――その心底はどうであれ――少なくとも表面上は織田家の忠実な同盟者であり続け、東方からの脅威に常に盾として存在してくれたからこそ、織田家は上洛以来一貫して畿内と北陸周辺の制圧に集中し続けることが出来たのだ。結果として十数年という、驚くほどの短期間でこの国の中央部を制することが出来た。

そこまで重要な関係だったあの徳川家でさえ、いざ不用になれば、すぐさま討伐を考え始める。空恐ろしいほどの非情さだ。

さらには、あの安土城での密談だ。

あろうことか信長は、家康に対する処置をさらに早めようとしていた。しかも、謀殺という陰湿な手段を使ってまでだ。

加えて信長は、あとは光秀が首を縦に振りさえすれば、すぐに謀殺計画を実行に移せるような段階にまで、堺での殺害方法を具体的に煮詰めていた。

これには、さすがに光秀も内心、この主君の徹底した酷薄さに肌が粟立つのを感じた。

長年の同盟国の首領を、そこまで無情に始末することもないではないか――。

そう思うと同時に、やがては訪れるであろう我が身への危険も、ひしひしと感じた。

長年の同盟国の首領を謀殺するということは、織田家もまだ小さかった尾張時代に弟の信勝を殺したのとは、事の重大さと世間に与える印象が、全然違う。しかも織田家がやったとははっきり分からぬよう、謀殺するという。

この言葉には、さらに背筋が凍るほどの恐怖を覚えた。

おれもまた、佐久間や林らと同様に、用済みなのか――。

何故なら、不用になりつつある家臣にこのような隠密の汚れ仕事をさせ、やがてはその家臣まで口封じのために始末するというやり口は、信長でなくとも一国を切り盛りする戦国大名にはよくあることだからだ。

光秀は、唐土の史書をかなり読み込んで知っている。

謀将というものは、主君の知られたくない秘密を握っているがために、天下が成った後、たいがいの場合は、最後には殺される運命にある。たとえ主君が初めからそう意図していなかったとしても、結果としてそうなる。

が、そう戦慄を覚えていた直後に、信長が言った。

恩賞には、その後すぐに自らが平らげてしまう三河、遠江、駿河の三国を与えるという。引き換えに、今の領地である丹波と西近江、山城の南部は召し上げになる。

なるほど、と別の印象も受けた。

主君の面前にもかかわらず、つい考え込んだ。おそらく信長は、光秀がその謀殺の事案を様々な角度から検討していると見る。それをよいことに、さらに熟考した。

信長にしてみれば、実質的な加増を約束しているつもりだろう。

光秀には分かった。信長には、少なくとも今のところ、光秀を先々で殺すつもりはない。依然として武将としての有能さは買っており、すぐに用済みにするつもりもない。でなければ、具体的に東海三国の名まで挙げて大幅な加増を約束するという発想自体が出てこない。

と同時に、いつまでもこのおれに文官として、京の統括者を任せておくつもりもない。

森蘭丸や堀秀政、長谷川秀一など、信長の有能な近習がめきめきとその才幹を現しつつある今、おそらくその市政長官の立場は、早晩彼らに取って代わられる。

大幅な加増と引き換えに、このおれは地方へと飛ばされる。しかし光秀は、辺鄙な領国の七十万石余より、今の王城の地での四十万石のほうがはるかに良かった。なによりも、天下が平らいだ後で徒に殺されたくはない。

だから、この謀殺の一件は、なんとしても防がなくてはならない。謀殺を行った場合の戦略上の欠陥を懸命に探した。

やはり、あった。

まずは、北条と残された徳川の家臣団が結託して織田家に徹底抗戦する可能性だ。

その問題を、信長に告げた。

信長は、それでも家康の謀殺に拘った。多少の言い合いになり、しまいには何とかなるとまで声を荒らげた。

この殿は、と光秀は改めてその無慈悲さに怖気をふるった。

そこまでしても、長年の同盟者であった家康を闇に葬り去りたいのか――。

けれど、もう一つの問題、毛利との最終決戦を目前に控えた状況での宇喜多の離反を口にすると、さすがの信長も黙り込んだ。

それでも最後に、信長は命じた。

中国筋、そして四国、関東の平定が成り次第、三河攻めを開始する。その時は、そちが先鋒を務めるのだ、と。移封も先に聞いたとおりに行うと言う。

なるほど――。

どちらにしても、このおれは文官としては見放されつつある。ひょっとしたら、四国の取次ぎ役解任の件も、その含みがあるのかも知れない……が、まだ武官としては買われているだけ救いだと思い、この時はすぐさま平伏した。

しかし本当の事件は、その場が密室から、近習の居並ぶ謁見の間に改まった時に起きた。

今こうして思い出すだけでも、あの修羅場に吐き気を催す。

まずは、那波直治を稲葉家へと差し戻せという下知が飛んできた。

光秀は那波直治のためを思い、前後の事情を説明しようとした。

が、信長は稲葉家の面目を考えろと言い、すぐに声を荒らげた。挙句、

「兵団をまたいだ人の差配は、このおれが決めるっ。家臣のぬしが勝手にやることではないわっ」

そう怒鳴られた時には、もう、那波直治の件は折れるしかないと覚悟した。

信長の中では既に決定事項なのだ。仕方がない。

だから、渋々ながらもこの件は受けた。

それで済んだかと思ったら、さらに光秀にとっては驚天動地の命令が下った。

よりによって明智家の大切な侍大将である斎藤利三に、切腹を命じよと言うのだ。

まさに狂気の沙汰だった。

しかし光秀も、この利三の沙汰ばかりは受けられぬと思った。

光秀は何故、桔梗紋の自軍が他の兵団に比べて圧倒的に強いかをよく知っている。

五人の重臣を始め、兵団の中核を占める元美濃源氏たちは、そもそもが尾張の出来星大名とその家臣らに征服された者たちなのだ。むろん、大将である光秀もそうだ。清和源氏である源光信《みつのぶ》以来、五百年近くの歴史を誇る土岐氏の系統に属する美濃源氏だ。元々は同根である互いへの信頼と、由緒正しい出自に対する誇り、そして成り上がりの尾張者などに負けてたまるかという無言の意地が、彼らを常に精強たらしめて

いる。

もしその信頼と血の結束を裏切って、明智家の筆頭家老を切腹させれば、光秀は桔梗紋の配下に対する信を失う。やがては大将として見限られ、兵団の鉄の結束は、その根本からゆっくりと弱体化する。先々では瓦解《がかい》する可能性もある。ちょうど、勝頼が高天神城の岡部元信を救わなかったことが、やがては木曾の裏切りを招き、結果として武田家が自壊したように……。

だから、こればかりは絶対に受けられぬ。必死に抗弁しようとした。

が、信長は一切聞く耳を持たなかった。黙れ、ならぬっ、という拒絶の言葉を繰り返した。

光秀も、さすがにむっときた。そもそもいったい誰のために、このおれが自軍を手塩にかけて育て上げてきたと思っているのか。すべては、織田家と信長のために良かれと思ってやってきたことではないか。それを口にすると、信長はさらに激怒して、こう喚いた。

「じゃから、この織田家のことはわしが決めるっ。ぬしが決めることではないわっ」

それでも光秀は、利三の切腹の件だけは、なんとか回避しようとした。

信長は織田家の人の差配を思うさまにやっているのに、自分が明智家の同様の事を決裁することは許されないのか。

それ故、自分が利三の口添えを容れたのだと弁明した。

すると信長は一瞬黙り込み、

「そうか。では、おのれも同罪じゃな」

そう言った時には、光秀の目の前まで一足飛びにやってきていた。

「何故、おぬしはいつも、わしの言うことを聞かぬっ」

この言葉は、心外だった。

充分に、聞いているではないか。現に四国の取次ぎ役解任にしても、那波の差し戻しの件も、徳川家の討伐にしても、つい先ほど、その下知に従ったばかりではないか。そう申し開きしようとした時、頭頂部に痛みが走った。信長が扇子で、自分の頭を痛打した。

信長は、二度、三度、四度と続けざまに光秀の頭頂部に衝撃を加えた。その痛みもさることながら、光秀が何にも増して耐えられなかったのは、頭への打擲を居並ぶ近習たちの面前で何度もやられているという現実だった。

光秀も今では、仮にも近畿方面軍の約六万を総括する兵団の長である。その立場にある重臣に、どうしてここまでの辱めを平然と加えることが出来るのか。

そう感じた直後、以前から薄禿げを気にして常にしっかりと結わえ付けていた付け髪が、目の前の畳にぽとりと落ちた。

　あっ――。

　当然、近習たちはみんな、その付け髪を見てしまったはずだ。光秀はひどく狼狽《ろうばい》し、さらに居たたまれないほどの恥ずかしさを覚えた。

　これでは、まるでいい晒《さら》し者ではないか。

　しかし、信長はさらに容赦のない行動に出た。側頭部に痛みが走った。信長が光秀のわずかな髪を鷲摑みにしている。視界が、前後左右に激しく揺さぶられた。

「先ほどは、このわしでさえぬしの言い分を聞いた。それが何故、ぬしには出来ぬっ」

　そう喚き声が聞こえた。今度は胸に強い衝撃が来た。足蹴にされたと分かった時には、光秀は畳の上に無様に転がっていた。主君の折檻は、それでも執拗に続いた。

「言え。わしの沙汰に従うと、誓えっ」

　信長に頭髪を再び握られ、畳の継ぎ目にある硬い敷居に、何度も側頭部を打ち付けられていた。頭蓋が割れるほどに痛かった。

　それ以上に周囲からの視線が、先ほどにもまして恥ずかしかった。惨めだった。情けなかった。

　光秀は五十五年も生きてきて、およそこれほどの恥辱をいまだかつて味わったことはない。家中での面目を失うとは、まさしくこのことだ。

　何故、この主君はここまで徹底しておれを辱めるのか――あまりの口惜しさに、堪えていた涙がとうとう目尻から零れ落ちた。

信長は、最後にこう喚き散らした。

「誰がうぬをここまでにしてやった。ぬしの今後も内蔵助の首も、すべてこのわしの匙加減ひとつであるぞ。その一事を、忘れるなっ」

やはり、今こうして思い出すだけでも再び胃の底から黄水が込み上げ、むかむかとする。

あの時、猪子兵助が咄嗟に割って入ってくれなかったら、さらに激しい折檻が続いていただろう。

それでなくとも、敷居に左の側頭部を散々に打ち付けられて以来、左耳から絶え間なく発する、じー、じー、という不快な耳鳴りが取れなくなってしまっている。あの時の衝撃で、耳奥のどこかが壊れた。

信長は、何度かこういう意味のことを言った。

織田家の人の差配はわしが決める。家臣のおまえが勝手に決めることではない。

またこうも言った。

「言え。わしの沙汰に従うと、誓えっ」

と……。

見せしめだ、と改めて感じた。

信長の命令に従わぬ者は、たとえ京を統括する方面軍の司令官であっても、このように仮借なき叱責を受けることを、家中のすべての人間に知らしめるための見せしめだった。

だからこそ信長は、光秀が彼の命令を受け渋るのを見越して、あの謁見の間に場所を変えたのだ。

そして、その見せしめの効果は絶大だったろう。あれから十日以上も経った今、織田家中では、相当な噂になっているに違いない。

が、その生贄《いけにえ》になった光秀こそ、いい面の皮であった。まったくもってやりきれない。

今にして、あの村重の気持ちがよく分かる。

あれは確か、今から四年前の天正六年（一五七八）正月のことだ。信長は一時の座興とはいえ、その宴席で、村重に対して実に酷《ひど》い振る舞いをした。

村重が、信長から新年の祝賀の杯を賜っている最中だった。

何を思ったか、信長はにわかに脇差を抜き、膳の上の饅頭《まんじゅう》を突き刺して持ち上げ、

「摂津よ、いかに」

と聞いた。どうやって食うか、という問いかけだった。

村重にすれば、まさか手を使ってその饅頭を取る非礼も出来ない。結局はその目前までにじり寄り、切先に刺さっている饅頭に顔を寄せ、口だけを使って脇差から引き抜いた。

信長は、その村重の態度に満足した。

けれど、村重にとっては並み居る重臣の前で犬のような卑屈な振る舞いを余儀なくされ、これほど不快なこともなかっただろう。少なくとも光秀はそう推測する。

思えば、おそらくはあの時点で、村重は信長に対する認識を改めた。これから先、とうてい付いていける主君ではないと感じたはずだ。

そしてあの一件以降、村重の兵団の動きは明らかに鈍くなった。同年五月の播磨の上月城攻めでは、そのあまりの戦意の無さに、

　　荒木弓　はりまのかたへ押し寄せて　射るも射られず引くも引かれず

などという落首が家中にも出回ったほどだ。その噂が、さらに村重を苦しめ、さらには兵糧の横流しという事件も重なって、ついに同年の十月に謀反に踏み切った。

「…………」

光秀は、急峻な山道をなおも馬を打たせ登っていく。

むろん、あの村重の「犬食い事件」も、今回の自分への仕打ちに比べれば可愛いものだ。

それでも、あの折檻だけで終わったなら、光秀もなんとか先日の恥辱は耐え忍ぶことは出来る。

再び思い出す。

信長は六年前、自分の命を懸け物にしてまで、光秀を天王寺砦から救い出してくれた。その代償として太腿に鉛の玉を喰《く》らい、しばらくの間は満足に歩けなかった。

もし信長が、配下が諌めたように自軍の少なさに躊躇い、あと一日でも出陣を延ばしていたら、自分の命はあの時点で既になくなっていただろう。

その恩義を思えば、今回の件は耐え忍んでもいい。

だが、利三の一件だけは、どうしても受けるわけにはいかない。

この十日ほどずっと悩み続けてきたが、それだけは出来ない。

利三とは、織田家に仕えた当初から、遠い親戚関係だということもあり、すぐに昵懇になった。人には親切な質でもあり、家中での人脈も広いことから、何かと相談にも乗ってもらった。

当時の光秀は、信長から自分にいきなり与えられた高禄に対して、家中からは懐疑的な陰口も多かった事を知っていた。そして、その事を多少気にもしていた。

その悩みを利三に気弱に漏らすと、この剛腹な男はからりと笑い、

「なんの、言いたい者には好きに言わせておけば良いのでござるよ」

さらには、

「下世話な噂口など、屁《へ》のようなもの。おのれの尻《しり》も拭《ふ》けぬ飯粒《めしつぶ》どもの手慰みでござる。お気になさるな」

と、小蝿でも払うかのように軽々と言ってのけた。

本来は内気な光秀が織田家の家風にすぐに馴染《なじ》めたのは、この利三のおかげが大きい。そしてその頃から、この男には将としての器量が大いにあることに気づいていた。

やがて数年後、主君の稲葉一鉄と折り合いがうまく行っていないことを知り、思い切って自軍へと招聘した。むろん、利三も喜んでやってきた。その鮮やかな采配のおかげで、明智軍は一段とその動きが良くなった。すぐに侍大将へと抜擢した。

今度の那波直治の件にしてもそうだ。あれほどの男を、主君の一鉄は上手《うま》く使いこなせずにいた。那波自身も、出来れば明智家への転身を希望しているという。利三は我がことに照らし合わせて気の毒がり、光秀に相談を持ち掛けてきた。むろん光秀にも異存はなかった。その了承を得て、利三は那波を招聘した。

むろん、あの剛毅な利三のことだ。切腹の件を伝えれば――おそらくは義兄弟とも慕う光秀にこれ以上の迷惑がかかるのを恐れて――直後にはモノも言わずに脇差を

深々と自分の腹に突き立てる。その後にようやく、

「これで、もうこの件は片付き申したな」

くらいのことは平然と言ってのける。

たとえその場では止められても、いったん口に出してしまったら、利三はどこか人目につかない場所で必ず腹を掻っ捌く。

だから、それだけは伝えられない。

なにも、利三だけを思いやって言えないわけではない。この点、光秀は複雑でもある。

おそらく家臣たちは、利三が咄嗟にそういう行動をとるのを見越しながら、光秀がこの件を伝えたと思う。那波を招聘したのは、二人の合意のもとだったというのに、主の光秀は生き残って、結果として利三だけに詰め腹を切らせたと考える。

家臣に、そういう我が命惜しみの疑念を少しでも持たれたら、人の主君としての光秀もまた、終わる。そうなれば明智家はゆっくりと解体に向かうだろう。

ある意味では、確かに信長が言った通りだ。

利三を罰するなら、確かにこのおれも同罪だ。それを――いくら酷かったとはいえ――このおれに対しては折檻だけで済ませ、利三には腹を切らせようとする。

信長は二度ほど、ひどく強調した。

織田家の人の差配はおれが決める。家臣である光秀が決めることではない、と。

確かにそれは、その通りかもしれない。

それなら光秀も、明智家家臣の差配はその主である自分が決めていいはずだが、それは成らぬという。おそらくは明智家の事も含めて、織田家の専権事項だと言いたい。おれもそこに手を突っ込むのだ、という。おれだけは特別だと主張する。

それは、あんまりではないかと光秀は思う。

ようは、こういう事ではないかとも感じる。

信長は、この世のありとあらゆる人間を完全に支配し、自分の前にひれ伏させたいのだ。そして、自分の意に添わない者、自分の思い通りにならない者、そして不用になった者への生殺与奪の権利は、織田家と信長の生が続く限り、永久に自分一人が持っていたいのだ。

事実、信長は最後にこう喚いた。

「ぬしの今後も内蔵助の首も、すべてこのわしの匙加減ひとつであるぞ。その一事を、忘れるなっ」

この言葉が、光秀には一番骨身に応えた。ある意味で、折檻を受け続けている時よりも、個人としての誇りがずたずたに切り裂かれた。

事ここに至っては、ようやく光秀も、信長に対する認識を完全に改めざるを得ない。

おれたちは、人ではない――。

信長の言った通り、その匙加減ひとつと気分次第で、いつでもその地位をすげ替え、家中から追放したり切腹させたりすることが出来る、いわば虫のようなものに過ぎない。少なくとも信長はそう見ている。そして虫を踏み潰すことに、良心の呵責は少しも感じないだろう。

ちょうど、長年の被官であったあの水野信元を平然と謀殺したように。そして一昨年、織田家の筆頭家老であった佐久間信盛や、文官の頂点に君臨していた林秀貞や、これまた長年の家臣であった安藤守就親子や丹羽氏勝を、その身一つで織田家から追放したように……。

挙句には、二十年来の同盟者であった徳川家の首領・家康の生死でさえも、自分の思うがままにしようとする。

そう考えてくれれば、信長の気分次第で、虫の集団である明智家もまた、いつ解体されてもおかしくない。現に今、解体までとはいかなくとも、侍大将である斎藤利三を切腹させれば、その兵団は大幅な組織改編を行う必要に迫られる。

だからこそ、あの折檻の翌日に信長は言った。

「兵団の編制替えには、多少は時間もかかろう。そちの出陣は、六月の頭でもよい」

……今にして、ようやく分かる。

あの松永弾正も、おそらく個人として信長のことは気に入っていた。好きだった。

信長もまたそうだ。

しかし、己ほど偉い者はこの世にはおらぬという異常なる自負心を持ってこの世を渡ってきた弾正もまた、今の光秀と同様に気づいた。信長には、自分という存在は確かにお気に入りではあるが、それでも所詮は虫けらとしか見られておらぬという事実に——。

それが弾正には、どうにも我慢がならなかった。腹に据えかねた。

だから勝ち目が薄いのは重々承知の上で、二度も謀反に踏み切り、最後には見事に腹を掻っ捌いて自決した。

死ぬ前に、信長があれほど欲しがっていた平蜘蛛の譲り渡しを拒否し、散々に打ち砕いたことも、そうだ。人を虫けらとしか見ぬ信長に対する、せめてもの腹いせだ。

もう、光秀には分かる。

自分の先々をはっきりと見通すことが出来る。

もし後日に、光秀が自軍とその与力を率いて徳川家の領内に討ち入ったとする。当然、あの家康は精強な三河兵・遠州兵の総力を挙げて、死に物狂いで抗戦する。

一方、光秀の明智軍もまた、織田軍の中では随一の武勇をもって鳴る。当然、その両軍の決着がつくまでは、果てしもない消耗戦になる。おそらくは互いの軍の有能な物頭級は、ばたばたと死んでいくだろう。それでも信長は、一向に痛痒《つうよう》を感じない。

現に先日、それを裏付ける発言も、信長の口から飛び出した。織田家の被官になった宇喜多家に関して、こう言った。

「初手に毛利と戦うは、筑前めの兵ではない。宇喜多勢じゃ。他家の兵が互いに潰し合ってくれるぶんには、いくら擦り減ってくれても、わしは別に構わぬ」

しかし、先の信長の考え方でそこを煮詰めていくと、自分のために戦って擦り減ってくれさえすれば、被官でも家臣でも大した違いはない。所詮は同じ虫だ。あったとしても、家臣団のほうをやや大事に扱うというくらいなものだろう。

むろん、最終的には織田家という後詰めのある明智軍が勝つ。勝つが、その時には光秀が手塩にかけて育て上げた物頭級の大半は死に、兵団も相当に損傷している。光秀の軍は、当分の間使い物にならなくなる。

違う。当座だけの話ではない。

その後の明智軍は、いくら時を経ても、まず往時の戦力を取り戻すことはあるまい。光秀が常に軍の中核に据え、自分と共に鉄の結束を誇ってきた屈強な美濃源氏は、対徳川戦後には既に過半が消えている。そして大切な美濃源氏の補塡《ほてん》は、織田家が美濃をその本拠に据えている今となっては、有能な者は織田家に先取りされ、光秀の手元には永久に回ってこない。不破光治や堀秀政、死んだ可成や長可、蘭丸を輩出している森一族が、いい事例だ。

となれば信長は、いったんは約束通り光秀に東海三国を与えはするが、おそらくはそれも結果として、一時的な処遇となる。信長は常に、使い物にならなくなった家臣と兵団は不用だと考える。あの筆頭家老の佐久間でさえ、そうだった。

そこで、おれの官名だ。惟任日向守だ。九州の片隅に位置する日向の名族の名だ。

信長に、畿内をそのまま自分に任せ続ける意思がないのは既に明らかだ。

そして先々、日ノ本を統一した暁には、光秀には良くても改めて日向一国を与えてくれるくらいが関の山だろう。むろん悪ければ、さらにその後、なにかと難癖をつけられて、領地没収の上、追放される。佐久間や林や安藤親子のように……。

いや……。そんな先々ではなくとも、中国征伐が済み次第、むしろもっと最悪で、過酷な運命が自分を待ち受けているかも知れない。

家康の謀殺計画があったことをただ一人知っているおれは、それが実行に移されなかった以上、信長から見れば、既に目障りな存在となっている恐れがある。おそらくは一、二年後の三河征伐を前に、家康に洩れるかも知れぬ可能性を考えれば、信長にとっては剣呑極まりない存在でもある。その危険を回避するために、最悪の場合は切腹を命じられるか、謀殺されるかも知れない。ちょうど今、利三が切腹を命じられているように。水野が謀殺されたように……。

それらすべての負の要素が、光秀の内面に次第に圧縮され、重苦しくのしかかってくる。

そこまでつらつらと考えてきた時、光秀には自分の心底を初めて鮮明に見通す事が出来た。

無意識に何を考えていたかに、遅まきながらようやく気づいた。

あぁ――そういうことだ。

南に向けて豁然《かつぜん》と開けた山並みを、じっくりと眺めた。

そして、一人で乾いた笑い声を上げた。

そう。

心のどこかでは既に分かっていたことだ。半ばは、覚悟しつつあったことなのだ。

何故なら、おれはあれから十日以上が経った今でも、信長からの切腹の沙汰を、その当人――斎藤利三に伝えていない。そんな無慈悲極まりない沙汰だけは、どうしても伝えられなかった。

そして仮に、今すぐ切腹を申し伝えたとしても、もう今月の末までは二日しかない。

軍の再編制にはとうてい間に合わない。

となれば、我が明智家が取る道は、自ずとひとつしか残されていない。

けれど、それとはっきり意識するだけでも空恐ろしくて、この十日間、目を逸《そ》らし続けてきた。

愛宕山参詣の裏道である水尾口から登り始めてから二刻後、ようやく京からの表参道である清滝口との合流点にまで達した。

ここまで来れば、山頂にある愛宕神社はもうすぐそこだ。光秀はやや馬足を速めた。

山道は徐々に勾配《こうばい》を緩め、やがて平坦《へいたん》に均《なら》された山頂へと出た。

行く手に、境内の前に立つ巨大な楼門が見えてきた。その楼門の目前で、光秀は参道から外れ、右手にある斜面の手前ぎりぎりまで馬を寄せた。

崖《がけ》の上からは、洛中の景色がうっすらと遠望できる。

さらに目を凝らし、下京の北に見える本能寺と思しき伽藍をしばし凝視する。今度はその本能寺から、さらに十町ほど北に位置する妙覚寺《みょうかくじ》へと目を転じる。

「…………」

光秀は坂本城でも、中国遠征の事前打ち合わせのために、安土城との間で使者を使って何度かやり取りをしていた。

むろん、信長とその嫡子である信忠の入京の予定も、詳細に把握している。

信長は、明後日の五月二十九日に、三十名ほどの小姓衆を引き連れて本能寺へと入る。織田家の者は、他の非戦闘員を含めても、せいぜい百名くらいなものだろう。

そして翌六月一日の晩には、近衛《このえ》前久《さきひさ》、勧修寺《かじゅうじ》晴豊《はれとよ》、甘露寺《かんろじ》経元《つねもと》らの公卿《くぎょう》や門跡約四十名を招いて茶会を催し、その後は宴席となる。だから、六月二日の朝には、信長は間違いなく本能寺にいる。

次に信忠だが、これは概に五百ほどの直属軍を率いて五月二十一日に入京し、妙覚寺に駐留している。

対して、明後日までに亀山に集まる桔梗紋の軍勢は、一万三千にのぼる。

ふむ……。

ごく自然に動悸《どうき》が高まってくる。思わず、ため息が出る。出ざるを得ない。

ともすれば、つい先走りがちになる思考を振り切る。打ち消そうと努める。

おれは、そんなことをしたくない。すべきでもない。ないが、まるでなにかの強烈な磁力が作用しているかのように、どうしてもそこに関心が吸い付けられてしまう。

直後に、ふと別の案を思いついた。

では、利三の代わりに、このおれが信長の前で詰め腹を切ればどうか……。

切腹する代わりに、利三の命は助けてもらう。光秀の嫡子である十五郎は、まだ十四歳だ。だから、もう一人の筆頭家老である秀満を後見役に据え、家政を看てもらう。同じ筆頭家老である利三には、二番家老に下がってもらう。しかし、侍大将としての地位はそのままで、軍務の長は続ける。

しかし、そんな虫のいい話を、信長が果たして許すかどうか……おそらくは許すまい。

よく考えてみれば利三も、自分のせいで光秀が詰め腹を切ったと知ったら、まず殉死する。結果、光秀の死は無駄に終わる公算が強い。そして、主をなくした明智兵団は解体される。

また、思わずため息を吐く。やはり、これも解決策にはなり得ないだろう。

ともかくも楼門をくぐり、愛宕神社の境内に入った。神官への挨拶もそこそこに、まずは本殿にて柏手《かしわで》を打った。

それから少し迷ったが、お神籤《みくじ》を引いた。常の自分なら、まずこんなものは引かぬはずなのに、と感じる。明らかに、今おれは懊悩している。

お神籤は三度引く。三度引いたものを三角に離して置き、それから銭を三枚、その三角形の中に放り出す。おおよその場合、その三枚のうちのいずれか一枚が、他の二枚とは違う裏表を指す。その一枚の最も近くにあるお神籤が、神の真意ということになる。

そのお神籤を、開けた。

凶、と出ていた。

光秀は一瞬ぎょっとし、それから改めて気づいた。

つい今しがた思った二つの案の、いったいどちらに凶と出たのか。そもそも、それすら明確に定めずにお神籤を引いていた。まったく自分は、どうかしている――。

その晩は愛宕神社に泊まった。翌二十八日は、朝からあいにくの雨だったが、陽が天中を過ぎた頃には止んだ。その一刻後から、威徳院の西坊で連歌の会を催した。

光秀は、連歌が好きなわりには、そんなにうまくない。それに、心の平衡を既に無くしかけてもいた。現にこの日の発句も、

ときは今　雨が下しる　五月哉

という、単なる梅雨時の情景を詠《うた》った凡庸な出来だった。そこに威徳院の住職が、

水上まさる　庭の夏山

と脇を付け、さらに連歌師の里村紹巴《さとむらじょうは》が、

花落つる　流れの末を　せきとめて

と第三句を付けた。

その後に続いた句は、下山後にいくら思い出そうとしても、よく覚えていなかった。

光秀は夕刻前に、愛宕神社を出立した。

楼門を出て、改めて山頂の東の縁に馬を立てる。

昼前の雨で大気の埃が取れ、洛中全体が西日を受けて白く輝いていた。今度は本能寺の本堂と会所、そして明日からの信長の御座所である御殿までが、はっきりと見て取れた。

考えまい、考えまいと必死に念じても、光秀の脳裏は、再び激しく回転し始めていた。

気がつけば下山する途中から、その算段ばかりを夢中で考えていた。

松永弾正の戦略の失敗は、そして荒木村重の根本的な問題は、信長を、直接殺そうとしなかったことだ。それをせず、武田や上杉、あるいは弱体化した本願寺や毛利と結んで、織田家に対抗しようとした。

しかし、織田家の本質をよく見れば、信長と信忠の親子二人を殺しさえすれば、それだけで各方面軍の司令官たち――北陸の柴田、関東の滝川、中国筋の羽柴、そして近畿を押さえている光秀の軍は、ごく自然に群雄割拠の状態に陥り、肝心の織田本家はその主がいないまま徒に混乱を続け、やがてはおそらく解体する。だから、信長と、嫡男の信忠を殺しさえすればいい。

信長を、殺すことが出来るか。

単に戦略上の課題として考えれば、それは容易だ。

なにせ信長は、六月二日の朝には間違いなく本能寺にいる。しかもその周囲を固める荒小姓も三十人しかいない。

まず明智秀満や斎藤利三らの五家老には、事前に真意を打ち明けて、この計画の同意を取り付けておく。それ以外の物頭級の将校には――もし理由を聞かれれば――中国筋に向かう前に、信長から、まだ京にいる（ものとする）家康を殺せと命じられている旨を、説明する。

その上で、明後日の六月一日の夕方には、亀山城を出発する。これなら実戦経験の豊富な武者であっても、夜の行軍を訝しまない。基本的に夜間の軍移動とは、その翌朝の戦闘を想定して行うものだからだ。さらには家康の暗殺計画は実際にあったことだから、その嘘も聞くほうには話の齟齬《そご》がなく、自然と真実味がこもる。

そして家康の暗殺計画は、決して口外せぬように物頭たちには念を押しておく。それでもこの手の話は少しずつ兵たちに洩れはするが、行軍前後の一両日やそこらでは、自軍以外の人間に洩れる恐れはない。そして自軍の者なら、信長へと報せに勝手に急行する馬鹿はいない。あくまでも信長から命じられた、家康暗殺の件だからだ。

京への行軍途上にある老ノ《おいの》坂《さか》には、京の防衛のための砦である老ノ坂城――通称、大江山城がある。が、この城は近畿方面軍の長である光秀の管轄だから、これも難なく通ることが出来る。城兵も、わざわざ信長に報告には出向かない。

そして、翌二日の夜半までには山城西部の沓掛《くつかけ》まで到達して、小休止する。遅れてくる後続部隊を待つ。ここで、自軍の隊列を再度整え直す。さらに未明までには、京洛の西にある桂《かつら》川手前まで進軍する。

桂川の手前まで来た時に、初めてその真意を全軍に伝える。

おそらく兵たちは一瞬躊躇うものの、信長が引き連れている家臣の数がわずかだと説明すれば、ここまで引き連れられてきた以上、すぐに覚悟を決める。

明智軍は、光秀に絶対的な信を置く美濃衆の他に、西近江衆、幕臣衆、そして近々の丹波衆で構成されている。彼らは皆、その主家を織田家に滅ぼされ、路頭に迷いかけたところを光秀の手厚い招きにより扶持された者たちばかりだ。当然、光秀が主である明智家には恩義を感じていても、さらにその上の織田家に対する感傷は希薄だ。だから、その後はむしろ、あの信長が生き残った場合の明智軍に対する苛烈な報復を恐れて、ひたすら光秀の下知に従順になるはずだ。

光秀の頭は、なおも激しく回転し続ける。

その従順になった明智軍を率いて、桂川を渡河する。兵には、常のような鬨《とき》の声は決して上げさせない。馬にも枚《ばい》をふくませる。まるで野盗のような行軍だが、敵に気づかれずに間近まで迫るには、この方法が最も確実だ。常に沈黙を守る明智軍は丹波路をひたすら東進して、早暁の頃には、七条大路（洛中に入ってからの丹波路の名称）と大宮大路が交差する洛中へと入る。

元々が幕臣で、今も京の市政官である光秀は、京の洛中洛外の地理には尋常ではなく詳しい。その強みも、つい手順を詳細に練ってしまう要素になっている。

洛中に入ってからは、万が一にも明智軍を見かけて信長に注進する京童が出る前に、本能寺へと急行する必要がある。行軍の速さと静かさと手堅さが、それまで以上に求められる。

しかし、本能寺と妙覚寺を同時には襲わない。両面作戦は時にその連携に誤差が生じ、不慮の事態を招くことがある。

だからこそ、まずは信長を討つことに全軍で集中する。確実に仕留めた後、次に妙覚寺を包囲して信忠を殺す。

その信長抹殺のためだけに、七条大路と大宮大路の交差する地点で、明智軍を二手に分ける。

明智秀満の率いる別動隊は大宮大路を一里（約四キロメートル）ほど北進し、そこから三条大路を右折して東へ十町ほど進み、本能寺のすぐ北側に布陣する。さらに、本能寺の西門の前にも兵を置く。

光秀と斎藤利三が率いる本軍は、七条大路を東へ十町ほど進み、そこから西洞院《にしのとういん》大路をひたすらに北上する。すると、一里も行かぬうちに本能寺の南門が見えてくる。この南門と、さらに大路沿いに位置する東門を押さえる。

光秀は、本能寺も妙覚寺も昔から所用で訪れており、さらには本能寺がここ数年、信長の京の御座所として半城塞化されてからも、信長に会うためにたびたび出入りしている。

本能寺の周囲には、外敵の侵入を防ぐために深い水堀がぐるりと穿《うが》たれている。築《つい》地塀《じべい》内部の広大な境内は、南半分と北半分が、高い木塀でさらに仕切られている。南半分は僧官の住む塔頭《たっちゅう》と広場、それに廏《うまや》などがある。北半分には、本堂や会所、常の間、そして信長の御座所である本殿などが密集している。

南半分の境内には、南、東、西にそれぞれ外門がある。特に東西にある両門は、境内を南北に仕切る塀のすぐ近くに位置する。東西の両門をくぐれば、境内を区切っている木塀の両側にある出入り口は、もう目の前だ。

本能寺の北側には、門はない。外から侵入する突破口がないとも言えるし、逆に内部に籠もっている者が逃げ出す脱出口がないとも言える。

それら内部の構造を踏まえ、南、東、西にある外門を掌握し、東西の門から声を立てずに侵入する。さらに境内を仕切る塀の出入り口から、一気に本殿へと突入する。

その頃には、夜はすっかり明けている。

すべての門を押さえている限り、信長はどこにも逃げられない。さらに万が一、どこかに秘密の脱出口があったとしても、その出た先は、どちらにしても水堀の手前だ。深い水堀の下を通って地上に出るような地下の抜け穴は、黒鍬者《くろくわもの》（工兵）の技術をもってしても、絶対に造れない。そして本能寺の北側にある水堀は、秀満の軍がぐるりと取り巻いている。

故に、信長自身はそれで終わりだ。妙覚寺の信忠も、また同様だ。

しかし問題は、この二人を殺した後にある。

天下の大名と織田家の諸将は、こぞって光秀の非を打ち鳴らし、攻めてこようとするだろう。けれど、これも戦略上の課題としてだけ捉えれば、なんとかなりそうだ。いや……たぶんなる。

秀吉は目下、毛利と交戦中だ、柴田は上杉、滝川は関東の北条と対峙しており、どう考えても京へはすぐに駆け付けられない。たぶんどんなに早くとも、二十日はかかる。

摂津で四国征伐の準備をしている丹羽は果断な決断力に欠け、総大将である三男の信孝は庸人《ようじん》もいいところであるから、咄嗟には機敏な行動をとることが出来ない。これまた問題はない。

伊勢にいる次男の信雄に至っては、三年前、信長に無断で約一万の軍勢を率いて伊賀に攻め入り、惨敗を喫して、信長から親子の縁を切るとまで言われていたような男だから、およそ愚人でしかない。放っておいてもいい。

彼ら織田家の連枝衆がもたついている間に、与力である細川藤孝や筒井順慶、高山右近や中川清秀を素早く味方に引き入れれば、三万ほどの軍容は整う。その三万でもって、まずは安土城を攻め、次に摂津にいる一万四千の四国征伐隊を滅ぼす。その二つのことを、半月以内に片付ければ、畿内は完全に掌握できる。

やはり、勝算はかなり高い。

そこまで先々の計画を読み切って、ふと我に返る。

光秀は愕然とし、次いで激しく狼狽する。

おれは、いったいなんということを考えている――。

そこまでして、あの主君を殺さねばならぬのか。何故に殺すことから、ここまで執拗に思念が離れないのか。

先ほども感じた。

何か目に見えぬ力が、自分を否応もなく動かしているような気がする……。

光秀の心はなおも揺れ続けている。

利三に腹を切らせるわけにはいかない。けれど、主君を殺す決断をする蛮勇もない。依然として光明は見いだせない。出口のない無明長夜の中を延々とさまよっているに等しい。


光秀は、陽が落ち切った頃に、ようやく亀山城へと戻った。

明智秀満の軍団が既に到着していると聞き、すぐに呼ぼうかと思った直後、信長からの手紙がつい先ほど届いていたことを知った。

受け取った家臣に聞けば、急使だったという。

ひょっとしたら、昨日の朝早くに送ったあの文書で、利三のことを改めて見直したのかも知れない。切腹取り消しの文書かも知れない。

震える手ももどかしく、その文を開けた。咄嗟に視線を飛ばし、書状の最後を見た。

昨日の二十七日付けで、信長の花押が入っている。正式な沙汰だ。

縋るような気持ちで、改めて本文に目を戻す。

一、那波和泉守直治を、稲葉家に差し戻すこと。当面の扶持は信長が扶助する。
二、明智家筆頭家老である斎藤内蔵助利三には、切腹を命じる。

「…………」

腰から力が抜けていく。これが、最終決定だ。さらには、昨日急使にて伝えた長宗我部の阿波撤退の件には何も触れていない。

明智家は、終わったと感じる。

がっくりと肩を落とし、しばらくは狭い自室で蹲《うずくま》るようにして座っていた。

四半刻後、ようやく家老の秀満を自室に呼んだ。

「まず、これを読め」

そう言って、信長からの書状を手渡した。

光秀はあの安土での一件を、今まで家臣には話したことがない。安土に連れて行ったわずかな家臣にも、厳しく箝口令《かんこうれい》を敷いていた。だからあの打擲の件は、他家では相当な噂になっているはずだが、少なくともこの山深い丹波の各地に群居する家老たちの耳には届いていないはずだ。

果たして秀満は、驚愕した顔で光秀を見上げた。

光秀はそれから、すべての経緯を順を追って説明した。四国取次ぎ役解任の件から、家康の謀殺計画の密談があったこと、そしてその後、那波直治と利三の処遇に関して意見が対立し、挙句には非道な折檻を受けたことまで、包み隠さずその一切を打ち明けた。

途中、秀満は声にこそ出さぬものの、何度も絶句したような表情を浮かべていた。が、しばしあって発した第一声は、さすがに冷静なものだった。

「内蔵助殿は、このことを既に知っておりまするか」

「むろん、知らぬ。言えるはずもない」光秀は答えた。「内蔵助にだけは、明日中にこの亀山に来ればよいと言ってある。他の三家老は、昼までには到着するはずだ。そのように申し伝えてある」

秀満はうなずいた。

「良きご判断でござりました」

「そちならば、どうする」

意外にも、すぐに答えが返ってきた。

「まず、内蔵助殿には絶対に腹を切らせてはなりませぬ。内蔵助殿のためだけではなく、今後の明智家の結束のためにも、切腹をさせるは断じてなりませぬ。そもそも内蔵助殿に、落ち度はありませぬ。問題があるとすれば、それはあくまでも上様の御都合でございまする」

ふむ、とこんな場合ながら光秀は内心感心する。さすがに秀満はよく分かっている。

「しかし、さればどうする」

そう、光秀は問いかける。今度は、秀満は長い間黙り込んだ。

その様子を見て、光秀は言った。

「もしわしが、内蔵助に代わって信長公の前で詰め腹を切れば、どうじゃ」

直後に相手の顔が青ざめる。

「それは――」

「良いから最後まで聞け」

そう制した後、さらにその後の見通しを語った。愛宕山の山頂で考えていた、自分が亡き後の明智家の再編制の案を語った。

しばらく考え込んだ後、秀満はやや震える声で答えた。

「おそらく、それは無駄に終わりましょう。おそれながら、十五郎様はまだ十四におわします。そして、それを補佐する私にも内蔵助殿にも、実務は出来まするし、戦略も立てることは出来まするが、殿のように一国を相手に回した大局からの政略を立案することは出来ませぬ。かの上様も、そのようなご判断をなされましょう」

「……ふむ」

「つまり、そう見切られた時点で、明智家はあの佐久間家のように、他の兵団へと切り売りされ、解体致します」

――やはり、おれと見通しは同じだ。

二人の間に、無言の時が徒に過ぎた。

言うか言うまいか、その間もずっと迷っていたが、ついに光秀は口にした。

「実は、明智家を救う道は、いまひとつある。今度も、最後まで黙って聞け。話し終わるまで、一切の口を挟むな。よいか」

その光秀の硬い口調に何事かを感じたのか、秀満の顔はみるみるうちに強張った。そしてさらに青ざめた。それでも、無言でうなずいた。

それを請けて、光秀は語った。信長の暗殺計画を、その手順から勝算、その事変の後の、この日ノ本での勢力図がどうなるかまで、その見通しを詳細に語った。

話し終わった後、二人の間に訪れた沈黙は、さらに長く、重苦しいものだった。

沈黙に耐えきれず、光秀は問うた。

「どうじゃ」

秀満はそれでも下を向いたまま、黙っていた。

「どうじゃ。左《さ》馬助《まのすけ》」

再度、その通称で秀満に問いかけた。

すると、秀満は深々とお辞儀をした。二度、三度と平伏したあと、初めて口を開いた。

「いかに今、勝算がありましょうとも、どうか、それだけは思い止《とど》まりくださりませ」

そう、最初に結論を口にした。

それを聞いた時、光秀は自分で言い出しておいたことながら、何故かほっとした。救われた気持ちになった。さらに秀満の言葉は続いた。

「おそれながら、何卒お気持ちを穏やかにお持ちくださいませ。今はまだ、良き解決策もござりませぬ。ござりませぬが、こういう場合はただひたすらに我慢をして時をやり過ごす、というやり方もございまする。時さえ経てば、少しは状況も変わり、また良き案も出てくるやも知れませぬ」

何故か光秀は、愛宕山で詠んだ「ときは今」という初句を思い出した。

「しかし、出陣はすぐに迫っておるのだぞ」

「そこでございます」秀満はすかさず答えた。「幸いにも我が明智軍は、備中に着くまでは、上様とお顔を合わせる機会はございませぬ。さらに上様は、我らの後に彼の地に到着なさいます。おそらくはその間、まだ十日ほどは優にございます。それまでに何事かの状況が変わり、また、万が一にも上様のお気持ちがお変わりになるかも知れませぬ」

その発想の切り替え方に、つい光秀は唸《うな》った。

「なるほど――」

「第一この書状には、いついつまでに内蔵助に腹を切らせよとは、どこにも書いてございませぬ」

そう言われ、改めて救われた気になった。

確かにそうだ。いつまでに利三を切腹させよとは、どこにも書いていない。

「いや、左馬助よ、そちの申すこと、よく分かった」

この筆頭家老の冷静さには、心底頭が下がる思いだった。

・

が、その晩に寝所で一人寝ている時、まださらに良き案があるのではないかと思い、なかなか寝付けなかった。挙句、ほとんど熟睡できぬまま、二十九日の朝を迎えた。

陽が天中を指し始めた頃、他の三家老――明智光忠、溝尾庄兵衛、藤田行政の軍が、続々と亀山城に到着し始めた。

秀満は、懊悩して疲れ切っていた光秀に代わり、三の丸で出陣の準備を差配してくれていた。

光秀は、その三家老を迎えに二の丸まで出向き、その後、天守へと招き入れた。

改めての挨拶が一通り終わった後、溝尾庄兵衛が光秀の顔をまじまじと見て、口を開いた。

「殿、何か心痛でもおありでございますか」

「何故じゃ」

「恐れながら、以前に拝見した時より、かなりおやつれになっておられるように見えまする。また、顔色も優れませぬ」

「そうか――」

直後に、ふと思いついた。あるいはこの三家老なら、さらに別の良き案が思い浮かぶかも知れない……。

「庄兵衛、（明智）次右衛門《じえもん》、（藤田）伝五郎《でんごろう》よ、別室にてちと相談したき儀があるが、よろしいか」

そう言って、天守の奥にある狭い自室へと呼びこんだ。

光秀はまず信長からの書状を披露し、それぞれ三人に実際に読ませた。

案の定、三人とも驚愕の表情を浮かべた。

「みな、その件をどう思うか」

三人はそれぞれ顔を見合わせていたが、事態のあまりの深刻さに、しばらくの間、誰も口を開かなかった。

光秀は、秀満に語った時と同じように安土城での事の次第一切を話し、まずは自分が利三の身代わりに詰め腹を切る案を提示した。すると、従弟《いとこ》でもある明智光忠が、

「殿、殿っ、それだけは思い止まりくださりませ」

と必死に諫めてきた。また、藤田行政も、光秀が描いたその後の明智家の再編成については、

「それでは、おそらく明智家は持ちませぬ。かの上様は、そのようなことを看過なさいませぬ。明智家は、やがて解体となり申しましょう」

と、秀満と同意見を口にした。

「では、何か他に良き案があるか」

改めてそう問いかけた。三人は長い間、無言だった。

光秀は、重い口を開いた。

「……実は、もう一つの案がある。みな、心して聞くよう」

そして、愛宕山の下山中に考えた暗殺計画の一切と、その後の見通しをすべて打ち明けた。

語り終えた時、目の前の三家老は完全に言葉を失っていた。

「どう、思うか」

光秀は問いかけた。それでも三人は押し黙っていた。

「これを、どう思うか」

重ねて尋ねた。

最初に口火を切ったのは、謹直《きんちょく》な溝尾庄兵衛であった。

「殿、恐れながらそのお見通しは、上様への勝算は別といたしましても、その後の算段に関しては、それがしには見当が付きかねまする」

ふむ——光秀はその言葉で、相手が何を言いたいかを察した。

「されば庄兵衛は、この件には反対か」

「反対というより、あまりにも話が大きすぎて、拙者はなんとのう恐ろしゅうございます」

なるほど。やはり、度外れた事の重大さ、深刻さにかなり腰が引けている。

「次右衛門、伝五郎よ、おぬしたちはどうだ」

そう、残る二人に問いかけた。

すると、光忠が言った。

「まず、内蔵助の件は、何があっても庇い切りましょう。さりとて、矛盾することを申すようですが、上様をお討ち申し上げるのは、自ずと天命の尽きるところになるやも知れませぬ。それだけは、何卒思い止まっていただきまするよう……」

最後の藤田行政の回答はやや遅れた。

遅れたが、そのぶんだけ参考にもなった。

「殿、幸いにも我らは備中に着くまで、上様とは顔を合わせる折はありませぬ。その間に、内蔵助殿を家中から追放というかたちにして、どこぞの他家に密かに引き取ってもらうというのは、いかがでございましょう。これなら、上様の面目も多少は立ち申しましょう」

お――。これは偶然にも秀満の発想にやや近い。しかも、さらに内容が具体的だ。確かにこの折衷案は、かなり良いかもしれない。この案は今夜、一人でじっくりと再考してみる価値がある。

「皆の意見、分かった」光秀は言った。「されば、内蔵助の命はなんとしても助ける。まずはこの一件、よろしいか」

これには皆、一斉にうなずいた。

「次に、上様の件である。これも、今一度考え直してみる」

この言葉には、三家老ともさらにはっきりとうなずいた。

なるほど、ともう一度思う。これで、明智家五家老のうちの四人までが反対した。

この時点で、信長を討つ案は、事実上消えた。

「このこと、内蔵助にはこのわしから話すまで、かまえて他言無用ぞ」

この言葉にもまた、三者はほぼ同時にうなずいた。

その日の夕方遅くに、斎藤利三の軍が到着したとの報告が来た。が、光秀は夏風邪をひいたと偽り、明日の朝に利三との面会を先延ばしにした。

まだだ。まだ利三に会うのは早い。

自分の中で、あの好漢を救う具体的な案を見いだしてからだ。

そして一人、寝所に籠もったまま、藤田行政の出した案をさらに練っていく。

表向きは家中から追放したという案――これは、やはりかなり良い。信長はまた光秀を激しく折檻するだろうが、放逐してしまった者は、もう戻りはしない。信長がいかに憤懣やるかたなくとも、藤田行政の言った通り、多少は主君としての面目も立ち、結局はその矛を収めざるを得ない。

問題は、その引き取り先だ。毛利、長宗我部……姻戚関係から考えれば、長宗我部家が最もふさわしい。しかし、信長を殺すことをほぼ諦《あきら》めた今、長宗我部は四国討伐軍の前に必ず滅亡する。だから、ここはふさわしくない。毛利も、おそらくは同様だろう。

ならば、信長が今はまだ存続を認めている関東の北条か。いや……これも駄目だ。信長に異常に気を遣っているあの腑抜けの北条が、切腹を命じられた織田家の家臣を、とうてい受け入れるはずもない。

家康？

――駄目だ。

信長の暗殺を諦めた今、堺の謀殺計画の秘事と引き換えに利三を引き取ってもらったとしても、早晩家康は北条と組み、武門の生き残りを賭けて織田家に反旗を翻す。けれど、その連合軍が、今の織田家に勝てるか。おそらくその頃には毛利は既に潰《つい》えている。宇喜多も謀反を起こせない。

勝てない。勝てない以上、このおれが家康に秘事を伝えたことは、やがては信長に発覚する。そうなれば、このおれも一巻の終わりだ。むしろ毛利や長宗我部以上に、最悪なことになる。

この引き取り先ばかりは、どう考えても結論が出なかった。

最後には、こう腹を決めた。

とりあえず利三には、実際に家中から去ってもらう。備中で会う信長には、利三は放逐したと報告する。まさか信長も、対毛利戦の最中に光秀を処分することは出来ない。せいぜいこの前の折檻くらいが関の山だ。ならば、いま一度だけは必死に耐えよう。

利三に関しては、自分で仕官先を探し出せればそれでいい。月日が経って信長の勘気が解け次第、本人が望むなら、明智家に再び家老として迎え入れる。むろん、明智家以外に仕官するつもりがないのなら、密かに扶持し続ければいい――。

そう決めて、ようやく夜半過ぎに眠りについた。

以前から寝不足のせいもあったのか、その晩はいつになく熟睡できた。

翌六月一日、朝餉《あさげ》を済ませた光秀は、天守にある件の小部屋に、二人の筆頭家老を呼び込んだ。

まだ何も事情を知らぬ利三は、相変わらず屈託のない顔をして姿を現した。

後に続いて入ってきた秀満は、表情が心なしか緊張している。

「実は二人に、折り入って話がある」

光秀は切り出した。

「膝を突き合わせ、前屈《まえかが》みになりつつの密談になるゆえ、腰のものはやや邪魔になる。外してはくれぬか」

そう言って、光秀も自ら脇差を腰から抜き、部屋の隅に置いた。

利三が今回の話の顚末を聴いている途中で、そのすべての責任はおのれ一人にあると思い、咄嗟に切先を腹に突き立てることを危ぶんでの方便だった。

秀満もそれと悟ったのか、すぐに脇差を抜き、入り口付近に置いた。

が、利三は首を振った。

「それがしは、お断り申す」

「何故じゃ」

すると、この四十男は明るい表情で答えた。

「もはや、話すことなどありませぬ。これにて冥土《めいど》でございます」

「なに？」

「ですが、同じ死ぬなら、家中の皆が勢揃いした前で腹を掻っ捌きたく、明智家の結末をさらに高からしめるよう、堂々と死にとうござる」

光秀は、一瞬、言葉を無くした。それからようやく一言聞いた。

「……存じて、いたのか」

すると利三は、からからと笑った。

「この内蔵助、家中はむろんのこと、織田家にも縁者は多く、存外に地獄耳でござる。また、これしきのことに気づかずば、当家の筆頭家老など、とうてい務まりませぬよ」

そう、小石でもぽん、と川に投げ込むように、さらりと言ってのけた。

突如として目頭が熱くなった。

これだ。この男のこういう気組みに、わしは惚れた——。

気がつけば利三の隣に立っている秀満も、はらはらと落涙していた。

そんな二人を、利三は軽々と急《せ》かした。

「ささ、湿った幕引きは御免にてござります。早《と》う早《と》う、その晴れの場を本丸にしつらえてはもらえませぬか」

そう言われ、光秀は急に我に返った。つい縋りつくように言った。

「違う。そうではないのだ。そちはもう腹を切る必要はない。策が見えた。誰も死なせぬ。誰も殺させぬ」

「は？」

その声は、二人の筆頭家老から同時に上がった。

「左馬助はともかく、そちはまだすべての経緯を知らぬであろう。まずはそれを話す」

そして、他の三家老にも話した同じ内容を、順を追って話していった。

さすがの利三も、家康の謀殺計画があったくだりでは、一瞬大きく目を見開いた。

そして、光秀自身が利三の身代わりに詰め腹を切る覚悟を決めた話の時には、

「殿は、わしのためにそこまで……」

と、言葉を詰まらせ、男泣きに泣いた。

さらに信長を襲撃する計画を話している折には、絶句したような表情で、光秀の顔をまじまじと見つめていた。

直後には、再び激しく泣いた。

「情けなや。我がことのために、まさか殿にそこまでのご迷惑をおかけしていたとは」

と言い、激情のあまり脇差に手をかけた。その腕を、隣の秀満が咄嗟に押さえた。

「内蔵助殿、まだ殿の話は終わっておりませぬぞ」

「そうじゃ。早まるな。そのどの方法も、わしは取らぬ」

光秀は言った。それから急いで解決策を提示した。

「内蔵助よ、おぬしには表面上、明智家を去ってもらう。実際にどこかの他家に仕えてもよいが、それを望まぬ場合は、上様の勘気が解けるまで、そちを密かに扶持し続ける。そちの兵団も、おぬしがいつ戻って来てもよきように、このわしが直《じか》に管理する」

「し、しかし織田殿は、このわしに切腹を命じられたはず。それではご意向に背きまする」

光秀は利三に向かって少し笑って見せた。

「上様に会うは、これより十日以上は先の、備中でじゃ。それまでに、あの殿のお気持ちも多少は変わっているかも知れぬ」

さらに言葉を続けた。

「仮に変わっておらずとも、おぬしを切腹させずに放逐したと報告したところで、目前には四万五千の毛利軍がいる。大事な戦の最中である。秀吉と並んで采を振るわしに、まさか詰め腹を切らせる真似は出来ぬ。放逐をしたことで、多少は上様の面目も立つ。おそらくは、この前のような折檻を受けることもない」

そう、多少は嘘もついた。

「そして、わしと秀吉が采を取る限り、この毛利との戦は必ず勝つ。織田家にとって最大の敵だった相手は滅ぶ。さすれば上様は、おそろしく上機嫌になる。おそらくはそれっきり、そちの件は不問にされる。さらにはその後の対徳川戦の時、この明智家の采を振る侍大将として、どうしてもおぬしが必要だと訴えれば、利害には聡いあの上様のことだ。まず渋々ながらも首を縦に振る。そちは晴れて、この明智家に帰参が叶う」

　そこまでを一気に言い終わり、話を締めくくった。

「つまり、そういうことだ」

「お見事でござる」すかさず秀満が合の手を入れた。「内蔵助殿、さ、これで内蔵助殿が腹を切る必要は、どこにもありませぬな」

　光秀も即座に同意した。

「その通りじゃ」

　利三はまだ迷っている様子だったが、最後にはこの光秀の提案を受け入れ、深々と平伏した。

「まことに、誠にかたじけのうございまする。殿のここまでのご配慮には、この内蔵助、いくら感謝しても感謝し尽くせませぬ」

　秀満もその様子を見て、満足そうに光秀を見上げた。

「しかし殿、このわずかな間に、よくそこまでの絵図を思いつかれましたな」

「なにも、わしだけの考えではない」多少得意になりながらも、光秀は答えた。

「元々の案は、伝五郎から出たものだ。それに、わしが昨夜一晩かけて肉付けしていった」

途端、秀満の表情がわずかに曇った。

「今、なんと申されました」

「じゃから、伝五郎の案じゃ。ちなみに庄兵衛と次右衛門からも、上様の件は思い止まるようにと諫められた」

すると、秀満の顔は急激に険しくなった。

「さすれば殿は、我ら二人の他にも、五家老のすべてにご相談なされたのですか」

「そうじゃが……」

光秀はその反応を訝しく思ったが、さらに秀満は容赦なく聞いてきた。

「まさか、謀反の詳細な段取りまで？」

「当然じゃ」戸惑いながらも光秀は答えた。「そこまで仔細に語らずば、彼ら三人にもよくよく検討は出来まい」

直後に、秀満は深く、長い吐息を洩らした。ふと横を見ると、利三もいつの間にか眉間《みけん》にしわを寄せている。

光秀はますます不安になった。

「なんじゃ。二人とも、どうした」それからさらに思いつき、言った。「他の三家老にも、このことを相談したのが不満か」

「さにあらず」

「では、いったいなんじゃ」

そう問いかけると、筆頭家老の二人は、互いに無言で顔を見合わせた。

光秀にはその様子で分かった。この二人は明らかに、何事かの心配事を瞬時に共有し合った。

最初に口を開いたのは、利三であった。

「この一件、そもそもはわしのことが始まりであった……そなたの口から申し上げたほうが、穏当であろう」

秀満はそれを受けてうなずき、それから静かに話し始めた。

「それがし、今でこそ晴れがましくも明智の御名を名乗らせて頂いておりますが、そもそもは三宅《みやけ》という苗字《みょうじ》でござった。今は備中に在陣する宇喜多家と同じ祖で、元々は備前児島《こじま》郡の三宅氏を発祥と致しまする。そして我が三宅家には、昔から言い伝えられている備前の古き諺《ことわざ》がございます。『一人ならば心安んじ、二人ならまだ良し。三、四人は穏やかならず。五人にては、まず洩れ落ち候』……つまりは、そういうことでございます。それがし一人や内蔵助殿までの二人の口なら、まだいかようにもなりましょう。秘事は秘事として、そのまま闇に葬り去ることが出来まする。ですが、これが五人の口ともなれば、まずどこかで外部に洩れ出るは必定――」

「左馬助、左馬助よ」思わず光秀は言った。「ではおぬしは、伝五郎や庄兵衛らが、他言でもすると言いたいか」

「さようなことではありませぬ」秀満は反論した。「それがしや内蔵助殿までをも含んだ五人もの口を、永久に止めるのは、至難の業だと申しているのでございます。やがては、あの上様に洩れ申します」

そんな馬鹿なことがあるか。おれの五家老は、充分な信頼に値する者しかいない――そう言いかけようとして、ふと何かが気になった。

水野信元、松永弾正、荒木村重や佐久間信盛ら、織田家の重臣の顔が、何故か脳裏に次々と浮かんでは消えた。皆、織田家を裏切るか、自ら追放されるようなことをしでかして、織田家から消えた。

さらには、安土へ同行させた家臣には厳しく箝口令を敷いていたにもかかわらず、あの折檻の一件は、いつの間にか利三の知るところとなっていた……。そう思い至って、口を開いた。

「内蔵助よ、そちも同じ考えか」

利三は無言でうなずいた。さらに秀満が問うてきた。

「まさか殿は、この話を他にもされてはおりまするまいな」

これには、さすがに腹が立った。

「しておらぬっ」

「その秘事を、匂わせるようなことも？」

「しておらぬ」

「恐れながら、よくよくお考えくださりませ。例えば一昨日来、愛宕山に参籠《さんろう》しておられましたな。そこでは如何です」

「連歌の会を催した。百韻じゃ。わしから発句を始めた」

「どのような」

咄嗟にその発句を言おうとして、ようやく気づいた。そして愕然とした。

もし、この秘事が家中から洩れるかもしれぬという今の事態を想定すれば、あの発句の持つ意味は、単なる雨季の情景を詠った句ではまったくなくなる。「とき」は「土岐」……つまりは美濃源氏のかつての盟主であり、斎藤家以前の古くからの守護職であった土岐氏のことになる。その血族であるおれが「下しる」と号令をかけて決起するという意味にも取れる。

思わず無言になった光秀に、秀満は重ねて問うた。

「どのような」

「…………」

「殿、どのような発句でござる」

「……『ときは今　雨が下しる　五月哉』」

そう光秀が答えた途端、利三が低い呻《うめ》き声を上げた。光秀は改めて絶望的な気分になる。この状況で聞けば、やはりそう取られてしまうのか――。

それでも、つい弁明した。

「されど、あの時は単に雨の情景を詠ったに過ぎなかったのだ」

だからこそ、あんな呑気《のんき》な発句を詠んだのだ。しかし秀満は、そんな言い訳などもう聞いていなかった。急き込むようにして聞いてきた。

「その場には、誰がおり申した」

「威徳院の住職と、里村紹巴らであった」

これには利三も、飛び上がるようにして声を上げた。

「二人とも、日々様々な者と会う、名うての口喧《くちやかま》し屋ではありませぬか」

「うむ……」

再び秀満が問うてきた。

「して、その百韻はどうなされたのでござります」

「……愛宕神社に奉納した」

そう——物証も確実に残して来ている。

光秀の、結果としてのあまりの迂闊さに、二人の筆頭家老は、しばらく言葉を失っていた。

ややあって、さらに秀満が聞いてきた。

「殿、もし殿が上様だったとして、謀反の噂をどこぞから聞きつけ、さらにはこの発句の存在を知れば、どう思し召される」

光秀は、答えられなかった。

「どう、思し召される」

しぶしぶ、光秀は答えた。

「……わしが上様でも、このわしの心底を疑う」

秀満は、一瞬黙り込み、それからこう言った。

「疑うどころでは済みませぬ。それがしなら早々に謀反かと、確実に判断いたしまする」

直後、利三が大きなため息をついた。

秀満もまた、それに呼応するように深い吐息を漏らした。しかし直後には、その表情を引き締めた。

「事ここに至っては、もはや致し方ありませぬ。それが是であれ非であれ、決起するしかありませぬ。先だっての策通りに、すぐに事を起こしましょうぞ」

そこまで性急に詰め寄られ、今度は光秀がかえって及び腰になった。

「し、しかしながら他の三家老は、その策に反対であった」

「口惜しきかな、明らかになった状況が、昨日と今日とでは既に違いまする」歯噛みするような口調で、秀満は答えた。「殿は、あの苛烈極まりない織田殿が、荒木一族をどう処分されたかをお忘れか。あのような無残な目に、我が一族まで遭わされたいのか。立つのが一日遅くなれば、そのぶん織田殿が気づく危険は高まりまする。早急に決起するしか、もう道は残されておりませぬ」

光秀がその語気に気圧《けお》されてなおも押し黙っていると、秀満は急に声音を落とした。

「殿、さすがは殿の立てられた策略でございます。それがしも万が一の時に備え、この一両日検討致してみましたが、少なくとも戦略上の欠陥はどこにも見当たりませぬ」

「…………」

「言われていた通り、本日の夕刻より軍を動かせば、明日の早暁には信長殿を確実に討ち取れまする。その確実さを根拠に、あの三人を説得いたしまする。それがしと内蔵助殿とで、まずは彼らをここに呼び寄せまする」

光秀は、思わぬこの急展開に、まだ迷っていた。救いを求めるように利三を見た。

利三は一度、深々とうなずき、さらに光秀に向かって平伏した。

「どのみち、命を捨てる覚悟はでき申しておりました。本能寺に着いたあかつきには、我が斎藤隊に、ぜひ先鋒をお命じあれ。信長殿の首を見事討ち取ってみせまする。さ、左馬助、三人を早々に呼びに参ろう」

「分かり申した。では殿は、ここにてしばしお待ちを」

そう互いにうなずき合うや否や、光秀が全幅の信頼を置いている二人の筆頭家老は、そそくさと部屋を出て行った。

光秀は、呆然としたまま、小部屋に一人残された。

既におれは、昨夜《ゆうべ》の時点で謀反など望んではいなかった。

それなのに、何故こうなる。どうして、こうなってしまった……。

磁力だ、ともう一度はっきりと感じる。

この宇内の何らかの磁力が、その一点に向かって、おれたちを否応なく突き動かし始めている。そしてもう、その勢いを止める術はない――。

8

六月二日の早暁、信長は既に御座所の一の間に起きていた。

いつものように早起きをして、蘭丸に月代《さかやき》を剃《そ》らせていた。

信長は元々、酒はあまり好きではない。だから昨夜の宴会でも、そんなに飲んではいない。雀の鳴く声が、障子の外の中庭から聞こえてきている。

ふむ——信長は満足げに思う。

昨日の酒もまったく残っていない。今日もおれは、すこぶる体の具合が良い。何の心配事もない。

ややあって、どこからか微かに、男の怒鳴り声が聞こえてきた。南の方角だと見当をつける。

気の荒い小姓同士が、この清々《すがすが》しい朝っぱらから口喧嘩でもしているのだろう。

……まあいい。後でその当人同士を見つけ、きつく訓戒してやる。

そう思い、引き続き蘭丸に月代を剃らせ続けていた。

しかし、声はまた響いてきた。

今度はもっと近くから、しかも大勢が喚き合うような声だ。その位置にも、ほぼ見当がついた。この御殿の南に建っている式台の辺りからだ。次いで、ざわざわとした物音も、ごくわずかだが聞こえてきた。

今度は、信長もさすがに気になった。

「あれはなんぞ。見て参れ」

「はっ」

蘭丸は小柄を置き、早速に信長の許を離れる。右手の障子を開け、広縁から中門廊に向かって足音が遠ざかっていった。その間にも、南からの喚き声はますます盛んになり、木板を打ち壊すような音までが響いてきた。

その頃には信長も、事態の尋常ならざることを悟っていた。悟ってからの行動は、素早かった。弓と矢を両手に持ち、広縁を南の大庭に向かって走り出そうとしたところで、蘭丸が戻ってきた。いつもは冷静なその顔が、真っ青になっている。嫌な予感が確信に変わる。

「これは謀反か。いかなる者の企てぞ」

はっ、と蘭丸は答えた。

「明智が手の者と、見え申し候」

思わず耳を疑った。愕然とした。

五部将のうちの裏切る蟻は、家康ではなく、光秀であったか——。

けれど、今更それが分かったところで、もう遅い。

……しかし、何故だ。あんなに厚遇してやっていた光秀が、何故このおれを裏切る。

が、すぐに悟った。

あれだ……家康の、謀殺計画だ。そこであの小心者は、家康と同様、やがては自分も殺されるのではないかと恐れ怯《おび》えて、謀反に踏み切った――。

つい、正直な気持ちを洩らした。

「余は、自ら余の死を招いたな」

「そのようなことを申されている場合ではございませぬ」蘭丸は喚くように懇願した。

「疾《と》う疾《と》う、お逃げくださりませっ」

こんな場合ながら、つい信長は笑った。

「十兵衛ほどの者が、わしの首を取ろうとして、討ち洩らすことがあろうか」

そして、その自分の言葉を改めて噛み締める。そうだ――あの周到な光秀のことだ。いざ実戦になった時も、恐ろしく有能な部将だ。このおれを討つと決めたら、大軍を率いて二重三重にもしっかりとこの本能寺を取り巻いているに違いない。

脱出は、やはり不可だ。

「是非に及ばず、か」

そう、簡潔な言葉がぽろりと口を突いて出た。

仕方がない。あれこれと考えるより、ともかくも徹底して抗戦する。

そう決めた時には、南に向かって広縁を駆け出していた。中門廊から縁側へと出た。

既に庭には、甲冑に身を固めた大量の明智兵が溢れていた。対して、縁側の上で槍刀を構えている信長の小姓や御番衆は、わずか三十ほどに過ぎない。

「上様を、お守りせよっ」

誰かが叫んだと同時に、式台の前から繋がっている外縁を伝って、小姓たちがどっと信長のすぐ横――車寄せの前あたりまで移動してくる。

ふと感じる。

奇妙なのは、その小姓たちの動きに対する明智兵の反応だった。鈍い。遠巻きに槍を構えつつ、じりじりと信長の周囲に近づいてくる。しかし、誰も攻撃を仕掛けてはこない。

光秀は、おれの首が目的なはずだ。そして、このおれは先ほどから縁側に突っ立って、明智兵の前に全身を晒したままだ。

なのに何故、こいつらはおれに対して槍を突くなり、弓を引くなりして襲ってこない。どうして、鬨の声すら上げもしない。

そもそも何ゆえに、最初から御殿の中に一気になだれ込んで来なかったのか。この眩《まぶ》しい朝日の中で、明らかに腰が引けている様子が見て取れる。

光秀ともあろうものが、襲撃の直前に、兵たちに決死の覚悟を決めさせられなかったのか。あるいは光秀本人に、まだ迷いがあるのか。それが無言のうちに兵たちにも伝わり、このような及び腰になっているのか……。

が、やがてその均衡も破れる時が来た。

小姓の一人が縁側から飛び降りて、明智兵の一人に対して果敢にも槍を突き出した。相手も負けじと応戦する。それを契機に、周囲で白兵戦が始まった。

しかし、依然として信長当人に攻撃を仕掛けてくる敵はいない。

光秀よ、何故だ——。

そう思いながらも、弓矢で次々と敵を射かけ始めた。やがて弦が切れた。弓を捨て、素早く槍を掴んだ。縁台の上で、改めて大きく構えた。

すると、ようやく明智兵の中から、見覚えのある顔が槍を持って進み出た。まだ若い。確か、斎藤利三配下の剛の者だった。

けれど、名前までは思い出せない。

「上様、恐れながら、その御首を頂戴《ちようだい》仕りとうございます」

その独特の野太い声で、ようやく思い出した。

「作兵衛《さくべえ》、安田《やすだ》作兵衛か」

相手はうなずき、

「我が名を思い出して頂き、名誉なことでございます。では、いざ——」

と、槍を突き出してきた。信長は咄嗟に避けて、逆に槍を突き返した。

しかし何故、こうなるのか。浅井長政、松永弾正、荒木村重、挙句には、この光秀……みんな、おれを裏切ってゆく。どうして、あの蟻の法則が人にも通用してしまうのか。

そもそも、誰がそれを決めているのか――。

心のどこかでそんな事を考えながら応戦していたため、つい油断した。

あっ、と感じた時には、作兵衛に肘《ひじ》を斬り付けられていた。

自分の迂闊さに、かっとする。殺されるくらいなら、自死したほうがましだ。

そう感じた瞬間、何故か松永の顔が浮かんだ。

初めて会った時、神はいるのかと問うた信長に、松永はこう答えた。

「おそらくは、いますまい。もしいたとしても、人間のことなど、ことさらに興味も持たぬかと思われます」

「何故じゃ」

「人間といえども、しょせんは流転する万物のひとつ。その一点においては、牛馬や蟻と変わりませぬ。あまたを照らす彼らも、それほど暇ではありますまい」

直後に、はるか昔、幼い頃に津島で見た光景を鮮明に思い出した。

これは――。

そう感じた時には、三の間で固まって怯えていた女たちに叫んでいた。

「女子《おなご》たちは苦しからず、急ぎまかり出よっ」

そう、女たちに逃げるよう命じた。まさか明智兵も、無腰の女には槍を突けまい。

作兵衛は既に、信長の両脇にいた小姓から攻撃を受けている。

「庭を抜け、急ぎまかり出よっ」

もう一度、叱咤するように命じた。ようやく女たちが動き出す。縁側から下り始める。やはり明智兵は手を出さない。そこまでを見届けた後、さらに周囲を見回す。式台と本堂に、明智兵が火をかけ始めている。この御殿もそうだ。次々と戸板や柱に火矢が刺さり始めている。全体に炎が回るのは、時間の問題だ。

が、おれには死ぬる前に、まだ考えるべきことがある――。

「蘭丸よ、来いっ」

そう言い捨て、広縁を奥の間に向かって駆け出し始めた。再び一の間へと入り、さらにその奥へと突き進む。戸板を開け、大きな納戸の中へと入っていく。

後ろに付いてきた蘭丸に向かい、命じた。

「蘭丸よ、一の間に火をかけよ」

「はっ」

他にも二人、小姓が付いてきていた。

「そちらは畳を出来るだけ剝《は》がし、ここへと持ってこい」

二人も、一の間へとその姿を消す。

そこで、信長は過去へと再び戻っていく。およそ四十年も前の記憶へと、自らを埋没させていく。幼い頃、あの津島の岸辺で見た。

ある時、湊《みなと》からやや南に下った汽水域に、名も知らぬ魚が恐ろしく大量に浮かんでいた。

その時の会話を、必死に思い出そうとした。

……たしか、こうだった。

「誰が、殺したのか」

幼い信長は、近くにいた漁師に聞いた。漁師は平伏しながらも答えた。

「恐れながら、誰も、殺してはおりませぬ」

「では、何故みんな死んでおる」

「自分から、進んで死ぬるのでございます」漁師は声を震わせながら、再び答えた。

「この魚は、近頃増え過ぎました。すると彼らは、自ら河口から浅瀬へと乗り上げて、死を選びまする」

そんなものか、と幼い信長は不思議に感じたものだ。

しかし、今この時になってようやっと悟った……。

かろうじて、間に合った。

何故、蟻も人も、働き者ばかりを集めては、やがて働かなくなり、逆に駄目な者ばかり集めても、やがては働くようになるのか……。

ようやく分かった。

復元する力だ。

他の生き物同士の拮抗《きっこう》を、常に均して維持しようとする。ある特定の生き物だけを、この世界に突出させない。それ以前の状態に絶えず戻そうとする。人もまた、そうだ。優秀で忠実な人間ばかりが存在する状態を、常にこの世から排除しようとする。

その無言の圧力が、あまねくこの宇内を覆っている。

だから、敵は光秀であっても、光秀ではない。その背後の遠くに佇《たたず》む相手は、もっと大きなもの——おそらくは天道などと昔から呼ばれているものだ。

つい、乾いた笑い声を上げた。

先ほど呟いた通りだ。おれは、自ら死を招いたのだ。

しかし、仮に天道がそうであれ、このおれにも末期の意地がある——。

気づけば、隣室の一の間が盛んに火炎を上げ始めていた。熱気の中で、蘭丸を始めとした三人の小姓が平伏している。その横には、畳が十枚ほど積んである。

「蘭丸よ、わしはこれから腹を切る。介錯《かいしゃく》を頼む」

はっ、と蘭丸は落涙しながら泣き叫ぶように答えた。「その御下知、しかと承りましたっ」

今度は、他の二人に声をかけた。

「わしの首が落ちたら、畳をすべて、遺《い》骸《がい》を圧し潰すように重ね置き、火をかけよ。この部屋にもじゃ」

「畏まりてござります」

そう——おれの骨は、誰にも渡さぬ。

天道がおれを滅ぼすのなら、それはそれでよい。

ただ、白昼の光の下におれの骨を晒すことだけは、意地でもさせぬ。誰にもさせぬ。

絶対に、許さぬ。

おれ一人だけは、死んでも神仏にひれ伏すことはない。

そう改めて感じた直後、切先を腹に突き立てた。

……これでいい。

人は死ねば、天にも地獄にも行かぬ。ただ灰燼に帰するだけだ。

おれも、骨一つ残らぬようにして消滅する。

そしてこの下天は、また元の静かなる原理の海へと戻っていく。

了

〈主な参考文献〉

『現代語訳 信長公記』（新人物文庫）太田牛一、中川太古訳
『信長公記を読む』（吉川弘文館）堀新編
『働かないアリに意義がある』（メディアファクトリー新書）長谷川英祐
『織田信長家臣人名辞典』（吉川弘文館）谷口克広
『尾張・織田一族』（新人物往来社）谷口克広
『戦国逸話事典』（新人物往来社）逸話研究会編
『戦国武将事典 乱世を生きた８３０人』（新紀元社）吉田龍司、相川司、川口素生、清水昇
『織田家臣団の謎』（角川選書）菊地浩之
『中世武士選書10 織田信長の尾張時代』（戎光祥出版）横山住雄
『戦争の日本史13 信長の天下布武への道』（吉川弘文館）谷口克広
『信長の大戦略 桶狭間の戦いと想定外の創出』（里文出版）小林正信
『織田信長の外交』（祥伝社新書）谷口克広
『信長の親衛隊 戦国覇者の多彩な人材』（中公新書）谷口克広
『織田信長の家臣団 派閥と人間関係』（中公新書）和田裕弘
『信長軍の司令官 部将たちの出世競争』（中公新書）谷口克広

『信長と消えた家臣たち　失脚・粛清・謀反』（中公新書）谷口克広
『ここまでわかった本能寺の変と明智光秀』（歴史新書y）洋泉社編集部編
『信長が見た戦国京都　城塞に囲まれた異貌の都』（歴史新書y）河内将芳
『証言　本能寺の変　史料で読む戦国史』（八木書店）藤田達生
『越前　朝倉一族　新装版』（新人物往来社）松原信之
『歴史 REAL vol.2「織田信長の城」大研究』（洋泉社ＭＯＯＫ）
『図説　織田信長の城　築城に秘められた天下統一への戦略と野望』（洋泉社ＭＯＯＫ）
『図解・歴史人物「なぜと謎」シリーズ　織田信長１５３４－１５８２』（学研プラス）
『図解戦国史　大名勢力マップ　詳細版』（standards）武光誠監修
『一冊でわかるイラストでわかる図解　戦国史』（成美堂出版）
『歴史群像シリーズ特別編集　ドキュメント　信長の合戦』（学研プラス）藤井尚夫文・画
『歴史の旅　戦国時代の京都を歩く』（吉川弘文館）河内将芳
『別冊太陽　歴史ムック　徹底的に歩く織田信長　天下布武の足跡』（平凡社）小和田哲男、
小和田泰経
『信長軍の合戦史』（吉川弘文館）日本史史料研究会監修、渡邊大門編

解説

細《ほそ》谷《や》正《まさ》充《みつ》

「涼介《りょうすけ》の原理」。本書を読んでいる間、この言葉が頭の中にあった。なぜ作者は歴史小説を書くようになったのか。なぜ歴史小説に、独自のアイディアを投入するのか。それを解明することで、垣根《かきね》涼介という作家を貫く原理が見えてくると思ったのである。作者の経歴から始めて、そのことを検証してみたい。

垣根涼介は、一九六六年、長崎県に生まれた。筑波《つくば》大学第二学群人間学類卒。会社勤務の傍ら、初めて書き上げた小説『午前三時のルースター』を、もっとも賞金額の高かったサントリーミステリー大賞に応募。大賞と読者賞をダブル受賞し、作家になった。以後、ミステリーのジャンルで活躍。二〇〇四年には、ブラジル移民政策を端緒にした、スケールの大きな復讐譚《ふくしゅうたん》『ワイルド・ソウル』で、第六回大藪春彦《おおやぶはるひこ》賞、第二十五回吉川英治《よしかわえいじ》文学新人賞、第五十七回日本推理作家協会賞を受賞した。また、クライム・ノベル「ヒートアイランド」シリーズの人気も高い。

その一方で作者は、二〇〇五年に、会社のリストラに直面した人々を描いた連作集

『君たちに明日はない』を刊行。自身の体験を反映させたという垣根流お仕事小説で、多くの読者を獲得した。作品はシリーズになり、NHK総合でテレビドラマ化されている。

さらに二〇一三年の『光秀の定理《レンマ》』から、歴史小説にも乗り出す。これがとにかく、とんでもない作品だった。明智《あけち》光秀《みつひで》の人生に、食い詰め兵法者の新九郎《しんくろう》と、謎の僧・愚息《ぐそく》を絡め、読み出したら止まらない興趣豊かなストーリーを創り上げたのである。いや、実在人物の脇に架空の人物を配することは、多くの作家がやっている。そこは驚くべき点ではない。ビックリしたのは、光秀という人間と、その行動を描くために確率論――それも〝モンティ・ホール問題〟を使ったことだ。

モンティ・ホール問題とは、アメリカのゲームショー番組のゲームに関する論争が由来になっている。そのゲームを要約すると、閉じた扉が三つあり、ひとつが当たりになっている。まずプレーヤーが、ひとつの扉を選び、司会のモンティが残されたふたつの扉のうち、外れの扉を開ける。ここでプレーヤーは、最初に選んだ扉を変えてもいいといわれる。この場合、変えた方がいいかどうか、という問題である。

普通に考えると、変えても変えなくても、確率二分の一に見える。だから選ぶ扉を変えても、当たる確率が上がるとは思えない。だが実際は、変えた方が当たる確率が高いのだ。なぜそうなるのかは煩雑になるので書かない。興味のある人は、ネットで検索するといいだろう。なるほど、そういうことかと感心するはずだ。

そしてこの問題が、大きな騒動に発展する。ニュース雑誌にコラムを連載していたマリリン・ボス・サヴァントが、モンティ・ホール問題についての読者の質問に、正解は扉を変更する。なぜなら扉を変更すれば、当たりの確率が二倍になるからだと答えたのである。これに対して、マリリンが間違っているという投書が相次ぎ、有名な数学者までが反論する騒動になった。もちろんその後、マリリンの主張が正しいことが証明されたが、とんだ御難というしかない。

ところでこのマリリンというコラムニスト、かつて「ギネスブック」で、存命中の世界でもっとも高いＩＱの持ち主に認定されたことがある。おそらく彼女にとってモンティ・ホール問題の正解は、自明の理だったのだろう。だけど多くの人は、それが理解できず批判したのである。突出した才能や知性は、大衆と隔絶するということか。その観点から日本史を俯瞰《ふかん》すると、浮かび上がってくる人物がいる。本書の主人公の織田《おだ》信長《のぶなが》だ。

『信長の原理』は、「小説 野性時代」二〇一六年八月号から一八年四月号にかけて連載。二〇一八年八月、ＫＡＤＯＫＡＷＡから単行本が刊行された。『光秀の定理』の姉妹篇といえるが、内容そのものは関係ない。どちらも未読の人は、まず本書を読んで、面白かったら『光秀の定理』に手を伸ばすといいだろう。

母親の愛情に恵まれず、幼い頃からひとりで遊んでいた吉法師《きっぽうし》。飽きることなく蟻を見ていた少年は、やがて奇妙な法則に気づく。餌を巣に運ぶ蟻で、真面目に働くのは全体の二割。漫然と働いているのが六割。やる気のないのが二割。この割合で動いているのだ。しかも、なぜかこの割合は、何度確認しても変わることがなかった。やがて織田信長となった少年は、人間にもこの法則が該当することに気づく。

と書けば、すぐに分かる人もいるだろうが、本書は〝働き蟻の法則〟を使って、織田信長及び、彼の家臣を描いている。やがて織田家を継ぎ、勢力を伸ばしていく信長は、ことあるごとに働き蟻の法則を検証。二・六・二の割合を、さらにシンプルに一・三・一として、自分の家臣に当て嵌《は》めるのだ。『光秀の定理』のモンティ・ホール問題に引き続き、よくぞこんなアイディアを投入しようと思ったものである。

だが、それが本書の成功の源になっている。信長が目指したのは、自分をトップとして、配下のすべてが一所懸命に働くことだ。いうなれば究極の成果主義である。もちろん信長にも欠点はある。むしろ多い方かもしれない。また蟻の実験の結果、〝この世に神は無くとも、神に近いこの世を支配する何かの原理のようなものが、存在するのか。それが、これらの事象を発生させているのか〟と思うようになる。

それでも信長は、常に思考し、準備をし、時には命を懸けて、自分のやるべきことを実行する。そうしなければ未来が切り拓《ひら》けないからだ。そしてその性格から、この世の原理に逆らっても、自らの理想を追わずにはいられない。だが他の人たちには、信長にとっての自明の理が理解できない。このギャップの中から、時代の中で突出した存在とならざるを得なかった、信長像が浮かび上がってくるのである。

　さらに織田家の統一から本能寺の変に倒れるまでの信長の軌跡が、随所で働き蟻の法則と照応させながら、ガッチリと描かれている。だから、よく知っている史実を、新鮮な気持ちで読めるのだ。信長が松永久秀《まつながひさひで》に寄せた奇妙なほどの厚意や、三方ヶ原の戦いを仕掛けた徳川家康《とくがわいえやす》の本意など、本書ならではの解釈が、面白くてたまらない。働き蟻の法則にこだわるが故に、明智光秀の心底を信長が読みそこない、本能寺の変に繋《つな》がっていくという展開にも痺《しび》れた。信長を主人公にした戦国小説は無数にあるが、その中でも特異な輝きを放つ作品となっているのである。

　しかも信長だけでなく、彼の家臣も、きっちり書き込まれている。信長の思考に迫りながら、実利主義に徹する木下藤吉郎《きのしたとうきちろう》もよかったが、感心したのが丹《に》羽《わ》長秀《ながひで》の捉《とら》え方だ。彼は、熾《し》烈《れつ》な競争原理が織田家の方針だと分かっていながら、

「自分のような特に傑出した能力がない人間に、何よりも大事なのは、競争に勝ってゆく生き方を志すより、絶対に負けぬ生き方――織田家でしぶとく生き残っていく道を、確実に選ぶことだろう」

と思う。これは働き蟻の法則で六割に所属する人間の思考だ。トップの二割に属さない人間だって、どう生きるかは考えている。信長の配下や、周囲の武将たちも掘り下げているからこそ、本書の重厚な読み味が生まれているのである。

さて、以上のような作品の内容を踏まえながら、あらためて作者が歴史小説を執筆した理由を探ってみたい。もともと作家になったときから、歴史小説を書きたいという意識はあったそうだが、それを阻んでいたのが言語運用の問題だった。歴史小説は使える言葉に縛りがあるが、モダンな感覚を取り入れようとすれば、言語運用の縛りに対抗できるような文章スタイルが必要になる。そのため作者は『ワイルド・ソウル』の第一章で、一九六一年のアマゾンを詳しく書くというトライをした。これに手応えを感じ、本格的な準備を始め、『光秀の定理』に取り組んだのだ。

なるほど歴史小説は、書くべくして書かれたのか。だが、それだけで納得するわけにはいかない。大雑把な分類になってしまうが、クライム・ノベル―お仕事小説―歴史小説という、一部が時期的に重なりながら、別のジャンルへと移っていく、創作の流れに注目すべきだろう。「小説トリッパー」二〇一九年冬季号に掲載されたインタビューの中で作者は、

「努力すれば報われるって言葉があるじゃないですか。それは違うと思います。報われるのは、正しい方法論で考えて努力する人間だけです。それは、自戒としても強く感じます。死ぬまで走り続けるしかない時代に、僕らは生まれてきてしまっている。何も考えずに漫然と働いている人間はやがて淘汰されます。『君たちに明日はない』も、実はそういう話です。本質はそれなんです。ジャンルは違えども、書いているテーマは、実は僕の中では変わっていない」

といっている。〝死ぬまで走り続けるしかない時代〟に、どう生きるべきか。このテーマこそが「涼介の原理」なのだ。だからジャンルを変えて、常に作者自身が変化していく。それは作家として、死ぬまで走り続けるメソッドであり、覚悟の表明だ。ついでにいえば歴史小説では、現代と通じ合う戦国時代が選ばれている。詳しく触れる余地がなくなったが、動乱の室町時代を舞台にした『室町無頼』も同じ理由だろう。また、モンティ・ホール問題や働き蟻の法則を投入することで、時代に左右されない不変の法則を提示。これにより戦国時代の物語を、現代人が受け入れやすくなっているのである。内容と作品の存在そのものが、作者の姿勢を明確にしている。そこに垣根涼介の凄《すご》さがあるのだ。

ところで『光秀の定理』『信長の原理』と読んで、次の主人公は豊臣秀吉だなと思った人はいないだろうか。私はそう思った。また別の、何かの法則を投入した作品が生まれると確信したのだ。ところが作者は、こちらの安易な予想を簡単に覆す。「週刊朝日」に連載し、今年（二〇二〇年）に単行本が刊行される予定の歴史小説第四弾『涅槃《ねはん》』の主人公は、戦国の梟雄《きょうゆう》として知られる宇喜多《うきた》直家《なおいえ》ではないか。いつだって作者は、私たちの意表を突き、読む気を刺激してくれる。だからこれから、ますます広がるであろう垣根流歴史小説の世界が、楽しみでならないのだ。

地図作製　REPLAY

本書は、二〇一八年八月に小社より刊行された
単行本を上下に分冊の上、文庫化したものです。

信《のぶ》長《なが》の原《げん》理《り》　下

垣《かき》根《ね》涼《りよう》介《すけ》

令和２年 ９月25日　初版発行

発行者●青柳昌行

発行●株式会社KADOKAWA
〒102-8177　東京都千代田区富士見2-13-3
電話　0570-002-301（ナビダイヤル）

角川文庫 22345

印刷所●株式会社暁印刷
製本所●株式会社ビルディング・ブックセンター

表紙画●和田三造

●お問い合わせ
https://www.kadokawa.co.jp/（「お問い合わせ」へお進みください）
※内容によっては、お答えできない場合があります。
※サポートは日本国内のみとさせていただきます。
※Japanese text only

ISBN 978-4-04-109865-3　C0193

角川文庫発刊に際して

角川源義

第二次世界大戦の敗北は、軍事力の敗北であった以上に、私たちの若い文化力の敗退であった。私たちの文化が戦争に対して如何に無力であり、単なるあだ花に過ぎなかったかを、私たちは身を以て体験し痛感した。西洋近代文化の摂取にとって、明治以後八十年の歳月は決して短かすぎたとは言えない。にもかかわらず、近代文化の伝統を確立し、自由な批判と柔軟な良識に富む文化層として自らを形成することに私たちは失敗して来た。そしてこれは、各層への文化の普及滲透を任務とする出版人の責任でもあった。

一九四五年以来、私たちは再び振出しに戻り、第一歩から踏み出すことを余儀なくされた。これは大きな不幸ではあるが、反面、これまでの混沌・未熟・歪曲の中にあった我が国の文化に秩序と確たる基礎を齎らすためには絶好の機会でもある。角川書店は、このような祖国の文化的危機にあたり、微力をも顧みず再建の礎石たるべき抱負と決意とをもって出発したが、ここに創立以来の念願を果すべく角川文庫を発刊する。これまで刊行されたあらゆる全集叢書文庫類の長所と短所とを検討し、古今東西の不朽の典籍を、良心的編集のもとに、廉価に、そして書架にふさわしい美本として、多くのひとびとに提供しようとする。しかし私たちは徒らに百科全書的な知識のジレッタントを作ることを目的とせず、あくまで祖国の文化に秩序と再建への道を示し、この文庫を角川書店の栄ある事業として、今後永久に継続発展せしめ、学芸と教養との殿堂として大成せんことを期したい。多くの読書子の愛情ある忠言と支持とによって、この希望と抱負とを完遂せしめられんことを願う。

一九四九年五月三日

角川文庫ベストセラー

道三堀のさくら　山本一力

道三堀から深川へ、水を届ける「水売り」の龍太郎には、蕎麦屋の娘おあきという許嫁がいた。日本橋の大店が蕎麦屋を出すと聞き、二人は美味い水造りのため力を合わせるが。江戸の「志」を描く長編時代小説。

ほうき星（上）（下）　山本一力

江戸の夜空にハレー彗星が輝いた天保6年、江戸・深川に生をうけた娘・さち。下町の人情に包まれて育つ彼女を、思いがけない不幸が襲うが。ほうき星の運命の下、人生を切り拓いた娘の物語、感動の時代長編。

燕雀の夢　天野純希

戦国時代を戦い抜いた英傑たちと、その父の姿を、圧倒的な筆致で描く歴史小説。織田信秀、木下弥右衛門、松平広忠、武田信虎、伊達輝宗、長尾為景、歴史に埋もれてしまった真の父子の姿が明かされる。

悪名残すとも　吉川永青

厳島の戦いで毛利元就と西国の雄を争い、散っていった陶晴賢。自らの君主・大内義隆を討って、下克上の代名詞として後世に悪名を残した男の生涯は、真摯なひとつの想いに貫かれていた――。長篇歴史小説。

秀吉を討て　武内涼

根来の若き忍び・林空は、総帥・根来隠形鬼に呼び出され「秀吉を討て」と命じられる。林空は仲間とともに、甲賀忍者・山中長俊らの鉄壁の守りに固められた秀吉を銃撃しようとするが……痛快忍者活劇。